纪文泽◎著

梦回千年之

后宫

中国华侨出版社

图书在版编目(CIP)数据

梦回千年之后宫/纪文泽著.—北京:中国华侨出版社,
2011.6

ISBN 978-7-5113-0919-8

Ⅰ.①梦… Ⅱ.①纪… Ⅲ.①长篇小说－中国－当代
Ⅳ.①I247.5

中国版本图书馆 CIP 数据核字(2011)第 081919 号

● 梦回千年之后宫

著　　者	纪文泽
策　　划	刘凤珍　周耿茜
责任编辑	文　筝
责任校对	潘　琳
装帧设计	天字行
经　　销	全国新华书店
开　　本	710×1000 毫米　1/16 开　印张 16　字数 230 千字
印　　刷	北京中印联印务有限公司
版　　次	2011 年 7 月第 1 版　2011 年 7 月第 1 次印刷
书　　号	ISBN 978-7-5113-0919-8
定　　价	28.00 元

中国华侨出版社　北京市朝阳区静安里 26 号通成达大厦 3 层　邮编:100028
法律顾问:陈鹰律师事务所
编辑部:(010)64443056　64443979
发行部:(010)64443051　传真:(010)64439708
网　　址:www.oveaschin.com
E-mail:oveaschin@sina.com

目录

MENG HUI QIAN NIAN ZHI HOU GONG

梦回千年之后宫

第一章 穿越洞房冷娇娘

北京历史博物馆内

一只精美的玉镯周围聚集了数人围观。吸引他们的并非是这价值不菲且做工精致的玉镯，而是它下面所附的文字和一幅美人图！在解说员的翻译下，人们明白了它的大概意思：

曾为你洗手做羹汤，细工女红，为你回文锦书，点灯旋墨，为你痴痴等，苦苦盼。弹指红颜，刹那芳华，不过是百年孤寂里的寂寞幽香！而我真的用这一生一世，只换你半点相思，风起，吹起衣衫。轻皱眉宇，薄愁微漾。只是你一直没有出现！韶颜稚齿，终究饮恨而终。

目光移至那幅画。美人柳眉轻蹙，瘦弱纤纤，手中丝帕随风而去，此情此景真让人有感落叶因风起，伊人独憔悴！

"多么凄美的爱情故事呵！"徐点点不禁感慨。身边的夏芊芊则不以为然，双眉紧皱，脸上闪过不屑的表情："点点，你没发烧吧！什么美啊！分明就是个怨妇！可悲可叹还可怜！"徐点点立地化石！她最受不了的就是这个闺中密友！如果上天再给她一次机会，她真希望这辈子、下辈子、下下辈子都不认识她！可惜那么优雅的名字了！

这个人，就是夏芊芊，洛阳警局里的无敌霸王花！长相蛮清秀，身材也蛮妖娆，静静地坐在那里一动不动的时候呢，她可是个百分百的淑女！言外之意就是她从头到脚，从里到外，从内涵到外表没有一样可以和淑女这两个字沾上丁点儿边儿！天下的淑女都死绝了也不会轮到她夏芊芊坐上

这把交椅!

　　但，她也是有可取的一面! 对待朋友，她可以像夏天一样火热，热到燃烧掉你最后一根汗毛为止; 对待敌人，她可以像冬天一样寒冷，冷到你如在千年寒潭里吃冰棒，寒入骨髓! 她时而天真活泼、个性率真、古灵精怪，时而成熟内敛、稳重执着、心思敏锐。没人知道哪个才是真的她!

　　而此时，她正在引起所有围观玉镯之人的公愤! 这种场面，徐点点算是见多了。她慢慢地，慢慢地离开夏芊芊，免得城门失火，殃及池鱼。

　　"哎! 你们看，她的长相和这画儿上的人多像!"不知是谁突然冒出了这么一句，打破了僵持的局面!

　　"是啊! 没错! 真像! 像极了!"

　　"太像啦!"大家纷纷拿画上的人和夏芊芊相比，真是越看越像，越像越看，看得夏芊芊火冒三丈!

　　"居然说我像怨妇! 分明是诬陷!"夏芊芊怒气冲冲地挤到人群的前面，喷火的大眼球直盯上玉镯下面的美人图，随即竟呆若木鸡!

　　只是那么一眼，却如同夺了她的心智一般。画中美人似有种魔力，死死地盯住了夏芊芊。芊芊想摆脱这种哀怨的神情，可是任凭她如何努力，却始终无法收回自己的视线! 时间正一秒秒地过去!

　　"喂! 给点儿反应好不好!"徐点点狠狠地拧了夏芊芊一把。

　　"哎呀! 疼! 疼!"这一把将夏芊芊从恍惚中拽了出来! 在看到画儿的一刹那，她分明看到了自己一脸哀怨地坐在一个古色古香的房间里!

　　"你不是讨厌怨妇嘛! 那还看得这么入神! 口是心非!"徐点点狠瞥了夏芊芊一眼，不过心里还是有些许安慰。毕竟自己这个闺房密友还没到铁石心肠的地步，善哉!

　　"那我就是讨厌怨妇嘛。居然说她像我，真是笑话。哪儿像，哪儿像嘛!"夏芊芊心虚地冲着徐点点大叫!

　　"嘘——"徐点点真想一拳上去打死眼前这个家伙。只是她有自知之明，和夏芊芊动手的下场只有一个——筋断骨折! 前两天被她打伤的小偷怕是还没出院呢! "你小声点儿。注意素质! 素质!"徐点点额头登时浮出三条黑线。她发誓再也不会同时和夏芊芊出现在大众场合了，不是怕丢脸，

是怕丢命啊！

"我很没素质么！"夏芊芊不以为然。

"本来嘛，说我长得像她，这是赤裸裸的诬陷！我只是喊出群众的呼声，有什么不对！"夏芊芊恨恨地指着画中的美人儿，气得浑身哆嗦！

"这两位来宾好像对这个玉镯特别感兴趣?"一位气质不俗的解说员走到了徐点点和夏芊芊的面前！

"嗯！很感兴趣！"徐点点在神不知鬼不觉的情况下轻轻地抬起了一只脚，就在夏芊芊刚要开口的时候，不失时机地踩了上去！

夏芊芊吃痛地闭上嘴，无奈地看了看徐点点！

"其实这只玉镯的主人在正史里并无记载。相传她本是宰相之女，大家闺秀，相貌与品质在当时来说都属个中翘楚。好像是由于某些政治原因，她不得不嫁于当时的皇室宗亲！而她的夫君并不喜欢这段带有政治色彩的婚姻！所以她的后半生凄苦悲凉，整日以泪洗面，最后也是郁郁而终！而这个玉镯是唯一保存下来的嫁妆！"解说员说着说着一时感伤，竟有些抽泣起来，"呵，不好意思，失礼了，你们慢慢看！我先失陪了！"

看着解说员慢慢离开，徐点点才敢抬起放在夏芊芊脚面上的脚！

"这么长时间也不嫌硌得慌！"夏芊芊轻甩了一下被徐点点凌虐了半天的脚，正要再开口的时候，忽然耳膜震颤："啊！"

徐点点实在忍不住了。多么凄凉的女人，夏芊芊竟然没有一丝感动。就在夏芊芊抬眼看她的时候，徐点点一个电炮抢了过去！

博物馆外

"都怪你！好好的干嘛打我！好吧，让人轰出来了。这下你高兴了吧！"夏芊芊把嘴撅得老高，挂个油桶是不成问题！

"你能不能闭嘴！"徐点点心里这个火啊。这两张票可是她求爷爷告奶奶才弄到手的！也不知道她是哪根筋出了问题，居然想到要和夏芊芊一起来！事实证明，她真的是错得离谱！

"你不会把这个委屈算在我头上吧？这不行，我可什么都没做。不知道你是不是鬼上身，突然就打我一下！换成谁，谁不害怕啊。那害怕一定要拔枪的嘛！你也知道我是干哪行的。那些人更不像话，只是拔枪嘛，又没开，就把咱俩按在地上！要不是我的警官证，怕是现在咱们还扣着呢！还有……"夏芊芊在那儿滔滔不绝地讲起来没完！徐点点选择忍！刚刚的冲动已经让她付出了太大的代价。她这辈子拜夏芊芊所赐，总算被人五花大绑一回！

"还有就是那个玉镯、那幅画，居然有人说我长得像她，真是瞎了眼了！"夏芊芊拼命地诉说着自己的委屈，丝毫没有注意到一旁的徐点点愈发黑下来的脸！

"请你闭嘴！"徐点点实在是忍不住了，给了夏芊芊第一次警告！

"哎呀！我还没说完呢。那嫁人嘛，自己选个好的就得了，明知道是瘸子就应该拒绝的！活该她孤苦一辈子，还有……"夏芊芊依旧没有感觉到危险的逼近！

"再次请你闭嘴！"徐点点整张脸已经乌云密布了！

"还有一句啊！最可笑的是那个解说员，这套话都不知道对着多少人说过多少遍了，居然还能哭得出来，太多愁善感了吧。这样一点儿职业水准都没有的人，怎么还能在那儿站得稳稳的！真是不可思议！要在我们警局……"夏芊芊的好日子终于到头儿了！

"闭——嘴——"徐点点真的发疯了，举起右手朝着夏芊芊横扫过去！

啪！哐当！咚！

一连串的事件发生后，徐点点整个人都傻了，娇美的脸上写满了懊恼与后悔！只见夏芊芊倒在血泊之中，已经没有了呼吸！她只是想教训一下这个密友啊！却不曾想，这一巴掌要了她的命！

慢镜头回放

徐点点伸出玉手，迎风一抬，随后以迅雷之势"啪"地一声落在了夏芊芊的脸上。而夏芊芊被这突如其来的一掌打得眼冒金星，一个趔趄晃出了人行横道，"哐当"一声撞在对面疾驰而来的大卡车上，而后便"咚"的一声跌倒在地上！

慢镜头回放完毕。

看着倒在血泊中的夏芊芊，徐点点陷入了极度痛苦之中！

事情就这样慢慢过去了。只是没人知道，就在夏芊芊被车撞死的同一天，洛阳博物馆里的那只玉镯也跟着失踪了。

梦醒之后

夏芊芊兴奋地乱叫。她终于坐上了梦寐以求的时间飞船！看着一个个身影从自己的身边晃过！在他们的额头上还贴着标签儿似的东西！

呀！是慈禧！哼，这个老妖婆最讨厌啦！夏芊芊别过脸去！谁知又看到了杨玉环！真是个大美人儿啊！夏芊芊刚想伸手抱抱！时间飞船嗖地拐弯儿了！晕！武则天！那可是她夏芊芊最崇拜的偶像啦！时间飞船的速度越来越快，快到夏芊芊已经无法看清每个身影额头上的标签儿！天啊！夏芊芊直感觉头皮发麻！是恐龙！这么快就到远古啦！一只巨大的飞天兽张着血盆大口朝着夏芊芊扑了过来！

"啊！"

夏芊芊吓得突地睁开眼，满头虚汗淋漓！嗯？原来是一场梦！她发现自己躺在一张古色古香的大床上，四周贴满了喜字！夏芊芊猛地起身。

苍天啊！这是什么地方！只见正前方的桌子上面除了一些糕点之外，还摆着两个火红的蜡烛。低头再看看自己，夏芊芊的三魂七魄差点儿全吓飞了！

大红的长袖锦衣上绣着一朵朵绽放的梅花，一根紫色的宽腰带勒在腰际，其间还系着一块翡翠玉佩！天啊！这是怎么回事儿啊！这是什么衣服？谁的？怎么会在自己的身上？

夏芊芊战战兢兢地起身，向着右手边摆放铜镜的梳妆台奔了过去，拿起铜镜一看，只见铜镜里的自己两弯似蹙非蹙柳叶眉，一双似喜非喜含情目，丹唇外朗，明眸善睐，眼前之人不正是那日在博物馆里那画上的女人吗？怎么会是她？夏芊芊惊恐地看着镜子中的自己："不可能！我怎么可能变成这样！"

夏芊芊拿起镜子上举，下举，左照，右照，看到的是她！还是她！不……不可能。正举着镜子的夏芊芊在看到她右手的玉镯时，立地化石！

我的老天！这玉镯……这玉镯不正是博物馆里的那只？啪的一声，铜镜摔在了地上。夏芊芊整个人呆在那里一动不动。

此时，门被轻推着开启。一个十七八岁的丫鬟端着水盆走进来，之后反手将门关紧。

"小姐！"那丫鬟回头间见夏芊芊神色异常，便匆匆放下水盆，急步到夏芊芊面前，轻唤道，"小姐，你没事吧？你说话啊，是哪里不舒服吗？"见夏芊芊无语，丫鬟有些急了，"小姐……你别吓杏儿……说话啊……"此时，夏芊芊方才清醒，一把拉住杏儿："大姐，这是哪儿啊！求你啦！告诉我吧！我要回家！我要离开这儿！救命啊！我不要当她！"杏儿先是一愣，紧接着竟掉下泪来："小姐，你这是怎么了？我是杏儿啊，你怎么连我都不记得了？呜呜……"

"呃，你别哭啊，你快告诉我这儿是哪儿！我要离开！别开这种玩笑了。我知道我错了，我不应该说她是怨妇，不……不该说她自找的！我知错啦！苍天啊，让我离开这儿吧！"夏芊芊仰天，只是悔之晚矣！

几经折腾，夏芊芊终于知道自己赶上了这最倒霉的穿越，而且还是福无双至、祸不单行。正如那张幅画上记载，她是当朝宰相的独生女，因为政治原因嫁给了靖王龙祁轩。而这个不争气的龙祁轩偏偏就是风流成性。而眼前这位，是自己自小到大的贴身丫鬟杏儿。看来一切全都应验了，她的下半辈子要以泪洗面、孤独终老啦！夏芊芊越想越气，抬手啪的一下狠狠地扇了自己一个嘴巴！

"小姐，你别这样！怪也只能怪皇上。明知道靖王是个什么样的人，还非逼着老爷把你嫁过来！"杏儿说着说着又感伤起来！

原来是皇上逼婚啊！怪不得那画儿上的女人没有办法反抗呢！在古代，这叫金口玉言，不从就得死啊！夏芊芊对自己之前的言行甚表悔意！只是为时已晚了！

不行！她夏芊芊可是有恩必报的人，如今占了人家的身子，定要为她做些事情！至少不能让她被后人评定成怨妇！夏芊芊打定主意，看了看杏儿："杏儿，我现在脑子很乱，很多东西都想不起来了。若是我忘记什么了，你要时刻提醒我。譬如说，那个龙祁轩是个什么样的人？"夏芊芊发誓

一定要为画中的女人正名！若此人是个三好丈夫则罢；若不是，她绝不会坐以待毙！

"小姐，这个你也忘了？他……他是京城出了名的花花公子，不学无术。外面传言他最近包下了那个醉仙楼里的头牌，柳青青！"

"真的？"夏芊芊一听，顿时火冒三丈！想她当警察的时候就是负责扫黄的，没想到来了古代居然会嫁给个嫖客！

"小姐，我怎么敢乱说！这事儿全京城的人都知道。要不然你怎么宁愿死也不要嫁给他啊！"杏儿一脸冤枉地看着夏芊芊，发现在她的眼里似乎多了一种不一样的东西！

幸福花开。夏芊芊猛地闭目，以此四字暗示自己要冷静，在深呼出一口气后慢慢睁眼，看向杏儿："今天是我和那个靖……靖王的婚礼？"

"是啊！小姐你身上不还穿着礼服嘛！只是……只是靖王他还没有……来！"若不是皇上亲自主持婚礼，怕是靖王连拜堂也不会出现呢！

"不来正好！杏儿，你给我听好了，从今天开始，他是他，我是我。他能出去揽红抱翠，我就不可以朝秦暮楚吗！给我收拾收拾，咱也出去！"管他什么王爷不王爷的。人生苦短，她一个死过一次的人了，有什么看不开啊！

"小姐，这好吗？天还没亮，这么早离开洞房不吉利的。再说，万一靖王回来了，看到你没在，可怎么交待啊！"杏儿愕然。这么张狂的话怎么都不像是自家小姐说的！

"杏儿，你别傻啦。这洞房之内只有新娘就吉利啦！别啰嗦！快点给我找身男装。你也换一套。女装不方便！"夏芊芊字字铿锵，丝毫没有转还的余地！

"是。"杏儿不敢多言。自从知道自己被皇上赐婚之后，她家小姐就整日地以泪洗面，这半个月来说的话都没有这一晚上多！难得小姐肯开口，杏儿当然言听计从了。

夜深人静，月色如绸。两抹身影自王府蹿出之后，大摇大摆地朝大街上走去！

这主仆二人一前一后，有说有笑地来到了京城最热闹的大街——景华街!

"小姐……"

"嘟!"夏芊芊一把揽过杏儿,"叫我少爷!"

"呃……知道了……小……少爷!"

"笨!不是小少爷!是少爷!"夏芊芊举起扇子,轻轻地在杏儿头上敲了一下以示警告!

"是!少爷!"杏儿紧跟上夏芊芊的步子。

"少爷!你看看这个。这个漂亮!还有那个。那个也漂亮!"杏儿可从来没这么自在地逛过街。以前即便是出门,也只是买些文房四宝什么,像这么繁华的地方她可是很少来的!夏芊芊一脸无奈地看着杏儿一会儿窜到脂粉摊儿,一会儿窜到丝帕摊儿!这个场面让她想到了陪徐点点逛街的情景:从早上八点开始到晚上八点结束,就那么两条街,翻来覆去地走!估计就连每家商铺有多少件商品点点能数出来!

"杏儿!来,你过来!"夏芊芊耷拉着脑袋,无精打采地看着杏儿。

"少爷!"没叫错啊,怎么她家小姐看起来还是一副苦瓜脸嘛!

"我麻烦你注意自己的身分。看看你自己,从上到下一副公子哥儿的打扮,却在脂粉摊上跑来跑去!再说了,你觉得这很有意思吗!我要找乐子!明白不。要乐,要开心!麻烦你好好想一想,行不行!"夏芊芊学着警局里那个老妖婆训斥她的样子,狠狠地教训了杏儿一顿!

"小……啊不……少爷!你……具体指……"杏儿不明白女孩子不是应该喜欢逛街的吗?

"好!我给你个方向,要有吃有喝的地方!"夏芊芊下意识摸了摸肚子,着实饿了。

"呃……那前面有家醉食斋……"杏儿如实开口。

醉仙楼

"王爷应该回了!"一个身着华衣的女子步履轻盈地走到龙祁轩的面前,轻声道。

"怎么青青觉得本王应该回吗?"龙祁轩面无表情,端起桌子上的茶杯,

放在嘴边，轻啜一口。这味道，他喜欢！

"昨日王爷大婚，青青如何都没有想到王爷会扔下新娘到我这里。据青青所知，新娘是名满京城的才女夏芊芊。不但如此，其相貌也是倾城倾国！这样才貌双全的女子，王爷真的忍心就这么待她？"看着眼前这位风华绝代、俊逸无双的男子，柳青青轻声提醒。

"我为何不能这么待她！这场婚礼的代价是堂堂太子之位！父皇以为这样就可以平息我的愤怒吗！"握在手中的杯子因为他的激动而溅出水来。龙祁轩感觉到自己有些情绪失控，慢慢地放下茶杯，嘴角轻笑，却笑得诡异非常！"那个夏芊芊和太子之位相比值几两重！虽然她是父皇给我的补偿，但我偏偏不领这个情！"想他龙祁轩虽是当今皇上的六子，但朝廷内外谁不知道他战功彪炳，文韬武略更是无人能及。本来他对太子之位毫无兴趣，怪只怪那个龙祁峻居然抢了他最爱的女人！

"只是可惜了夏姑娘！"看着龙祁轩眼中的寒光，柳青青若有感慨。这个男子虽然在自己这里，可是心却离自己很远。她甚至不知道他来这里是为了什么，她亦知道在他的心里始终就只有一个女人——沈茹芯！是啊，自从知道这一点后，柳青青便知道这个男人爱不得。因为她永远也不会得到这个男人的心，所以也只剩下仰慕了！

对于女人来说，柳青青无疑是明智的！

龙祁轩起身走到窗前，束手而立。曾几何时，他多期盼着这一天的到来，将自己心爱的女人变成自己的王妃。可是这一切都因为龙祁峻的介入破灭了！

"青青觉得那个夏芊芊很可怜？那是她的命！身在官宦之家，注定要成为政治的筹码！她若是怪，也只能怪错生在宰相府！"龙祁轩的眼中突然闪出了沈茹芯的容颜。到现在为止，他甚至不知道那个女人为什么会离开他，投进了龙祁峻的怀抱！

"青青，我先走了！"龙祁轩疾步离开柳青青的屋子。他想知道，自己大婚，那个女人会是怎样的反应！

看着龙祁轩的背景渐渐地淡出自己的视线，柳青青长舒出一口气，眸光流转间滑出释然的表情。她庆幸，在龙祁轩的爱情游戏里，没有她的影子！

太子府的后花园

"你终于肯出来见我了！你这个太子的侧妃还真是不容易见呢！"清冷的声音中夹杂着太多的怨气！曾几何时，眼前的这个女人是自己心中的至爱。为了她，他可以放弃所有的一切！

"你何必这么挖苦我呢！而且你已经有了你的王妃，还来找我做什么！"看着已经过了花期的牡丹，沈茹芯淡淡开口。她一身浅蓝色纱衣外面披着白色轻纱，微风吹过，给人一种飘飘欲仙的感觉；未施粉黛，却难掩她的倾国倾城！

"我的王妃！你知道的，在我心中，你才是我的王妃，从来没变过！"龙祁轩愤怒的双眼紧紧地盯着沈茹芯，黝黑的瞳孔里铺天盖地的恨意直达心底！

看着眼前的男人俊美的面容上写满了痛苦，沈茹芯的心里竟有那么一点点的满足！可以被这样神般的男人爱在心里，让她作为女人的虚荣心升到了极点！只是，她要的不只是男人的爱！她要的是权力，无尽的权力。当年若不是她父亲无权无势，也不会落得个抄家的罪名！所以，就算要放弃爱情，她也要得到自己想要的东西！只可惜，她千算万算也没想到，她费尽心思的下场却只是个侧妃！她不甘心！

"说这些还有用吗？时候不早了，我想靖王应该回府了。毕竟这是太子府，我是太子的侧妃。而你在这里，似乎于礼不合！"对于龙祁轩，她不是没爱过。只是她对爱的欲望远不及权力的万分之一！

"茹芯，你告诉我，到底发生了什么。你是爱我的，我知道。可是为什么你要跟皇兄走！求你，告诉我！"龙祁轩彻底崩溃了。直到现在，他都不知道沈茹芯离开的原因！这是他第一次付出感情啊！

"祁峻！"沈茹芯忽然隐去了眼底的精光轻声唤道！龙祁轩身后，一个如铸般棱角分明的男子走了过来，玉树临风，力度与傲气丝毫不输龙祁轩！

"怎么皇弟会在这儿？不是应该在府里陪着娇妻才对吗？"淡淡的声音没有一丝温度！虽然是手足兄弟，但是龙祁轩的做法已经超出了他这个哥哥容忍的范畴！

沈茹芯面带惧色地跑到龙祁峻的怀中。她在怕他？在沈茹芯的眼中，龙祁轩分明看到了恐惧！不可能！刚刚还不是这种眼神！难道这是装的？更不可能，他不相信自己深爱的女人会有这般演技！总之，他不甘心！

"茹芯！"龙祁轩甚至带着乞求的颤音呼唤她的名字。只是，她不为所动！

"皇弟，这是你的皇嫂！请你放尊重些！我不想因为这件事惊动了父皇！"龙祁峻阴沉地说。沈茹芯不止一次跟他提过祁轩多次骚扰她，只是他不信。可今日他亲眼看到这样的场面，不由得怒火中烧！

"靖王！您还是回了吧。茹芯的眼里和心里一直就只有太子一人！请你以后不要再来找我！"沈茹芯本不想把话说得这么绝，只是龙祁峻在！她不想白白浪费这么好的表白时间！

没有回音。龙祁轩突然感觉到眼前一片茫然。什么龙祁峻，什么沈茹芯，越来越模糊了。是该离开了！他再也找不到呆下来的意义！就这样，龙祁轩慢慢地走出了太子府，耳边回响着沈茹芯的话。茹芯的眼里和心里一直就只有太子一人！呵！真可笑。曾经的花前月下、对酒当歌都是假的吗！如果这都是假的，那这世上还有什么是真的！

恍惚间，龙祁轩回到了醉仙楼。此时此刻，他只想喝酒！只想喝醉，越醉越好。这样就可以忘了自己心上的那个女人！

第一章　穿越洞房冷娇娘

第二章　靖王府内凤斗凰

天色渐亮，杏儿悄悄地走近床边，一张小脸慢慢地凑了过去。

"啊！"夏芊芊刚睁眼就看到一双绿豆般的小眼睛一眨不眨地盯着自己，搁谁谁不害怕啊！

"我说杏儿！你是不是对我有意见啊！人吓人可是要吓死人的！你想谋杀啊你！"夏芊芊用手紧拍着胸脯。好在她心脏够强！要不然又不知道穿越到哪儿去了呢！

"几点啦！啊不，什么时辰啦！"夏芊芊回想着昨夜的那顿狂吃海喝，甚是满意！

"回小姐，到用膳的时辰了！只是……这府上的人都知道小姐您不受宠，所以……怕是也没给您准备饭菜！"杏儿委屈道。

"呃……"夏芊芊迟疑许久后开口，"杏儿！更衣。"夏芊芊挑眉道。

看着铜镜里的自己，夏芊芊不禁呆住了。她全身上下尽显华丽奇服，金银丝线相映生辉、贵不可言，发髻上的金步摇更是流转熠熠。这都不重要，重要的是自己与那画中的人一模一样。夏芊芊突然有个奇怪的想法，那画中的人莫不是自己的前生吧？若真是那样，她更要好好教训那个靖王！居然害她那么早投胎，还被后人骂成怨妇！

"杏儿！我们出发！"只见夏芊芊大步流星地迈出房间，趾高气扬的样子，俨然这靖王府的主人一般！

走出房门没几步，夏芊芊突然听到假山的后面似乎有声音，转身朝着杏儿"嘘"了一声后，踮着步子趴到了假山旁边！

"对了，你见过咱们的新王妃没？"

"没有！你呢，雪儿？"

"我也没有。要说看，不就是在拜堂的那天看的嘛！再说了，有什么好看的啊！咱们家王爷才不喜欢她呢！"

"可不是嘛！听说咱们王爷都没进洞房呢！什么名门千金啊！连自己的男人都看不上的女人，还好意思活着呢！"

"谁说不是呢！咱们家王爷那是玉树临风、相貌堂堂！她以为她是谁呀，怎么可能配得上咱们王爷嘛！还不知道她那个爹是怎么巴结皇上，才为她许下了这门婚事儿呢！不要脸！"

假山后面，夏芊芊轻轻地呼出一口气，强忍着一肚子的怒火，接着往下听。

"谁让她命好啦，摊上个好爹！可苦了咱们王爷啦，连洞房都不进。她肯定是丑得够可以的了！"

"听说咱们王爷在醉仙楼包了那儿的头牌！这么看来，咱们那个新王妃还不如个妓女呢！"

"可不是嘛！咱们王爷不是说了嘛，任她自生自灭。说不定她现在啊正在屋子里哭得稀里哗啦呢！"

"没错！咱们要不要去看看呀！"三个丫鬟叽叽喳喳地叫个不停，可把假山后面的夏芊芊气得半死。杏儿也实在是听不下去了，正要出去和她们理论，却被夏芊芊一把拉了下来！

夏芊芊指了指前面，二人悄悄地离开了假山。

"小姐，她们那么说你，你就这么认啦！"杏儿真是不明白，小姐不是变了个人吗，怎么这人儿又变回来啦！

"认了？哼！杏儿，你刚才有没有听到她们三个的名字？"夏芊芊可是记得清呢！雪儿、桃红、香儿。对于刚才的屈辱，她夏芊芊准备加倍奉还，而且不是改日，就在今天！

"当然记得啦！雪儿、香儿还有一个桃红！小姐，你要回去和她们理论？"

"和她们理论？你不觉得掉价吗？"夏芊芊最讨厌这种狗仗人势的家伙。就像她们局里那个莹莹，仗着跟局长挂了那么点亲戚，成天的对她指手画脚。明明就是平级嘛！有什么资格那么对她！没想到这种人古已有之！

就在二人走到王府正厅的时候，突然有位老者吆喝着开口："你们哪来的！喂，说你呢！看什么看！问你话呢！聋子啊你！"看上去和和蔼蔼一老头，说话这么冲。

夏芊芊本就憋着一肚子火，登时发作，三下五除二便将老者按倒在地。也不想想她刑警三年是白干的了！

"我一向敬老的！这可是你逼的我！"夏芊芊恨恨道。

"女侠饶命！女侠饶命啊！"

见地上老头如此哀求，夏芊芊这才放手，面部表情微有松弛："去，把这府上管事儿的给我叫来！"

"回女侠的话，我是这府上的总管家，免贵姓秦！女侠若有什么吩咐直管跟小的说！只要小的能做到的，一定照办！"

"早这么听话多好，何苦多受了那么一点儿罪呢！杏儿！过来，告诉他，我是谁！"夏芊芊冲着杏儿使了个眼色，压低了声音对杏儿说了四个字，"注意语气！"

"你给我听好了，这是我们家小姐！"杏儿扯着嗓子大喊，不时回头看看夏芊芊的反应，见夏芊芊点头，继续道，"这是我们家如花似玉的夏小姐，你们王府高贵贤淑的新王妃！这回记住啦！以后见了王妃要是再这么没礼貌，后果可是很严重的！"杏儿可从来没这么和人说过话。这种感觉还真是……真是一个字儿——爽！

"啊！"秦管家听了这话，整个人呆在那里，半天没动弹！不对啊，听说他们的新王妃是个温柔贤惠的女子。可眼前这位，不动的话看上去还真是那么回事儿。这一动！哎哟！哪有一点儿大家闺秀的样子嘛！

"啊什么啊！快叩见王妃呀，又想挨打了吧！"杏儿这回胆子也大了起来。要不人家怎么说有了第一次就会有第二次、第三次嘛！

"是，是，是！小的拜见王妃"秦管家哪敢怠慢啊！他全家老小的命可都握在这个夏王妃的手里啊！

"嗯！"夏芊芊一边儿摆弄着手中的玉镯，一边儿似有深意地看了眼秦管家。

"王妃有什么吩咐，小的这就去做！"秦管家这回可学得乖着呢！颠儿颠儿地小跑到夏芊芊的身边儿！看来这个女主子可不是省油的灯，不巴结着点儿，以后可有的亏吃呢！

"秦管家！你听好了，我要你以最快的速度将府上所有的人都给我集合到这儿来！一个也不能少！知道吗？若是少了一个，嘿嘿！你是知道后果的！"敢说她夏芊芊不如妓女！这口气她可没这么容易顺！

"是！"秦管家接到命令，马上行动开来。只见他左一趟右一趟，在夏芊芊眼前晃了十多次！古代就这点不好，集合嘛，一个哨子就好啦！呃，哨子！夏芊芊脑袋瓜子这么一转，不知道又想到了什么鬼主意。

"杏儿，你过来！"夏芊芊朝着杏儿勾勾手指，"你去后花园给我折几枝稍粗一点儿的柳条回来！记得要稍粗一点儿的！也不能太粗哟！快去！"杏儿又开始疑惑了，不是用柳条抽那几个小丫鬟吧，虽然她也觉得那几个小丫鬟很过分，非常过分，但也不至于动大刑吧！不过小姐吩咐了，她也只好照做啦！不服从小姐的后果她可是看到的！

"回禀王妃，人都到齐了！"秦管家累得是满头大汗、气喘吁吁，看来是没有偷懒。

"真的齐了？手里拿的什么？"芊芊注意到秦管家手里多了一个册子之类的东西，猜想应该是名册吧。

"回王妃，这是点名册！"秦管家赶忙将册子举到夏芊芊的面前，毕恭毕敬！

"这才乖嘛！这看嘛，我就不看啦。你先向大家介绍介绍我，可能还有好些人不认得我呢！之后呢，你就照着这册子上的名字给我念，被念到的人上前一步走。听到啦？"夏芊芊秋水明眸扫视面前的一群家丁。真是站没站相！看来她要好好训练一下啦！

"大家听好啦！在你们眼前这位倾城倾国、姿颜旷世的天仙美人就是咱们王府的新王妃！也是你们的女主子！"秦管家不失时机地回头看了看夏芊芊的表情。嗯，看来很满意！他当了这么多年的管家，察言观色的本事可是一流的！

"接下来，我点到名字的向前一步走！让我们的新主子看清楚！听到没?"秦管家照着夏芊芊的意思开使扯着嗓子喊了起来。

"李凤、田其、王二、香儿、雪儿、桃红、小蝶……"被点到名字的家丁一个一个地走上前来。就在点到香儿、雪儿、桃红的时候,夏芊芊抬眼看了看,正好也对上她们的目光,不难看出她们脸上的惊讶。嗯,看来其貌不扬这四个字算是从她们的心里抹掉了。只是一会儿还有更惊讶的等着她们呢!

"王妃,这王府的人都在这儿了。刚刚点的名字,一个不差!"秦管家卑躬屈膝地走到夏芊芊的面前,唯唯诺诺地将点名的结果告诉这个新王妃!

"嗯,不错!你这个管家还是满称职的嘛!你先退到一边儿。我要训话!"夏芊芊轻放下翘着的二郎腿,款款走到众人面前,扯了扯嗓子,指着雪儿喊道,"你,出来!"

雪儿一听,全身那么一颤,两腿发抖,赶忙绕过前面的人来到了夏芊芊的面前:"王妃好!"

"好!我当然好了!只是你……"夏芊芊有意在这里停顿一下,接着道,"刚刚秦管家是怎么介绍我的?我有些忘了,不如你再告诉我一遍,顺便也让他们听个仔细!"

只见雪儿早已是满头大汗,这就叫做贼心虚。这么多下人,偏偏叫住她。这让雪儿不难想象刚刚在后山说的那些话是不是走了风声:"是,王妃,刚刚秦管家……说……说您是……"

"慢着!别冲着我!我是谁还用不着你告诉。冲着大家!说说,我是谁?"夏芊芊的耳朵里还回响着刚刚在假山的那些话。真是窝火!

"是……是新王妃!"雪儿好不容易才把这句话说完整!

"秦管家,麻烦你再告诉这个雪儿一次,我是谁!"夏芊芊清雅地转身回了自己的座位。

"这位就是我们倾城倾国、姿颜旷世的新王妃!"秦管家对着雪儿大喊了一声,而后看了看夏芊芊的反应!

"嗯,不错!雪儿,现在知道该怎么说了?"夏芊芊启唇轻笑,看了看另两个丫鬟的反应!如她所料!个顶个的脸色发白!

"回王妃,雪儿知道了!雪儿这就重新再说一次!"

"慢着！刚刚秦管家已经又说了一次了，你不用那么麻烦了嘛！看到那边儿的那颗树没？它或许还不知道呢。怕是这府上的每一棵树都还不认得我呢。你去，就照着秦管家的样子，对着府上的每棵树都给我说一次！要有一个拉下了，我可是会不高兴的！"夏芊芊最后一句话加重了语气，但依然笑得恬淡！

"是！王妃！"雪儿哪敢反抗。连平日里凶巴巴的秦管家对这个新王妃都服服帖帖的，看来谣传真不能信啊！雪儿自认倒霉，一路小跑着奔向夏芊芊指的那棵树，"这位就是我们倾城倾国、姿颜旷世的……"

嗯，教训了一个了！还有两个。夏芊芊的眼里闪出一道精光。下一个！嘿嘿，目标锁定香儿！

夏芊芊再次起身。面前的家丁则是人人自危！尤其是桃红和香儿！

"香儿？谁是香儿？"夏芊芊走到香儿面前，故意四处张望！

"回王妃，小的是香儿！"此刻的香儿两腿打着哆嗦，大气不敢喘一下，更别说抬眼了。

"嗯，这名字不错。我一下就记住了！你肯定知道我是谁了。"夏芊芊伸出她的纤纤玉手把香儿拉出了人群。

"香儿知道，您是我们倾城倾国、姿颜旷世的天仙王妃！"香儿手心沁满了汗水，想必是吓的！活该，谁让她刚才胡言乱语啦！还说她夏芊芊不如妓女！

"哎呀！不用这么麻烦，叫王妃就好啦，谁让我看你顺眼呢！"夏芊芊刚放开香儿的手，突然惊叫一声，吓得香儿一下子跪到了地上。没等她喊饶命，夏芊芊伸手便将她牵了起来，"看吧，这王府居然还有这么大的石子儿。不只我，就连香儿你都被绊倒了。看来得好好收拾一下啦！"夏芊芊用余光瞄了一下香儿，"香儿啊，你手上有什么特别着急的活儿吗？"夏芊芊将她的倾城容颜凑到了香儿的面前，诡异地看着香儿。

"回王妃，没……没有！"香儿自感大难临头，汗珠子啪嗒啪嗒地往下滴！

"那你就把这王府每条路上，像这么大的石子儿替我捡起来！"夏芊芊指着她刚刚踩到了比大米粒还要小的"石子儿"，看着香儿，"不过也别累着了，天黑之前捡完就可以啦！要注意身体啊！"

"是……是，王妃！"

看着香儿也伏法了，夏芊芊的目标转向桃红！要怎么惩罚她呢？夏芊芊眼球一转，计上心来！

夏芊芊慢步走到秦管家的面前，突然低头扯着自己的袖子："这是什么呀！怎么这么脏啊！"夏芊芊柳眉紧皱，转而看向秦管家，"这好像是我刚刚过来的时候，碰到了那个后园的假山上了！秦管家，你看看，是不是特别脏！"

秦管家抬眼一看，觉得这衣袖干净得不能再干净了。真不知道下一个遭殃的会是谁！只要不是他就好啦！

"是……是够脏的！"除了配合，秦管家别无他路。

"是吧。"夏芊芊转身，貌似随便指了个人，却正好指到桃红站的方向，"你，过来！"

桃红早就知道下一个一定是自己，看着夏芊芊指到自己，赶忙跑了过去。态度好点儿或许不会像她们俩那么惨吧。

"王妃有什么事儿请吩咐！"桃红低眉顺眼，恭恭敬敬地来到夏芊芊的面前，等待着对自己的审判。

"这还用问嘛！把这府上的假山都给我擦得一尘不染！假山嘛，又不是真山，怎么会有那么多土！"看着桃红唯唯诺诺的样子，夏芊芊不禁怅然。要早这么毕恭毕敬的，少受多少罪嘛！

"是，王妃！"桃红转身，拼命擦了擦额头上的汗。总算比香儿好吧。照她那个捡法，腰还不得断了啊！

嗯，总算是出了一口恶气！夏芊芊顿时感到心中那股闷火烟消云散啦，连呼吸都感觉特别顺畅！这时，杏儿手握着一大把柳条跑了过来，刚刚看到一个小丫鬟正对着树大叫什么倾城倾国的，后来又碰到一个趴在地上捡石子儿的。看来她是错过一场好戏啊！

"小姐，这是你要的柳条！"当杏儿把柳条交到夏芊芊的手里时，所有的人包括秦管家都瞠目结舌！不是要动大刑吧！

夏芊芊接过杏儿手中的柳条，看了看粗细，还不错，于是挑了一根最

符合要求的，留了下来，其余的全数扔到了地上！

只见夏芊芊先是折断柳条的两端。秦管家疑惑了，这打人还能疼了嘛！接着她又在剩下的那仅有的一段柳条上拧来拧去。所有家丁的目光都射向夏芊芊。要知道，她每一个动作或许都跟他们有莫大的关系！不会一会儿把手弄破了，让我们把府上所有的树都砍了吧！在这些家丁的眼里，夏芊芊正式被封为河东狮！谁惹，谁就死定了！那三个丫鬟就是个例子！

夏芊芊在那里弄了半天。一个简易的哨子终于现身啦！看着夏芊芊拿着她手里的玩意走到自己的面前，秦管家的腿也开始打颤："王……王妃！"

"那，你吹吹试试！看看有多响。"夏芊芊将手中的东西递给秦管家，一本正经地看着他。

"是！"秦管家算是豁出去了，接过夏芊芊手中的哨子，放在嘴边儿，"噗噗……"只见秦管家憋得满脸通红，却一丁点儿响声也没吹出来！

"王……王妃，这个不响啊！"完了，阴谋！这肯定是阴谋！看来他这把老骨头又要遭殃啦！

"当然啦，你吹得不对嘛！要对准了地方，往外呼气！你刚才做的完全不对！"夏芊芊长这么大还没见过这么笨的，"照我说的，再试试！"夏芊芊一脸焦急地等待着秦管家继续努力！

"好……好！"看着夏芊芊严肃的样子又不像是假的！秦管家按着夏芊芊的样子使劲这么一吹，真吹响了。秦管家抬头，欣喜地看着夏芊芊。

"嗯，不错！"秦管家的任务算是完成了，接着就是这班家丁啦！夏芊芊转身面向一群家丁，"你们听着！总体来说呢，你们今天的表现我还是十分满意的！但……"呃！有转折。下面的家丁你看看我，我看看你，个个心跳加速！

"但是，你们的集合速度不是一般的慢！这点还有待训练！为了以后更好地管理这个王府，我现在就开始对你们进行急训！"夏芊芊冲着秦管家摆摆手，"秦管家，你记住了，以后我让你总集合的时候，你就吹三下；让你集合男的，你就吹两下；让你集合女的，你就吹一下！记住没？"

"嗯！记住啦！"

"好！大家听着，现在各自回到自己的岗位上。我们来一次演习！当你们听到秦管家的哨子时，首先要听清是几下。如果和自己有关，就马上放下手中的活儿跑到现在这个位置上！听到没！"夏芊芊突然间气势高昂！原来净是被别人训，现在她也可以当回教官，这心里别提多兴奋啦！

"现在大家有没有问题?"夏芊芊凌厉的眼神扫过眼下那班家丁。看这架式，哪个敢说个"有"字儿呀！

"好！既然大家都没什么问题，现在解散！"夏芊芊柳眉轻挑，看到眼前的人一动不动！晕！不是吧，解散是什么意思都不明白！

"现在大家该干什么干什么去！等会儿听到哨声马上回到这里站好！听到没！"嗯，这句解释得够详细啦。所有的家丁唰的一下就在夏芊芊的眼前全部消失！

大概过了一刻钟的功夫，夏芊芊冲着秦管家一点头，伸出三个手指！秦管家心领神会，憋足劲儿吹了起来："嘟！嘟！嘟！"

从秦管家吹哨开始，夏芊芊便在心里默数。直到她数到一百，这人才算到齐！

"我说你们的速度也太慢啦！是耳朵不好使，还是腿不好使啊！哎！你们俩，出列！看什么看，就是你们俩！给我出来！"夏芊芊指着末排边儿上的两个男家丁。糟了，又要有人倒霉了！秦管家这汗呐一个劲儿地往下冒！他从心里企盼着王爷能快点儿回来，救他们于水火之中！不过看新王妃这架式，就算王爷回来了也未必能制得住她啊！

看着眼前这两个吓掉了魂儿的男家丁，夏芊芊绕了好几圈儿！

"有什么话在这儿说！大声说！训练期间不许私下交头接耳！听到没！"看着两个男家丁捣蒜般点头，夏芊芊大发慈悲，"绕着这王府跑十圈！去！"这还是赶上她心情好！若是不好，一百圈儿都有可能！想她夏芊芊被训的时候又不是没跑过呢！那叫一个累！

这时，夏芊芊像是想到了什么，勾勾手指把杏儿叫到了身边儿，压低了嗓音："现在什么时辰啦?"

"快午时啦！"杏儿看看太阳的方位，小声回了夏芊芊。

"嗯，大家听着，刚才我教你们的那点儿事儿，没事儿的时候都给我勤练着点儿！我可是要不定期抽查的！要是让我不满意，那可就不是跑十圈儿的事儿了！现在嘛，大家都散了吧！各忙各的去吧！"

秦管家一听这话，撒开两条腿刚要跑，却被夏芊芊一把抓住了。

"秦管家，这事儿我就交给你了！给我好好练！要是下次让你集合再这么慢吞吞的，让我不满意，你可要小心点！"

"保证不会，请王妃放心！"秦管家连声保证。下次再说下次，先把这次的关过了再说吧！

"杏儿，回房！补个回笼觉先。"夏芊芊扬手与杏儿大摇大摆地离开，留下众人一脸愕然。

靖王府

龙祁轩到了自己的府门外。自从新婚那天离开，他已经两天没回来了！不知道那个宰相家的大千金是不是走了！管她呢！就算死了关他什么事儿，反正他有不在场的证据！想到这儿，龙祁轩大踏步地走了进去！

"王爷！您回来啦！您这两天去哪儿啦。"秦管家看到龙祁轩进了府门，赶忙迎了上去，脑袋还不时地往后看！

"我能去哪儿！醉仙楼！不对！老秦，你是不是有什么事儿啊！"龙祁轩是越看越不对！平时的秦管家可没有这般多话。

"没有！王爷多心了！奴才只是关心一下王爷！呵呵，王爷还没吃饭呢吧！我这就吩咐下去，给王爷您准备膳食！"秦管家眼珠子一转，心想王妃今天在府里发飙的事儿最好别跟王爷说！要是日后王妃追究下来，自己可是吃不了兜着走了！

再往里走，龙祁轩正看到香儿撅在地上不知道在干什么。

"香儿！你干什么呢！"龙祁轩皱着双眉走到香儿面前。

"王爷！王爷我……"香儿刚想冒出嘴的话硬是给憋回来了！她可没忘了自己是为什么才在这儿捡石子儿的！都是这张破嘴。现在再多话，要是让那个倾城倾国的天仙王妃知道了，后果真是不敢想！不敢想！

"问你话呢！说啊！"这是怎么了？管家、丫鬟怎么都怪怪的呢？

"那个……咱们府上的地上石子太多，我怕硌了王爷的脚，所以正捡着呢！呵呵！"香儿一脸苦笑！这才叫哑巴吃黄连，有苦也不能说出来！

"呃！"龙祁轩看了看香儿。什么时候他府上的人变得这么勤快了！

嗯，不管了，先去看看那个夏芊芊死了没有！虽然不情愿，但龙祁轩还是朝着夏芊芊的房间走去。

刚到后花园，他便看到桃红在假山那儿上蹿下跳的。真是奇了怪了。怎么才两天没回来，府里出了这么多稀奇事儿？

"桃红！你在那儿干嘛呢！"龙祁轩朝着假山的方向转了过去。

"王爷！啊，没事儿。这假山上全是土。我正擦呢！"桃红显然比香儿要识相得多。所谓祸从口出嘛！她刚因这张嘴吃了亏，哪还敢乱说话！

"喔！"龙祁轩真的是迷茫了。他府上的丫鬟勤劳过头了吧！这要是传了出去，他还不捞得个虐待家丁的罪名嘛！回头得好好说说老秦啦！龙祁轩转身回来朝着夏芊芊的房间走去！

说来也巧，夏芊芊回房后吩咐杏儿出去给她买些果腹之物后，径自倒床大睡，时而还来些磨牙的小插曲。

此时，龙祁轩推门而入，看到床榻上昏昏欲睡的夏芊芊不禁嗤之以鼻，想她是在哭啊！

"你没死就好！嫁到我靖王府就给我安分点儿，否则我随时休了你！"留下这句狠话，龙祁轩转身离开！伴随关门声的，是一阵更大的呼噜声！

第三章　倾城初现皇家宴

回到正厅，龙祁轩刚刚坐稳，秦管家便颠儿了过来："王爷，李公公刚刚传话过来，明晚御花园，皇上摆皇家御宴。几位王爷都要参加！"秦管家据实禀报！

"家宴？知道了。你先下去吧！"龙祁轩突然想到沈茹芯，眸光忽闪过一丝寒意。他一定要知道，沈茹芯为何会选择太子而不是他！

次日酉时，当夏芊芊欲出门消遣的时候，正看到秦管家在大门口儿遥望半天，于是悄悄走了过去："看什么呢？"

"王爷到皇宫赴宴为什么没带上王妃呢？"秦管家喃喃开口，回眸间，正看到夏芊芊的脸早已浮现万条黑线！呃……闯祸了！

大街上，夏芊芊低头不语，作冥思苦想状，径直朝前走着。杏儿自是跟在后面，不过见主子这般脸色，却也不敢多插一嘴！

怎么样才能混进皇宫呢？那个龙祁轩不带我去，定是有什么猫腻！不行！她一定要去！而且还不能堂而皇之地去，她倒要听听那个龙祁轩要怎么解释不带自己的王妃！

"哎呦！谁呀，这么不长眼！"夏芊芊被人狠撞心中自是不满，正欲掏出爪子理论，却在看到面前之人后不由一怔！

只见撞到自己的那个男子长发如墨，眉峰淡如烟雨，纤长的睫毛在眼睛下投成一片阴影，鼻骨如刀削一般坚挺而秀美，皮肤皓白，在阳光的照射下透出莹莹如玉的光泽！

夏芊芊看着眼前的人，不由地屏住呼吸。好俊呐！花痴本性尽显！

"咳！撞我干吗？"出于对帅哥的照顾，夏芊芊硬是将语气缓和了些。

"姑娘这话可是冤枉在下了！在下早就看到姑娘你，而且很识相地闪到

了一边。只是我闪到左边儿，你就朝左边儿走；我闪到右边儿，你就往右边儿走。我就差飞上天了！所以姑娘你不应该怪我吧？"此人正是当今太子，龙祁轩的三哥龙祁峻！面对眼前这位绝色倾城的女子，龙祁峻自是有怜香惜玉的绅士风度。不止如此，他还知道这位便是宰相府的千金，也是龙祁轩新娶进府的王妃。有这样一位如花似玉的美妻，祁轩何以还要缠着茹芯？

"是吗？谁看见了！"夏芊芊死不认账。

"小姐，你刚刚……我想叫住你了，可是……"杏儿怯懦开口。

"闭嘴！"真晕，不就是帅点儿嘛，连主子都出卖！夏芊芊转回头，正色看向龙祁峻，"咳，解释就是掩饰！掩饰是苍白无力的！如今你错在先！我可不会就这么算了的！"皇宫是进不去了，此时的夏芊芊还真想有这么个人可以让她发泄一下！

"那姑娘想要在下怎么做呢？"龙祁峻看着夏芊芊一副不得理还不饶人的架式，美目微闪，笑意连连。

"要你怎么做？我想的怕你没那个能耐做！"她想进皇宫！长得帅也不代表万能吧！

"你大胆！还不快跪下！向我家主子认错！"跟在龙祁峻后面的小六子实在忍不住了。他主子是太子，岂可容人这般污辱！

"这位小哥儿，你没事儿吧！我们家小姐就算错了也不至于向你们家主子跪下吧！"

"杏儿！"夏芊芊冷冷喝斥。

"呃……再说我们家小姐也没错嘛！"杏儿在收到夏芊芊传的信号后及时纠正了自己的口误。嗯，小姐没错，小姐永远不会错！杏儿这样在心里默念着！

小六子正想反驳，被龙祁峻一眼瞪了回去。他倒要听听他的好弟媳到底要他做什么。

"姑娘不妨直言。若在下能做到，我希望姑娘答应在下一件事儿！"龙祁峻看着夏芊芊，脸上浮起自信的笑容！

"我想进皇宫，见——皇——上！"

龙祁峻闻声轻笑，微微颔首："这有何难？"

"你……你不是开玩笑吧？我要进皇宫！你真的可以办到？"夏芊芊瞪着圆圆的大眼珠子，嗖地蹿到了龙祁峻的面前，纤纤玉手紧拉住龙祁峻的胳膊！

如此近的距离，龙祁峻突然有些不适。那张俊颜从莹润白皙到微染霞光，再到满脸通红！一颗心脏怦怦直跳。这种感觉从来没有过！就算是沈茹芯也从未让他有如此感觉！龙祁峻心中愕然！

"如果小姐信，便跟在下走；若不信，当在下没说过就好。"龙祁峻咽了下喉咙，轻抽出被夏芊芊紧搂着的胳膊，径自向前走去！夏芊芊已经是穷途末路，如今捡着这么根救命稻草，岂有不跟之理！

绕过三条街道，龙祁峻在一家"天裁衣庄"的门前停下了脚步，转身正欲开口，却见夏芊芊一个跟头扑进他的怀里！

"没事吧？"龙祁峻忧心开口。

"拜托啊，下回停下来先吭一声。"夏芊芊总是这么有理，"呃，我是没事儿！不过你就不好了，脸咋那么红咧？"夏芊芊反握住龙祁峻的手臂，貌似很关心的开口。

"我……我没事儿！"龙祁峻用手挡开夏芊芊的玉臂。他怕再不分开，他真会做出什么泯灭良心的事儿。有那么一刻，他竟然想去亲她，他的弟妹！天！龙祁峻的额头上顿时冒出丝丝冷汗！他被自己刚刚的想法吓到了！

"为什么带我到这儿？"夏芊芊对龙祁峻的反应不甚在意，狐疑地看向眼前的衣庄！

"因为你需要惊艳出场！"龙祁峻平息了心底的悸动，将夏芊芊拉进衣庄。

差不多一个时辰，当夏芊芊从衣庄出来的时候，连龙祁峻都不禁惊讶。

只见眼前女子金色纱衣裹身，里面的杭州丝绸白袍若隐若现；腰间用一条淡蓝软纱轻轻挽住；略施脂粉；一头乌黑的发丝翩垂纤细腰间，头绾风流别致飞云髻，轻拢慢拈的云鬓里插着紫水晶缺月木兰簪；项上挂着圈玲珑剔透璎珞串；内罩玉色烟萝银丝轻纱衫，衬着月白微粉色睡莲短腰襦。何等的天资国色，何等的旷世姿颜！龙祁峻的眼睛再次定格在夏芊芊的倾城容貌之上，片刻不离！

对于太子来说，带个把个人入宫，那些侍卫断不敢阻拦！于是，在龙祁峻的帮助下，夏芊芊与杏儿顺利进入皇宫！

当然，龙祁峻也考虑到夏芊芊进宫，六弟断不知道，所以便在御花园寻了处地方将夏芊芊与杏儿藏了起来。

"你到底是谁?"夏芊芊终于想起问这么关键的问题了。不过在龙祁峻看来，能问就不算笨啊！

"你一会儿就会知道！不过请你相信我，我不会害你！而且在这里，你自然会看到你想看到的，也会知道我是谁。"龙祁峻语毕后离开。

"小姐！咱们就在这儿等着吗? 你说姑爷真的会来吗?"杏儿与夏芊芊畏缩在假山之内，开始了漫长的等待。

不知过了多久，夏芊芊忽然听到一些嘈杂的声音。

好嘛！只见着一群太监宫女朝这边儿走来，手上还搬着椅子、桌子之类的东西，好像还有果盘儿！估计宴会是要开始了！好戏就要上演啦。

"皇上、皇后驾到！"伴着一阵尖细的声音，这个皇家宴会正式开始。夏芊芊的眼睛自是瞪得溜圆搜索着自己的目标！

只见正位上端坐一人，虽年过花甲却神采奕奕，一双瞳眸散着无尽的精光。

夏芊芊目光继续游移，终是看到了她这辈子的克星龙祁轩！呃? 还有刚刚带她进来的那个帅哥儿，不过身边还多了位美女！

"轩儿，你的王妃呢? 芊芊呢?"此时，皇后狐疑开口！眸光在看向龙祁轩时散发着母性的光芒！

"回母后的话，她身子不舒服。"当着众人的面，龙祁轩轻描淡写而过！

"不舒服了? 严重吗? 传御医了吗?"皇后追问上去！这门亲事是皇后赐的，她自是对这个儿媳更多关心！

"传了，无大碍！母后请放心！"龙祁轩说得极不情愿。

"那就好！"皇后听闻此言，微有安慰！

"祁轩呐，如今你也成了家，有了王妃，就要有责任，有担当！不能再像以前那样任意妄为！知道吗?"龙弈峰看着自己的儿子，语重心长道！

"儿臣明白！"纵是万般不愿，龙祁轩也不好在这里发作。他来的目的只有一个，就是沈茹芯！

"小姐！您什么时候出去啊？"杏儿狐疑看向自家主子。除了六王妃的位置，所有位置上的人都到齐了！

"等！再等等。"夏芊芊欲先静观其变！

宴会上，轻歌曼舞是少不了的。待一些舞侍歌女表演完毕之后，沈茹芯在龙祁峻的应允下，起身走至正中！伴着优美的旋律，一双长袖舞动生风，柔如水蛇的腰际似不受束缚般灵动着，身上的长裙摆出如花的图案，迷乱着大家的视觉。众人纷纷被眼前缠绵的舞蹈所吸引！沈茹芯的嘴角扯出一抹魅惑的笑容。这笑在龙祁轩的眼中定格到了心里！这是他的爱！从前是，现在也是！不管发生了什么，他都要把眼前的佳人抢回来。因为这是他的！

与龙祁轩相反，尽管沈茹芯的舞蹈十分精妙，可龙祁峻的心里一直在担心和惦记着另一个女人！就是他的弟妹！也不知道她是不是睡着了，现在还不出来！

乐曲渐停，沈茹芯的步子也稳了下来，深施一礼后回到了自己的位子。

"茹芯的舞真是越跳越好了！"皇后的目光随着沈茹芯的身子跟了过去。对于这个儿媳，皇后冷晓溪并不看好。当年龙祁峻要立茹芯为太子妃的时候，还是她回绝了这个请求。毕竟这个沈茹芯是罪臣的女儿。若不是峻儿坚持，她根本不会让此女再入皇族！

听到皇后的夸奖，沈茹芯内心无比激动，红唇轻动："谢母后夸奖！"看来自己一番精心的准备没有白费。至少，一向不用正眼看她的皇后在众人面前夸她了。这是进步！

再说夏芊芊，她的眼神儿可没功夫看什么舞蹈。要知道，龙祁轩的一举一动对她来说都至关重要！只是她很费解的是，为什么那个皇妃跳舞的时候，他的眼神儿那么猥琐！活脱脱的一个登徒子！嗯，简言之就是流氓！晕啊晕，连自己的兄弟妻都不放过！真令人汗颜呐！就在夏芊芊迟疑的时候，龙祁轩突然站了起来！不好！夏芊芊猜想他必然是要告恶状，所以趁大家的目光被龙祁轩引过去的时候，朝着乐师的方向飞奔而去！

梦回千年之

后宫

"父皇、母后，儿臣有事启奏！"刚刚看到沈茹芯的那一刻，龙祁轩彻底打定主意要休了夏芊芊！他的王妃只能有一人，就是沈茹芯！

"轩儿，什么事儿？"冷弈峰轻挑眉头。

"父皇！其实你们都被那个夏芊芊蒙蔽了。她可不是什么温婉贤淑、知书达理的千金小姐！"对不起了夏芊芊，谁让你睡懒睡被我逮到。这一条就够休你的了！

"轩儿，你不要乱讲。虽然我们不了解这个夏芊芊，但是他爹夏辰我再了解不过了。他的女儿，我放心！要不然也不会指给你！你是捡到宝啦！还在这儿胡说八道！"龙弈峰冷声道！

"父皇！我说的是真的。她那个人真是离谱得厉害，她竟然……"还没等龙祁轩把话说完，乐声响起，夏芊芊臂揽瑶琴，迈着优雅的步子走进了众人的视线！

金色纱衣，外披白色轻纱，露出优美白皙的颈项，锁骨清晰可见；长裙及地，月色倾泄，轻移莲步，腰肢款款，步态柔美却又风情万种，嫣然一笑，宛若天仙；手捧方琴，素手拂向琴面，食指微拨，美妙的音乐倾泄而出。琴声如高山流水，令人心中顿生豪迈之情！

乐起，夏芊芊启唇轻唱：

"月光色，女子香，泪断剑，情多长。有多痛，无字想。忘了你，孤单魂，随风荡。谁去想痴情郎，这红尘无声的战场……注定敢爱的人一生伤……"

琴声渐缓，颤音却加密。一曲作罢，余音悠扬，绕梁三日。再一看，四座皆惊。不只是皇子皇妃、皇上皇后，就连龙祁轩的表情也是极端惊骇！

"芊芊拜见父皇母后！愿父皇母后恩爱绵绵，比翼齐飞！"夏芊芊温婉一笑，深施一礼，起身后将琴放至一边，转身间香飘四溢！

这时乐声起，夏芊芊闻声起舞，轻纱曼步，举手投足间尽显风情无限。低眉，转身，甩袖，含情。那一刻，风华绝代！裙摆散开，翩然似莲。那绸缎细滑，在空中划过，芳香弥漫！

所有的人都痴迷地盯着夏芊芊。特别是龙祁峻，深邃的眸子蕴含着一丝情意。

那样的惊鸿倩影、绝美舞姿是他从未见过的！

一舞毕，夏芊芊淡雅地退到龙祁轩身边，低眉顺眼，无一丝骄蛮之态！

"芊芊啊！我刚听轩儿说你身体不舒服，现在好些了吗？"皇后满意地开口，一脸关切！

"多谢父皇母后关心，无大碍了。许是失眠多梦所致。现在啊，好多了！"夏芊芊用眼睛偷瞄了龙祁轩一眼。这回我不死，就是你死啦！等着接招吧你！

"怎么会失眠！"皇后是极喜欢这个夏芊芊的。外界传言果然不假，相府千金的确名不虚传！

"芊芊只是担心祁轩夜不归宿，他孤身在外儿多凶险！所以才会夜不能寐！"夏芊芊这招含沙射影、欲盖弥彰用得可真是高明！这不明摆着告诉在场所有的人龙祁轩外出过夜嘛！

"轩儿！你听好了，以后若让我再知道你有类似行为，我便会家法伺候，绝不留情。你记住了？"冷晓溪声音温婉却透着不可违背的威严！

"儿臣知道了！"龙祁轩狠狠地瞪了夏芊芊一眼。夏芊芊毫不示弱，回击了他两眼！

一旁，龙祁峻看着夏芊芊刚柔并施地将六弟逼上了绝路，不由地启唇轻笑，暗自佩服！只是沈茹芯一双凤眼目露凶光。只是一会儿的功夫，风头全被这个夏芊芊抢走了。不仅皇后不再正眼看她，就连龙祁峻似乎也被她迷得神魂颠倒！夏芊芊！该死！

看着龙祁轩出师未捷，而自己旗开得胜的结果，夏芊芊心里这个舒坦啊！这一仗她打得漂亮！

"母后，什么家法呀？"夏芊芊狐疑开口。

"就是……"冷晓溪俯在夏芊芊的耳边儿，嘀咕了半天。所有人的视线都集中在她二人的身上。只见夏芊芊听完后，转过头来，顿时无语，终是撑不住了，大笑起来。呛到咳！

"咳咳咳……"

"哎呦，丫头慢着点！"冷晓溪眉眼含笑地看着夏芊芊，满眼宠溺的目光！

梦回千年之后宫

"没……没事儿！母后，您真有办法！芊芊佩服！"夏芊芊一脸崇拜地看着冷晓溪，不时偷瞄一眼龙祁轩。好嘛，他的一张脸早就是乌云密布啦！嗯，很满意。最好气得当场暴毙！

沈茹芯真是想马上杀了夏芊芊。从她嫁入太子府那天算起，进宫无数，冷晓溪从不曾对自己如此亲昵！这个夏芊芊何德何能。她不服！再有就是龙祁轩，双眼直盯着夏芊芊，那目光真能把夏芊芊活活凌迟至死一般！

宴席结束后，沈茹芯先一步走到夏芊芊面前，面带笑容："你就是祁轩的新王妃吧。我叫茹芯！"

"嗯，你是……"看着眼前的美人儿，虽美，但却让夏芊芊感觉很冷。

"我是太子的侧妃，你叫我茹芯好了！"虽是浅眉轻笑，但眼中却透着一丝令人无法琢磨的诡异。只是初次见面，夏芊芊也无法辨别这眼神儿中多出来的东西是什么！

"茹芯……"未等夏芊芊说话，龙祁轩先一步走到沈茹芯面前，淡淡开口。此时，看到自己深爱的女人近在咫尺，龙祁轩恨不得一把将她揽入怀中再不放手！

"六弟，你的新王妃真的很出众啊！"龙祁峻上前一步，眸光落在夏芊芊的身上，微微颔首，心莫名悸动！

"哼！"对于龙祁峻的夸赞，龙祁轩似乎并不领情，怒视一眼后，转身离去！对于龙祁峻，夏芊芊心里自是感激，于是在深施一礼后，方才带着杏儿跟上龙祁轩。

"呀，杏儿，我都差点儿忘了告诉你了。刚才皇后在我耳朵里说了一些你没听着的话，就是关于那个家法什么！想听不？"夏芊芊用眼睛偷瞄着龙祁轩，看到他从刚刚的来势汹汹已经转到面色窘窘啦！哼，就知道他怕这个！堂堂七尺男儿，居然……

"小姐，快说。我想听！"杏儿好奇得很。皇家的家法肯定和普通老百姓不一样！

"呃，好吧！夏芊芊，你想怎么样！"龙祁轩已然了解夏芊芊的卑劣行径了。她最喜欢的就是把自己的快乐建筑在别人的痛苦之上！

"我想杀了你！"芊芊一语出，杏儿大惊，"那我得偿命！"芊芊一语毕，

杏儿狠吁了口气！

"再说了，你要是死了，我欺负谁去呀！是吧，杏儿。走，咱回府乐去！呵呵，哈哈哈！"夏芊芊转头看了一眼龙祁峻。

"为什么要乐呀，小姐?"杏儿不解，绿豆般的小眼睛充满疑惑。

"啊——"空旷的御花园中，一声愤怒的嚎叫响彻云霄！

回府的路上，夏芊芊正与杏儿畅谈之时，突然在她们的背后窜出一个人影，啪啪两下！再一看，管他是小姐还是丫鬟，早就倒地昏厥中……时间正一秒秒地过去。当夏芊芊清醒的时候，发现自己正躺在一间茅草房内，还好杏儿就倒在她身侧，并无大碍！

"杏儿！快醒醒!"夏芊芊费了好大力才将杏儿摇醒！

"小姐……这是哪儿?"杏儿睁开双眼，狐疑看着周围的环境，心中大骇！

夏芊芊拼命地甩甩脑袋后，终于想起来了。遇袭了！是龙祁轩！这个天杀的！一定是他！

"杏儿！我们回去。"夏芊芊寒眸如刃，恨不得将龙祁轩碎尸万段！

第四章 欢喜冤家饿肚肠

花开两朵，各表一枝。且说龙祁轩自打从御花园回府后，便一直坐在自己的床榻上直到天亮！一口闷气才算是舒了出去！

见外面天色大亮，龙祁轩腾地一下站了起来，整了整衣襟。输人不输阵，怎么也不能让那个瘟神看到自己颓废的样子！咕咕咕……从昨天早上开始，他就没好好吃过一顿饭，看来要好好补充一下体力了！

龙祁轩开门，大步流星地走了出去！

"王爷早！"

"嗯，早！"他一路死撑到大厅。真是怪了，刚刚在屋里还没感觉特别饿，一出门口，那个饿劲儿啊，别提多难受了！

"王爷！您起啦！饭菜都准备好了。您请！"秦管家见龙祁轩走了过来，忙迎了上来！

"很好！"龙祁轩看也没看秦政一眼。他心里清楚着呢，这整个靖王府的人差不多都是那个瘟神的眼线！也不知道这什么世道。她才来这王府几天嘛，居然抢走了我那么多心腹！难不成是我人品有问题？怪了！

看着满桌子的饭菜，龙祁轩眼睛都快绿了！不过，自己毕竟是主子，在下人面前总不能失了身份！

龙祁轩忍住冲上饭桌的冲动，慢慢走到桌前，缓缓地坐了下来，正要端碗拿筷儿，突然听到府门砰的一声！好大的动静儿！

"老秦，你去看看，怎么回事儿！"岂有此理，是哪个不要命的家伙，居然敢打扰他吃饭！

"是，王爷！"秦管家领命正要往外迈步，正好看到夏芊芊气呼呼地走了进来！

"回……回王爷，是王妃！"也不知道这又是谁惹着这个姑奶奶了！秦管家战战兢兢地退到了大厅内较安全较隐蔽的地方。只要不是冲他来的，那他这地方最安全！柱子后面！

龙祁轩原本舒出去的闷气，在听到秦管家提到王妃二字时，嗖的一下全回来了。不行，这回必须得好好说说她。要不然这口气容易把他憋死！

呃，不对吧。明明是她赢了胜仗，怎么脸拉得那么长！不管了。龙祁轩见夏芊芊走近，刚要站起来说她两句，却不想夏芊芊的气势比他还大！

夏芊芊一进屋，就嚷道："秦管家，去，到厨房给我拿把刀！"今天，她要当着所有家丁的面，亲手劈残了龙祁轩！看着一脸恶狠狠的夏芊芊，秦政腿都哆嗦了！

"回来！光天化日，你一个妇道人家拿刀干什么！"龙祁轩也不示弱，不过心里也发毛啊！他面前站着的是谁呀，是疯子夏芊芊。她什么事儿干不出来啊。拿刀，指不定要劈谁呢。龙祁轩倒同情起那个即将被害的人来了！

"秦政，你老糊涂啦！我叫你去拿刀！"夏芊芊完全不理会龙祁轩的话，一双如剑般的利眼直射向秦政！

"回来！不许去！"再一再二不能再三再四。他龙祁轩已经连输三场啦。这一场，他一定要扳回一局！

"去！"

"回来！"

"去！"

"回来！"

就看那秦管家在这儿前一脚后一脚地来来回回好几趟，豆大的汗珠是劈里啪啦地往下掉！实在受不了啦："两位主子还是商量好了再发话吧！奴才这两条腿支持不了太长时间啦！"一向以容忍著称的秦政此时也不得不为自己说两句了！

"没的商量！"这回二人倒是出奇的一致，异口同声！

啪的一声，龙祁轩拍桌而起，勃然大怒："秦政，你不想活啦！忘了谁是你主子啦！岂有此理。不许去！"

还没等秦政反应过来，就听哐当一声，夏芊芊是有过之而无不及啊，一桌的好饭好菜全让夏芊芊送给土地爷了！

"快去！人善被人欺，马善被人骑！龙祁轩你给我听好了，我夏芊芊今天就堂堂正正地劈你至残！留你条狗命，算是仁至义尽！"

"你……你说什么！劈我？"呃，原来那个倒霉的家伙是我！龙祁轩气得青筋暴出，血脉贲张，眼看就要吐血了！一双拳头握得紧紧的，"你凭什么劈我！昨晚的账我还没跟你算呢！"

"说的正好！我就是要跟你算昨天晚上的账！怎么，现在给我装上啦！你偷袭我的时候怎么没想到会有今天呢！以为我死了吧！告诉你，我夏芊芊命大着呢！能动我夏芊芊的人还没生出来呐！我不死，今天就该轮到你啦！"夏芊芊一副正气凛然的样子直视着龙祁轩！

大厅突然变得寂静起来。龙祁轩反复琢磨着夏芊芊的话。偷袭？什么意思？我偷袭她！

"你……你把话给我说清楚。我偷袭你？我什么身份，会做那种偷鸡摸狗的事儿吗！我是不喜欢你，但还没到不择手段的地步！"和夏芊芊交手这么多回，只有这一次、这一刻，龙祁轩感觉到了什么叫理直气壮！

"你——不——承——认！好，我问你，你昨天什么时辰回来的？都谁看到啦？路上都遇着什么人啦？有谁给你打证明？说！说！说！快说！"作为一名合格的警察，审问疑犯是夏芊芊的绝活儿！

"我为什么要告诉你！反正我没做过就是了！哼！"

"是不告诉我，还是没有啊！再给你最后一次机会。如果你再不说的话，别怪我刑讯逼供！"没错！在现代刑讯逼供是犯法的，可是在古代好像都是如此吧。

"你！"

"王……王妃，这个老奴可以……可以打证明！"秦管家踏着一地的碎片，小心翼翼地走到距离夏芊芊五米的地方停了下来。他可不想殃及池鱼！

"老秦！不用跟她解释！反正她也不会信！"龙祁轩瞪了秦政一眼！

"你？你怎么证明？"夏芊芊突然感觉到自己似乎是冤枉那个瘪三了。不行！她夏芊芊手上可不能沾上冤案！

"回……回王妃，昨个夜里是老奴亲自带的轿子把王爷从皇宫接回来的。不只老奴可以证明，就连那几个轿夫也可以作证的！"秦政憋足了劲儿，一口气说完它！刚刚王爷已经说要把他咔嚓了，要再不为王爷做点儿事儿，那自己这颗脑袋可就不好说在哪儿了！

呃……秦管家应该不会说谎的。夏芊芊回头看了一眼杏儿。惨了，这可怎么收场啊！

"那个……杏儿，我有点儿饿了……咱们到厨房看看先。"就在夏芊芊欲迈出正厅的时候，龙祁轩冷冷开口！

"慢着！就这么走了吗？"

"啊！看我，你还没吃饭吧。这……这儿也不能吃了。你到醉仙楼吃吧，算我账上！改天我帮你付了！"夏芊芊堆笑着开口！

"你们都退下，王妃留步！"龙祁轩声音突然变得温和起来。夏芊芊登时心虚！

待正厅内所有人作鸟兽散后，整个正厅就只剩下夏芊芊和龙祁轩两个人。气氛突然变得有些诡异！

"今天的事儿……"

"今天的事儿还没有查清楚，我现在就出去了解情况！还有……我不会追究了！"

夏芊芊瞪大眼睛一眨不眨地看着龙祁轩。不追究了？他会那么好心？不太可能吧！

"那……我可走啦！"夏芊芊捏着步子正要转身。

"不过呢……"看吧，就知道他没那个好心眼儿！夏芊芊哈拉个脸又转了回来！

"说吧！看看我能不能接受！"干脆摊牌！夏芊芊也懒得再装，眯着凤目，等待着最后的对决！

"放心，我为人没有你那么绝！"现在的局面显而易见，夏芊芊处于明显劣势！

"有话就说，有屁快放！"我做人那叫绝吗！那就泾渭分明！你害死了我的前世，我还要匍匐爬向你大谢不成？哼！

035

"开门见山。母后对你说的事儿，你全当没听过！可否？"此时无声胜有声。龙祁轩话音落下后，整个大厅陷入一片寂静！

好不容易抓了他的小辫子，还没甩两下就松手？

"罢了，我也不为难你！你出去吧！"龙祁轩就知道夏芊芊不会那么容易就范！

"那我可走啦！"走就走，怕他不成？他要是能在自己后面动手，那假的可就成真的啦！

"嗯！走吧，这屋子我封了。把父皇母后，还有宰相府的人都叫来。等人到齐了，我好开个盛大的展示会！让他们也知道知道，京城第一才女有多么的温婉贤惠！"

"你够狠啊你！"夏芊芊咬碎钢牙，恶狠狠地盯着龙祁轩，这分明就是报复！

"一般一般。跟你比，我算啥呀！"

"算屁！哼！"

"你！好，你可以出去了！迅速、快速、飞速地滚出去！"龙祁轩已经很饿很饿了。他本想心平气和地说话，但是夏芊芊没给他这个机会！

"不好意思，小时候没学过。你给我示范下滚的具体动作！你多滚几圈儿。我学得可不是很快！"告就告，展就展，死就死，豁出去了！他要敢那么做，她就敢当众把那家法说出来！要死，她夏芊芊也拽着他！

"好！你不滚是不是，那我……"

"你滚？那快着点儿。我绝不拦着！"夏芊芊脑袋一转，一副漫不经心的样子！

"我要杀了你！啊！"龙祁轩腾地站了起来，朝着夏芊芊的方向猛扑过去！

啪！哐当！咚！啊！

这历史性的一刻终于到了。空旷的大厅里寂静无声。一地的狼藉间，两个人罗在了一起！

是！没错！你们不要怀疑，此时的龙祁轩正压在夏芊芊的身子上，一双鹰眼瞪到了有史以来的最大点！天！不是吧！只要他敢动动睫毛，就知道他离夏芊芊有多近！因为他的睫毛和夏芊芊的睫毛在一起！

慢镜头回放

龙祁轩实在不想再和一个不讲理的人讲理。只有武力才能解决他和夏芊芊之间的问题。所以，他毫不犹豫地站了起来，想凌空一跃，然后出手直拍夏芊芊的天灵盖儿。可惜，太可惜了。他的弹跳力太好了，眼看就要跳过夏芊芊飞出去了。在这千钧一发之际，龙祁轩急转直正，正落在夏芊芊的面前。这也就罢了。谁知道这么寸，他正踩到一个汤碗的碎片上，只是那么轻轻地一滑，大错便铸成啦！

慢镜头回放完毕。

夏芊芊对这突如其来的事件丝毫没有做好准备，看着压在自己身上的龙祁轩，一张臭脸已经和自己近似零距离啦，刚想开口大骂的时候，却发现一个更为惊天动地的事情！苍天啊！她的初吻啊！啊！

唇对唇？龙祁轩对这突然其来的情况完全无法应付。只是这瘟神的唇好软！居然不想离开！天！他在想什么！龙祁轩腾地站了起来，一颗心怦怦直跳。他呆立原地，完全没了方向！嗯，他蒙了。只是蒙的可不只他一人呦！

夏芊芊晃悠着站了起来，双眼迷离，都不知道应该看哪儿了！突然，她想到了自己的初吻！

"龙——祁——轩！"夏芊芊抓狂地瞪着眼前的罪魁祸首。她的初吻啊，是要献给自己最喜欢的人啊！天啊！怎么那么不开眼啊。居然让这个瘟三抢了去啊！

"咳咳……这是个意外！你以为我愿意啊！"不过感觉真的不错！龙祁轩真还有些意犹未尽之意呢。

"你不愿意！不愿意你扑过来干嘛！"夏芊芊的眼珠子里呼呼喷火。整个大厅的温度蹭蹭的往上涨！

"那……那我是想教训你一下而已，没想到会搞成这样嘛！你占了便宜还这么大火气！"可不嘛，外面多少女孩子正眼巴巴地等着他亲呢！

"你！你说什么？我占了便宜！你……你……"夏芊芊发现自己的衣服全是脏兮兮的东西。得，还是先处理自己吧！

"你！算了，权当是被猪啃了！真是倒霉！杏儿！杏儿！"夏芊芊揪着自己的衣服迈出了大厅，消失在龙祁轩的视线之外。好半天龙祁轩才反过味儿来。晕，骂他是猪！

"夏芊芊！你给我回来！谁是猪！"整个大厅都在回响着龙祁轩的声音！静静的，龙祁轩站在大厅里，轻轻地碰触自己的嘴唇。刚刚那一幕在脑子里不断回放，那种感觉，不言而喻！男人嘛。在有了肌肤之亲后，龙祁轩似乎感觉那个夏芊芊也蛮多优点的嘛！

只是一个亲吻，龙祁轩足足在卧房里回味了一天一夜；只是一个亲吻，夏芊芊亦在卧房里委屈了一天一夜！

次日清晨，早膳早已准备妥当。饿至极处的龙祁轩见着满桌的饭菜从未感觉这般亲切过！可就在龙祁轩欲动筷儿的时候，夏芊芊亦提着瘪肚子走了进来！

也不知怎的，看着夏芊芊进门，龙祁轩竟有那么一点点发怵的感觉。这次，龙祁轩决定，无论夏芊芊说什么，他都不会吭声！吃饭要紧！再不吃点儿东西，可就危险啦！龙祁轩明显感到自己眼前一片金星！

夏芊芊一进大厅，连头都没抬，直接到了龙祁轩的对面，拿起筷子，端起碗开始夹菜。龙祁轩也毫不客气，端起碗筷大吃起来。好嘛，偌大的厅子只能听到噜噜噜噜噜的声音。知道的这是人在吃饭，不知道的还以为猪在抢食呢！

就在此时，自外面传来的声音打断了这对胡吃海喝的人。不知是不是巧合，两人同时抬眸时，四目相视间竟然一乐！乐？没错，二人竟相视一笑！就连夏芊芊自己都不知道这乐从何来？龙祁轩也亦然！

"秦管家，你们靖王府的早膳可晚了些啊。"龙祁峻走进大厅，却见二人正在用膳，淡淡开口！秦管家委屈啊！谁知道这两位主子吃个早膳用了一个时辰啊！

"我可没请你来！这里不欢迎你！"龙祁轩见龙祁峻，冷冷开口。龙祁峻早知道会有这样的结果。若不是怕六弟会因为昨晚的事为难夏芊芊，他根本不会来！

"用不着他，我欢迎就行啦！过来坐！帅哥！"夏芊芊毫不吝啬地夸赞！

只要长得帅，她绝对会在嘴上加以肯定！

"你！你叫他什么?!"龙祁轩本想下逐客令，却不想被夏芊芊占了先机。不只如此，她居然叫"帅哥"两个字儿！虽然这词很新，但很明显是一个很暧昧的词语嘛！龙祁轩很生气！后果很严重，"他有名有姓，你不知道的嘛！"龙祁轩瞪着眼睛，想表现得很凶狠的样子！至少不能让龙祁峻这个家伙看笑话！可惜，不知道怎么回事儿！此时对着夏芊芊，他居然瞪不起来了！

"哦，那我知道。峻！走，我带你去后花园，离这个疯子远点儿！"

"疯子?"龙祁峻狐疑开口。

"饿疯的！别理他，走！"夏芊芊和龙祁峻无视祁轩的存在，大摇大摆地走出了大厅，去了后花园的方向。

"夏芊芊！你站住！给我说清楚，谁饿疯的！我早吃饱了我。"龙祁轩独自留在大厅里嘟囔着！他很想跟上去，可是他要理由！

没错，他龙祁轩要跟上去的确需要理由。原本最不想看到的两个人很自觉地消失在他眼前。他有什么理由还要追上去！

追还是不追，这是个问题。龙祁轩在大厅里来回踱步，绞尽脑汁想着追上去的理由。没有，怎么想都没有。不管了！再不追可就来不及啦！龙祁轩正疾步跨出大厅，刚要转向御花园，却见门口走来一人！不由得停了脚步，转向门口！

"茹芯?"龙祁轩压抑心中的激动，眸光突然柔和许多。是他的茹芯。自从她离开之后，差不多有半年没有踏进靖王府了！太子府的门槛倒是快让他踢坏了！

"六弟！"沈茹芯樱唇轻抿，轻柔的嗓音淡淡道。那双没有温度的眸子扫过龙祁轩，泰然自若！她此生只求二字！权利！其余对她沈茹芯来说什么都不是！在她父亲死的那一刻开始，她早不再是那个清雅单纯的大小姐了！

"快里面请！"龙祁轩有些迷茫，声音也越发的颤抖！曾几何时，他们在这靖王府花前月下，开怀畅饮。那些日子都让龙祁轩刻骨铭心！

"嗯！"若非事出有因，沈茹芯也没想过自己会再踏入这个门槛儿。没错，龙祁峻自从昨夜离开御花园后便心神不宁，大清早的便不见人了，十有八九是为了那个夏芊芊！

第五章　痴心奈何情缘浅

　　龙祁轩左右呵护着，算是将沈茹芯请到了大厅，正赶上秦管家走了过来！

　　"老秦，上茶！"

　　"是！"秦政自然认得沈茹芯，本以为这个女人会成为靖王府的女主人呢，谁知道倒成了太子的侧妃了。虽然在秦管家的印象中，她的确比新王妃脾气好得不知有多少倍，但是这个女人给人的感觉总是那么虚无缥缈的，没有新王妃那么真实！嗯，要给他选择的机会，他还是会选夏芊芊做这里的女主子！

　　"茹芯，今天怎么有空到我这儿来？"龙祁轩深沉的眸子紧紧地盯住沈茹芯，目光流转。

　　"怎么？不欢迎么？"沈茹芯轻浅一笑，魅光四射！龙祁峻不在，她没必要和这个六王爷撇清关系！

　　"不……不是，你知道我不是这个意思的！我……"在沈茹芯的面前，龙祁轩总是展现最温柔的一面，这么说吧，沈茹芯是龙祁轩第一个喜欢的女人，拿现在的话儿来说呢就是初恋！初恋总是让人最割舍不得的！

　　"好啦！我知道！对了，你的新王妃呢？怎么没见她？"沈茹芯言归正传。她来的目的也是要探探龙祁峻的下落！

　　"什么新王妃！那是父皇赐的，可不是我中意的。在我心里从来就没承认过她！"

　　"王爷！茶！"秦管家端着茶杯一进大厅就直冲着龙祁轩走来，把茶杯举到他的面前，手抖得厉害极了！

　　"老秦，你怎么了。要你倒茶给茹芯，你送我这儿干嘛！端去！"这老

秦的脑子是越来越不记事儿了！

"不是！王爷，这……"这可不得了啦。那王妃就在门口呢。刚刚他端茶进来的时候，正看着夏芊芊就在大厅门口儿处。他本想上去打招呼。谁知道女主子下令了，他要是敢暴露她的行踪，就死定了！

这一进来，秦政更要昏厥了。原来王爷正批判着王妃呢，那他可不得赶快阻止嘛！

"这什么啊？你手抖什么啊？"龙祁轩注意到老秦的手打从进屋就没停过抖动！

"茹芯，你看吧，连我们家的管家都让那个泼妇吓得落下病了。可想而知，她有多凶残！她的罪行简直是罄竹难书！"龙祁轩越说越夸张。他的目的无非只有一个，就是用夏芊芊来衬托沈茹芯！当然，这其中一大部分也是他的肺腑之言！

"秦管家，把茶放下吧！"沈茹芯唇边含笑，示意秦政放下茶杯。

"是！"秦管家真是无语了。他拼命地瞪着龙祁轩想引起他的注意，却不想他家王爷连看他一眼的功夫都没有，两个眼睛就像长在了沈茹芯的身上一般！这下可惨了，一会儿还不定出什么大事儿呢。反正他这个做下人的算是尽了忠了。现在看来，除了避而远之，他也是无能为力啦！

虽然龙祁轩没注意秦政的眼神儿，但沈茹芯可是看得一清二楚。这眼神在暗示龙祁轩什么呢？沈茹芯只稍稍思索片刻便心知肚明。怕是那个夏芊芊就在厅外！或许正在听厅里的动静？应该没错。刚刚龙祁轩正在大骂的人是夏芊芊。如果不是外面有情况，秦政也不会吓得手都哆嗦！哼！夏芊芊，我倒要看看你能忍多久！

"六弟玩笑了！昨晚御花园，弟妹的风采谁没看到！就连父皇母后都夸赞得不得了呢。尤其是母后还赐了芳妃之名给她！就这一点，可是我比不了的！"沈茹芯自惭形秽的目的只有一个，就是让龙祁轩再骂得狠一点儿！只要龙祁轩休了夏芊芊，那她就再无机会进什么皇宫，更没办法魅惑她的太子了！

"茹芯，你怎么能这么说呢！和你比，她不配。不管别人怎么看，至少在我的心里，她永远不及你的万分之一！你知道吗，我一直希望你能回心转意。我们曾经有过快乐的日子。虽然我不明白你为什么会突然离开，为什么会突然变成了他的妃子，可是我一直在等你！"面对自己心爱的人，龙祁轩再也抑制不住自己的感情，再次向沈茹芯表白。然而，他再次遭到拒绝！

"我们的事儿已经过去了。现在你有你的妻子，我有我的夫君。你应该把你的那份感情投入到六王妃那里，而不是一味地活在过去！有些事情过去了就是过去了，不可能再回来的！你现在应该爱的是夏芊芊！"沈茹芯可不想给夏芊芊到祁峻那儿告状的机会！要知道，她这些年来如履薄冰地周旋在龙祁峻和冷晓溪的身边，就是为了巩固她的地位！他朝龙祁峻登基之日，便是她封后之时！

"茹芯你知道，我不可能爱夏芊芊，永远不可能！今生今世，我只爱你一个人！我的心怎么样你最清楚！"龙祁轩满脑子都是过往和沈茹芯那些快乐的日子！此时此刻的话，出自真心！

"六弟，我看我今天来的不是时候。我先走了！"沈茹芯起身，正欲往外走，却被龙祁轩一把拽住！

"茹芯！"

"你放手！"奇怪，那个夏芊芊还真能忍，都这个时候了还没闯进来！

沈茹芯正在疑惑之际，夏芊芊蹭地一下冲了进来，照着龙祁轩的右臂就是一拳！龙祁轩躲闪不及，硬生生地挨了这一下！

"好你个丧尽天良的家伙！"夏芊芊指着龙祁轩的鼻子大骂道。

看吧，还是忍不住了。沈茹芯眼光一丝诡异一闪而过。现在该轮到她看好戏啦！

"夏芊芊，你！你说谁丧尽天良！"也不知道是不是上辈子欠了这个女人的，打她嫁过来，都打了自己多少下啦！长这么大，除了母后，还没哪个女人敢动他半根汗毛呢。这个夏芊芊可好，他这全身的汗毛都快给她拔光啦！真是岂有此理！

"说你！你可真够不要脸的。人家都和你说的很清楚了。过去的就是历史，你还死缠烂打个什么劲儿啊。一个大男人，没了女人不能活啊你！真是太龌龊、太下流啦！真是没品！"夏芊芊把自己脑子里所能想到的词全都

用了上去，把龙祁轩骂得是晕头转向，"我知道你，沈茹芯嘛！你别害怕，有我在呢！"

沈茹芯真是不明白，夏芊芊怎么会反过来安慰她？应该安慰的是她自己吧？

"你就有品啦！躲在外面偷听人家说话！你自己又是什么！"龙祁轩一听，不对呀，按这话儿的意思她是在外面躲了好久了！

"你懂个屁！看过《窃听风云》没有？这是一种办案手段！再说了，我愿意在外面站着，你管得着吗！哼！"夏芊芊最看不上这种分手后还死缠烂打的男人了！

"你！茹芯，你看到了。我会喜欢她，除非天塌地陷！"龙祁轩真是懊恼，怎么会对她笑！她根本就是个疯子！

"就算天塌地陷我也不会喜欢你！"

"娶你是我人生最大的败笔！"龙祁轩大吼着。

"嫁你是我人生最大的遗憾！"

"我要休了你！"

"我已经休了你啦！"

"我……我……"

"我们走啦！你自己在这儿慢慢'我'吧！"夏芊芊拉着沈茹芯走出大厅，完全无视龙祁轩满脸的黑线！

"秦——政！"在夏芊芊离开大厅的下一秒，厅里传出一声凄厉的叫喊！唉，有人要倒霉啦！

"茹芯，你怎么会来？是不是找龙祁峻？"夏芊芊本能地想到沈茹芯是冲着龙祁峻而来的。妇唱夫随嘛！

"啊……不是，我是专程来看你的。自你大婚到现在，我都还没来过。我这个做嫂子的还真失职！"沈茹芯莞尔一笑，心微抽了一下！

"我还以为你是来找龙祁峻的呢。他刚走！你们还真是，怎么没一起来呢。要是一起来了，那个瘪三就不会趁机吃你豆腐啦！"

"吃我豆腐？"沈茹芯发现，这个夏芊芊还真算得上是百变。在皇上皇后面前是一个人，在龙祁峻面前是另一个人，在龙祁轩面前是一个人，在自己面前又是一个不一样的人！到底这女人的城府有多深？自己的男人喜欢另一个女人，她居然一点儿都不生气！这可不是一般的大家闺秀能做的出来的！

"呃？就是占你便宜，欺负你！要不去告诉龙祁峻。他是太子嘛，好好收拾一下这个家伙，让他老实点儿！"夏芊芊觉得太子应该能镇得住王爷吧！电视是那么讲的。太子是未来的皇上！

"不必了，这件事我自己能处理好，不能麻烦祁峻。他国事繁重。我不想打扰他！"看吧！到底是忍不住了，想到龙祁峻那儿告我一状。看来是我高抬眼前这个女人了！

"怎么叫打扰呢。他是你的男人，保护你是应该的！你在外面受了委屈，自然要找人替你出气嘛！你要不说，哪天我帮你说！"夏芊芊对这些个弱势群体向来关切有佳！

"真的不用！其实也不能全怪祁轩。三年前，我们曾经在一起过。只是那个时候，我不懂爱情，所以……你千万不要介意！"沈茹芯话题转向龙祁轩，想把夏芊芊的注意力转过来！

"你别逗了，我为什么要介意啊！我是替你不值！"女人啊！都那么心软吗？夏芊芊不明白，明明是龙祁轩不对嘛！要是换成我，当场费了他两只胳膊！

"可是，他是你的夫君啊。他心里没有你，你会不在意？"沈茹芯清冷的眼眸望着夏芊芊。不可能！

"我心里也没有他呀！我们这也算是扯平了。没有什么大不了的！"夏芊芊着实不明白她有什么好介意的！

"你还真特别！"沈茹芯才不相信她的话。不生气会出手吗？哼，夏芊芊，和我沈茹芯斗，你还少了份心计！

"芊芊，送到这儿吧。我回了。你闲来无事的话，可以到我府上坐坐！"沈茹芯走进了轿子，离开了靖王府。只是她确定了一件事儿，那就是龙祁峻果然来找夏芊芊了。为了夏芊芊，他居然能走进这靖王府！

看着沈茹芯的轿子走远了，夏芊芊转身准备回府，发现龙祁轩在自己后面直勾勾地看着轿子远去的方向！

　　"你走路没声音的！"

　　龙祁轩狠狠撇了夏芊芊一眼，转身离开！

　　"莫名其妙！"夏芊芊也跟着进了府门！

第五章　痴心奈何情缘浅

第六章 一场蹴鞠怜心起

经过这么一折腾，一天的时间过了大半儿。唉，这古代的日子还真是难熬。虽说是不用工作赚钱，但是天天呆着也很累啊！

这不，夏芊芊坐在自己的屋子里，无聊透顶！

"小姐！你干嘛叹气啊？"杏儿不解，不是吃饱了嘛！

"杏儿，我问你，平时我都做什么啊，怎么打发时间的呀？"太无聊啦！夏芊芊真是受不了啦！

"小姐，您没事儿吧。您自己平时做什么您不知道吗？"杏儿眼大如球，猜想小姐不是失忆症又严重了吧？！

"快说啦！慢一点儿，杀无赦！"夏芊芊斩钉截铁道！

"弹琴、作诗、下棋、写丹青，就这几样！"杏儿一脸委屈。本来嘛，自己做什么还要别人说！现在的小姐真是越来越暴力啦！

"就这些啊！天啊！完啦！我的人生算是到头儿啦！"这些可是她夏芊芊最讨厌的了！怎么办，怎么办呀！夏芊芊仰天长叹！

不行！她要自救！

夏芊芊突然站了起来，吓得杏儿忙跑到一边儿："小姐，我都照你的意思说啦。你不是还要斩我吧！"

"逗你玩呢。斩你！我不得偿命啊！真是。走，小姐我带你玩去！"夏芊芊决定要自强！想她在警局没事儿的时候也会打打篮球、踢踢足球什么的，增强体质！到这儿这么久了，有多久没舒展筋骨了！今天，她要玩个尽兴！

"我就知道小姐不会杀我！小姐，咱们是去弹琴还是作诗呀？"想起来，好像很久都没去诗仙阁啦！

"踢球！"

杏儿哈拉着的脸就地僵化！踢……踢球？是什么玩意？能玩吗？

看着夏芊芊跨出门口，杏儿拔腿追了上去。行啊！踢啥别踢她就行啊！跟着这样的主子，她也没啥高要求了！

杏儿跟着夏芊芊把整个靖王府转了大概能有十来圈，最后停在了大厅前面的空场。

"杏儿，就是这儿啦！你去叫秦管家过来！"古代有一点不错，就是人少地多。只这么一个靖王府就占地好大的面积。若是在现代，这么大地方都能起一个小区了！而且古代绿化也不错。找了半天，只有这么片空场能踢球！

"王妃，您吩咐！"秦政刚刚才被龙祁轩一顿痛骂。他那个冤啊，就差开口直接告诉龙祁轩王妃就在外面啦。可是他要是开口，必死无疑啊！那夏芊芊还不得活剥了他的皮！当奴才除了给主子办事儿，让主子出气也是职责之一。他没的避！

"秦管家，去集合所有男家丁！"夏芊芊要亲自组建一个高素质的足球队！就在这靖王府！

"是！"秦政满脑虚汗呐！这又出什么事儿啦！日子是越来越难熬了！要不是他老了，一定换份儿差！一声男家丁，两声女家丁。

一声刺耳的声音后，所有男家丁在夏芊芊面前排排齐！

"回王妃，所有家丁均已到齐，请王妃训话！"秦管家一如既往地唯唯诺诺，恭谦非常！这可是他的看家本事啊！

看着眼前这些个体质强壮的家丁，夏芊芊满意地点点头。人数嘛，绰绰有余！如果按着现代的打法，那一队 11 人，两队就 22 人啦。她至少要挑出两个队嘛！

夏芊芊眯起眼睛，踱着步子走近家丁！

"你、你、你，还有你出列！"第一排的挑了几个后，夏芊芊转向第二排，一双带着精光的眼睛又开始新一轮的搜索！

"你、你，还有你！也出列！"话还没落音儿呢，就见被点到的一个家丁当场晕了过去！夏芊芊顿时惊觉，"怎么了这是？"夏芊芊的目光投向秦政！

"没事儿！怕是吓着……不是，怕是饿着了！"秦政一捂嘴，差点说露了嘴。其实夏芊芊哪里知道，现在全府上下所有的人都视夏芊芊为旷世女魔头！刚刚倒下的定是个心里素质差的！这是给吓晕了呀！

"秦管家，下人也是人，你也用不着太刻薄了吧！下回要再发生饿死人这种事儿，有你好受的！"夏芊芊不由地怜悯起地上的人来！

"王妃，他……他是饿晕，不是饿死！"秦管家无语了！照这么说下去，他就该偿命去了，那他死得可真是冤呐！

被抬下去一个。夏芊芊继续选人！一会儿功夫，30个人齐齐地被分了出来！

"老秦！你过来！"夏芊芊看看地势，决定两个球门的方向一个冲着大厅，一个冲着大门！

夏芊芊蹲在地上，随便找了根树枝，在地上画出一个简易的球场，而后看向秦政："秦管家，你照着这个样子，用烧火棍给我在这片地面上画出来。比例吧，就这图！"夏芊芊点了点地上的微缩图，"就这图无限放大。看到大门没？对，还有大厅。看好了，这两个地方，"夏芊芊指了两个球门的方向，"这两个地方大体的位置一个在大门前五十米，一个距大厅五十米！其余的自己估计！"夏芊芊也不好说到底要画多少米。不过看这块空场儿正好是个完整的足球场的地界儿！

秦管家看得是迷迷糊糊的，也不知道这画的是什么东西，还要用烧火棍画。这不……这不……不该说的别说，不该问的别问。秦管家连忙点头！

"还有！这两个地方搭成这个样儿！3个柱子支撑的一个门儿！后面用些线给我兜上。就像鱼网的东西！听清楚没？"夏芊芊把脑子里所能想到的一股脑儿地、声色并茂地描绘给秦政！

"清楚！"清不清楚的，他也不敢问呐。

"嗯，那你去忙！"夏芊芊解决了场地的问题。还有就是球！

"杏儿！"夏芊芊朝着杏儿摆摆手。

"小姐！"

"杏儿，我是不是有一件毛茸茸的衣服？"夏芊芊隐约觉得自己似乎有那么一件类似于现在的貂皮的衣服！当然只是类似！

"嗯，小姐，那件是夫人给你做的呢！"别说衣服，就是她家小姐有多少首饰，杏儿都能背出来！

"好！杏儿，你现在回屋，把那个衣服剪剪，帮我缝成一个球！快去！"

"什么？那可是好料子呀！再说那是夫人送给小姐你的。你要剪了它？"杏儿惊讶非常！

"现在不是急着用嘛！有什么办法啊！要不然这些个人都白挑啦。去，快去。记住了，这事儿别告诉别人！"夏芊芊也不想啊，难得穿上貂了，这一剪可就没啦！不过俗语说的好，有所失必有所得嘛！

"好吧。对了，小姐，那球做多大的呀？"小姐都说是了，她一个做丫鬟的也没话说了！

"嗯，就你脑袋那么大！快去吧！等着用呢！"夏芊芊催促着！

老秦布置场地，杏儿去做球。现在就剩下教这些好男儿踢球啦！

"大家听好了！你们可是我独具慧眼选出来的精英！今天，我准备教大家一个游戏！一个多人游戏！叫足球！加上动词呢就是踢足球！"一语毕，众人哗然！

"不是吧！这游戏会不会要命啊？"一个家丁在下面嘀咕起来。和女主子玩啥都有危险性啊！

"不……不知道啊！咱们怎么那么倒霉啊！"另一个人附和道！

"这游戏能不能丢命我不知道，如果你们再讲话肯定会死的很难看！"二人中间的家丁注意到夏芊芊的眼神儿正瞄过来。

一语惊醒梦中人呐。二人似乎见夏芊芊的额头上已然迸出两条黑线，立刻鸦雀无声！

"大家听好了。其实呢，这个游戏很容易的。今天我先向你们讲述一下游戏规则和玩法，一会儿我们实际操练！"夏芊芊终于体会到当教练的感觉啦！在现代，她充其量就是个后补。这真是从地狱到天堂的转变啊！

"听好了，你们现在分列两组。一组 11 人！"夏芊芊决定开个速成班！

众家丁领命！

"很好！一会儿会有一个球摆在你们的面前，而你们的任务呢，就是将这个球想尽一切办法踢到对方的球门里！当然啦，这其中是有很多规则的！今天我简单说一些。明天我会写在纸上，由秦管家亲自教你们！每个人都要背熟！"夏芊芊自己也是一知半解。但是和他们相比，她知道的就是多的了！

下面这些个家丁，听着夏芊芊不停地说着游戏的规则，本来还能听懂一些，可越到后来越迷糊！罢了！在他们眼里，这是陪主子消遣呢。不管她说什么，他们只要照做就好了！

"好吧，我就说到这儿！现在我们开始！呀，对了！你，还有你，各守一个球门，一看到球要进门儿的时候就拼命地拦住球。进了球门可就输了一分了！听到没有？"差点儿忘了守门员了！

"小姐！您说的是这意思不？"夏芊芊接过杏儿递给她的毛球。嗯，非常满意！

"对！杏儿，你真是越来越聪明了！"夏芊芊提出口头表扬！这时，秦管家也准备完毕！

现在是万事俱备啦！

夏芊芊将两队分好，将球放在中间："开始！"

好家伙，这帮小子的领悟能力不差呀，踢起来居然有模有样的。看来她这个教练很称职！夏芊芊越看心越痒。不行了，她也要松松筋骨了！

"你，下来！"晕，她到头来还是个替补！

夏芊芊正式下场踢球。整个场上原本紧张的气氛慢慢地被激情覆盖上了。大厅的一侧，龙祁轩站在那儿看了半天了。苍天啊！他自以为很了解这个相府千金啦！可是直到现在，他才发现，原来他了解的只是一小部分而已。真不知道这样刺激的游戏，她一个女儿家家是怎么想出来的！好吧，他承认，他很想去玩！嗯，是非常想！

"传球！传过来呀！哎呀！快点嘛！"夏芊芊在前锋的位置正等着同伴给递球。那人何尝不想啊。可是有四个人围着他，他有什么办法啊！只见球被对方抢了过去。

"回防！"夏芊芊见形势不好，赶忙招呼同伴往回跑！可惜，晚了！球入龙门，回天无望了！看着这群刚刚学会踢球的家伙居然后来者居上，比她踢的都好，夏芊芊真是不解。真的是男女有别？

"大家停一下！"夏芊芊一个口哨！看来这些个家丁玩儿的正起劲儿呢！

可是夏芊芊已经气喘吁吁了!

"那个，大家表现的不错，只是有些人还是犯规啦。咳咳咳……那个你、你，你们俩刚才互相推搡来着! 这可是要黄牌警告的! 是很严重的呦!"夏芊芊捂了捂胸口!

"你们先练习，我走开一会儿。秦管家，你来!"

"咳咳咳!"秦政还没来得及问夏芊芊有何吩咐直接干咳两声。

"你没事儿吧，怎么看起来比我还累呢!"夏芊芊不解!

"我刚才帮王……咳咳咳……王妃你加油来着! 所以……"

"好啦好啦，你可别说话啦。这样，这个哨子给你，你都看了好几场了，也知道怎么回事儿了。让你干个好活! 不用说话，专吹哨儿的!"夏芊芊将手中的哨子交给秦政。她可是要中场休息啦，保持体力一会儿再战!

"杏儿! 快来! 扶我回屋!"这可是第一次呀。夏芊芊居然让人扶着! 说明问题! 踢球着实累人!

"小……咳咳……小姐!"虽然嘴皮子不利落，但行动麻溜着呢!

"杏儿，你的嗓子怎么啦，不是和秦管家一样吧!"

"当然不是啦! 我是替另一方加油才喊成这样的!"杏儿抿嘴一笑。

"你!"

"开玩笑啦! 我当然也是给小姐你加油才这样的啦! 小姐，这游戏真棒! 啥时候我也想试试!"

"你这丫头! 越来越鬼了!"

好兆头! 见杏儿扶着夏芊芊慢慢离开前院，秦管家正要吹哨准备开战!

"老秦!"龙祁轩等这个机会都快等疯了。这游戏他从来没见过，看着大家玩得热火朝天的，他实在是憋不下去了! 天赐良机，夏芊芊在这个节骨眼儿上居然撤了! 那他可就上场啦!

"王……咳咳咳……王爷!"秦管家忙颠颠儿地跑了上去。嗓子有问题，可是脚没有! 他可不想让王爷再挑出什么错儿了，前一会儿才让他骂完!

"老秦啊，你们这干什么呢?"龙祁轩明知故问!

"是王……是练习速度! 这样干活儿才能麻利!""妃"字儿都到了牙缝

儿了，硬让秦管家给咽回去了。他们俩可是冤家对头，在谁的面前都最好别提另一个！

"嗯，不错！我要也加入练习！"龙祁轩可不想浪费时间。万一那个夏芊芊又冲回来，他可不想让她见到自己也玩她发明的玩意！

"可是……"

"你下去，换我！老秦，再不吹哨，你这辈子都别吹啦！"

哨声一响，场上马上活跃起来！起初的时候，龙祁轩并不熟悉要领，所以虽然抢了球，但是总是无意中就被人抢了去！不过几场下来，龙祁轩已经成为球场上的绝对主力。龙祁轩属于哪队，哪队都必胜无疑！

这不，龙祁轩又占据了主动权，带球过人，凌空一脚！射门！当所有人的目光都聚集在毛球上的时候，一个无法避免的意外发生了！晕，无法避免才是意外嘛！

"哎呀！"一声凄厉的惨叫之后，夏芊芊捂着一只眼睛怒视着球传来的方向。就在这个关键时刻，龙祁轩以迅雷之速来了个移行换位大法，迅速窜至最没有可能射球的地方！

疼！疼！夏芊芊心里已经喊破胆啦！看着战战兢兢的一班家丁，夏芊芊一步步地走了过来。这每一步都好像踩到龙祁轩的心坎上！苍天啊，看在他平日里对家丁不薄的份上，保佑他别被指认出来吧！

"你们！"夏芊芊刚一开口，所有的人都颤抖起来。吓的呀！他们心里个个清楚，哪个被王妃指出来都不可以把王爷供出来，如果日后想有好日子过的话。可是让他们更矛盾的是，如果不说出来，就算日后有再好的日子，自己也没有那个福份过啦！

"你们怎么停下啦！动起来！快！我胡汉三又回来啦！"呃，这可是她夏芊芊球场上的顺口溜。虽然这些个家丁不知道他们的王妃还有个小名儿叫胡汉三，不过看她的样子是不生气啦，不追究啦！大家也算是从死亡边儿上走了一遭，个个脸上都挂着劫后余生的表情！

夏芊芊一手捂着眼睛，一手伸了出去："杏儿！快来，眼睛有点模糊，快扶我回去！"

"小姐，我扶你去看大夫吧！这眼睛看不清可大可小的！"杏儿就在夏芊芊的身边儿，可是芊芊似乎没看到一样！

"没事儿！放心吧，扶我回房好好揉揉就好啦！"这种意外对夏芊芊来说也不是什么千年一见的。想她哪次踢球不让人家砸两次呀！

"真的不用吗？王妃，要不奴才给您……咳咳咳……"虽然平日里这个王妃是霸道了一点儿，可是看到她受伤，秦管家心里有说不出的滋味，反正不好受！

"你别说话啦！把你的嗓子养好再说吧！我没事儿！这点儿小伤算什么呀！你们玩你们的！记住！不要犯规！"

看着夏芊芊离去的背影，龙祁轩不禁有些佩服！不管平时怎么样，至少刚才的夏芊芊果然算得上是女中豪杰！试问哪个女人在遇到了那么重的意外后没有哭哭啼啼的！敬佩之余他还有那么一点儿担心！别想歪啦！那是他干的嘛！他担心也是正常的嘛！

"王爷，这球，咱还踢不？"秦管家看着躲在自己身后的龙祁轩，请示道。这是他头一次看到自己的王爷敢做不敢当！看来新王妃果然不同！很明显，王爷这是怕王妃呀！

"玩！当然玩啦！快，吹哨！"龙祁轩一听到吹哨声，整个人热血沸腾！这回他要玩个尽兴，相信那个夏芊芊应该不会再出来了吧！

果然是皇族，连脑子都比别人好用！在没有任何人传授的情况下，龙祁轩居然自创了好多闪人的方法！这些家丁越来越不是他的对手啦！

"传球！快！"龙祁轩见球落到了对方的脚上，一个铲球（自创的！）夺球，再转身反射，晕！太得意忘形了，居然来了个乌龙！正在龙祁轩懊恼之时，让他更加无法相信的事情发生了！

苍天啊！那球再一次落在了夏芊芊的脸上。不止如此，看来她要双目失明啦！因为这球不偏不倚正砸在她另一只眼睛上！

"啊！"又是一声凄厉的惨叫！

这回龙祁轩没有躲，不是他勇于承认错误，是他知道，夏芊芊不会看到他啦！全场，包括秦管家在内，所有人的目光齐聚在了王爷身上！

不会是故意的吧。刚刚打了可以说是意外，可这回那可是自己的球门儿啊！秦政突然感觉自己还是不了解他家王爷了！

第六章　一场蹴鞠怜心起

"杏儿！疼！"夏芊芊在杏儿的搀扶下走到了场上！

"你们不是吧，我走那边儿挨了打，怎么走这边儿也这么点正啊！是不是故意的啊你们！"夏芊芊眼前一片模糊！实则她就站在距龙祁轩不到三米的地方，但却丝毫没有感觉到他的存在！当然啦，都瞎了嘛！两只眼睛！

"王妃，我们……"秦管家正要上前慰问。

"行啦！你们别说啦。我知道，你们不是故意的！玩这种游戏的时候本来就不应该让外人靠近的。我就是回来告诉你让其他人远着点儿看！哎呀！不知道是不是我点儿太背！"夏芊芊转了身子，双手扶着杏儿，"杏儿啊！我们回房，今天是出不来了！你们玩吧！累了就歇歇！罗马不是一天建成的！你们也别太心急。这东西需要耐性！没事儿的时候你们就自己多组织组织啊！等我好了是会检查的！"

再次目送夏芊芊离开，龙祁轩陷入了沉思！

明明是自己占了便宜，一个时辰不到打了她两下，怎么心里有种负罪感呢！

"王爷！还玩吗？"

秦管家刚开口，龙祁轩腾地转过身来："还玩？你也不怕事儿大啊你！一会儿都快死人啦！快去给王妃叫御医！"龙祁轩莫名其妙地自责起来，这种感觉让他开始害怕！

"是、是、是！"秦政冲着大伙摆了摆手！看到火山爆发了还不快走，等着浇成灰呐都！

大伙见着秦管家的指示，一阵风儿似的瞬间溜个精光！和往常一样，秦管家是第一个飞出火山口儿的幸存者！

偌大的空场上，龙祁轩紧皱眉头。自己这是怎么了，居然会让老秦给夏芊芊找御医！天啊！看到她弄成那样，自己不是应该要开怀大笑一番才对的吗？看来除了夏芊芊，他自己也得好好看看了，是不是得了什么怪病了！

龙祁轩起步，边想边走，不知不觉竟走到了后花园。

"哎呀！妈呀！"一阵杀猪般的惨叫声让龙祁轩从恍惚中迅速清楚！他怎么走到这儿了！不是要回房的吗？暂不想这些，龙祁轩的注意力全都被刚才的叫声吸了过去！

是夏芊芊？不能吧，刚才在球场上的时候不是还很镇定的吗？一副泰然自若的样子，不像是装的嘛！难不成又遇了什么事儿了？想到这儿，龙祁轩的心突地纠结到了一起，风驰电掣般跑向夏芊芊的房间！

　　就在龙祁轩打算冲进夏芊芊的房间的时候，门突然被打开了。这不是关键。关键是一盆清凉凉的水啊，一点儿都没浪费，哗的一下，全都泼在了龙祁轩的身上！

　　"哎呀！王爷！您……您怎么……您怎么在外面也不吱个声呀。这……这可不太合适！"杏儿忙放了盆，回屋子拿了擦脸的出来，递给了龙祁轩。

　　"这你算说对了！我和你们小姐交锋，哪回都没合适过！"龙祁轩接过拭巾，一个慢动作抬头看向杏儿！他真是疯的可以了，居然自动送上门儿！看杏儿的表情就知道那个该死的夏芊芊没什么大事儿。这泼水门事件弄不好就是她一手策划的！

　　龙祁轩擦了擦脸上的水，一想到自己再一次被算计，原本的内疚感一扫而光！他本想冲着杏儿大发雷霆，终是忍住了。权当扯平！她被我打成了熊猫眼，我也被她浇成了落汤鸡！这一回合算是不分上下！下一回，下一回他龙祁轩发誓要扳回一局！

　　看着龙祁轩愤然离开，杏儿方才松了一口气，刚刚还以为自己大难临头、在劫难逃了呢！

　　"杏儿！你干什么呢！外面有人吗？我怎么听到那个痞子的声音了！快把他挡在外面儿，别让他进来！"近焦距一拉，好嘛！此时的夏芊芊，双眼敷着拭巾，正安安稳稳地躺在床上呢！一听外面的动静，唰的一下把身边儿的被子抽了出来蒙到了自己的脸上！

　　"小姐！刚才好险啊，我把一大盆水都泼在了姑爷身上，结果……"

　　"结果他打你啦？！"夏芊芊腾地一下坐了起来，什么被子、拭巾全都掉了下来！

　　"没有！杏儿就是奇怪，看来姑爷的脾气也没有想象中的那么坏嘛！"其实杏儿隐藏了一个天大的秘密，当然，是只有夏芊芊不知道的秘密，就是把她家小姐那两只眼睛弄成现在这副德行的罪魁祸首就是姑爷！这个与忠心与否无关，只是她当时接到了秦管家给她传来的信号。很明显，他是在告诉自己，在小姐不知道的情况下就不要把事情复杂化、扩大化！杏儿本身也不想告诉她家小姐事实的真相，难道真要看到姑爷把小姐休了才满意嘛！这不，杏儿正一个劲儿地为龙祁轩说好话呢！

夏芊芊瞪大了牛眼，死死地盯着杏儿："杏儿，你没吃药吧。他脾气好？他都出手打我多少次啦！我这辈子，嗯，还有下好几辈子最鄙视的就是这种打女人的男人啦！"

"小姐，你知道……知道他打你啦？"杏儿的心怦怦直跳。不可能吧。要是知道，为嘛当时不发飙呢！这可不像她家小姐的脾气！

"我又不瞎，怎么会不知道嘛！再说他打我的时候，你也在场啊！"夏芊芊语毕，杏儿一颗心狂跳不止！看到了？真的看到了？狂晕中！

"是啊，在御花园的时候，好在有龙祁峻在，要不然我还真没把握能占到那么大的便宜呢！"夏芊芊回想当日在御花园时的情景，不由地噗嗤一笑！

杏儿这才稍稍放心："小姐，在那儿之后，姑爷好像没有对你动过手吧！估计他是不敢！嘿嘿！"杏儿试探性地说了一句。

"有！怎么没有！"夏芊芊突然想到早晨龙祁轩玩空中飞人那一段！好在没人在场，那可是她的初吻呀！啊！

"是不是在大厅……"杏儿脸色煞白，再有就是刚刚的球场了！

"好啦！停！去，给我再打盆凉水。眼睛好疼！"那么不堪的历史，她可不想让人知道！

"呃！"杏儿也不知道这小姐唱的是哪出。说还是不说，又是一个大问题。那她到底知不知道刚刚打她的就是姑爷嘛！告诉她，属于坦白，自己还能捞个宽大处理！她家小姐的那些个酷刑，她不试已经知道自己受不住了；不告诉她呢，日后若是东窗事发，下场怕是比死还难受吧！

"杏儿，想什么呐，快去啊！眼睛疼！"夏芊芊捡起刚刚掉在床上的拭巾，重新放回了自己的眼珠子上，平躺下来。

"好!"算了，不想那么多了，舒服一天算一天吧，以后的事儿谁知道呢！杏儿抬腿走了出去，反手将门关紧。见杏儿走了，夏芊芊腾地坐了起来。好险啊，这事儿天知地知我知他知，可再不能让谁知道了！我的一世清白啊！她得找个机会告诉那个痞子，要是敢说出去，他就死定了！

第七章　金銮殿三试靖妃

经过一夜的休养生息，夏芊芊完全恢复到了最佳状态！镜前，夏芊芊一副生龙活虎的样子，让杏儿实在是非常恐惧！

"嗨！看招！"生命在于运动，这话真是一点儿没错。昨天踢了那么一会儿足球后，夏芊芊明显感觉到自己的身子骨儿硬朗多了。这不，此人正对着镜子打泰拳呢！

"小……小姐，你还好吧？"到现在为止，杏儿已经完全适应了她家小姐的百变！变成什么样都有可能，就是再也变不回原来的文静啦！

"没事儿！杏儿，走！咱先出去溜达一圈，回来接着玩！"夏芊芊一身男装大步流星地往外就走。杏儿无奈，这大早上的，不先吃饭，又要去哪儿啊这是！

"晒晒太阳真是舒服多了！"夏芊芊边走边说。杏儿不禁抬头。没事儿吧，早晨的太阳很晒的吗？

"哎呦！这是哪个冒失的家伙呦！可撞死老奴喽！"这个调调夏芊芊可记得再清楚不过啦。转身一看，李公公！

"快跑！"还没等李公公抬头兴师问罪，夏芊芊嗖的一声在李公公的身边飞身而过。那速度叫个快，有如一溜青烟儿。相比之下，兔子也是自惭形秽啊！只留下一脸疑惑的李公公。这大白天的，是撞到鬼了！突然一阵风吹过，李公公一个哆嗦！

"李公公，你说的是真的？"听他的口气，很是压抑！

"六王爷，奴才长了多少脑袋敢跟您胡说啊，皇上和皇后不知道在哪听到的风声，说王爷您和新王妃关系差到了极点！您也知道皇后有多喜欢六王妃，皇上又怕委屈了芊芊的父亲夏辰，所以他们决定试探你和王妃呢！

如果事情属实，好像说是要把你调到边塞永不折回！"李公公眉眼激动，弄得龙祁轩心惊肉跳。

边塞？那怎么行！那他这辈子也别想见到沈茹芯了！不行！他就是死也不会离开沈茹芯！

"我可是他们的亲儿子！他们对那个……能比对我好！李公公你不是道听途说的吧？"

"六王爷信与不信可就不是老奴的事儿了。话已至此，这老奴已经是大罪了！还请六王爷携同六王妃申时入宫！老奴告辞！"很明显龙祁轩对他的话有所怀疑。见李达公公有些不悦，龙祁轩断定此事必定是真！

"多谢李公公如实相告！"看着李达离开的背影，龙祁轩深锁眉头。惨了！这可怎么办啊！不进宫，那叫抗旨！进宫，就夏芊芊那样儿，不用看都知道她那是要把我凌迟致死的眼神儿啊！这回他可真是骑虎难下啦！怎么办？怎么办啊！要有第三条路走该多好啊！暗处，夏芊芊贼笑，这回你死定了！

夏芊芊自鸣得意地在卧房里等了整整一天，也不见龙祁轩低三下四地来求她，于是有些呆不住了，便吩咐杏儿叫来秦政。一问才知道，原来龙祁轩竟独自一人进了皇宫！糟糕，难不成这家伙真的打算鱼死网破了？思及此处，夏芊芊二话没说，在杏儿的帮助下，梳妆打扮完毕后冲出靖王府，直奔皇宫……

景德宫

"轩儿！你不是说芊芊一会儿就来么？怎么都这会儿了，还没见人影呢？"冷晓溪清冷的眸子有些微怒。上一次没有一起来，这次又一样。看来外界的传闻假不了！

"那个，父皇，这酒可是儿臣珍藏了好些年的！自己都舍不得喝呢！今天拿出来孝敬父皇您！"龙祁轩已经被追问了至少十次了，再问就真的扛不过去啦！

"这酒是真不……""错"字儿还没开口，只听冷晓溪轻咳两声，龙弈峰很无奈地看了看龙祁轩，"不过，你要先回答你母后的话！"龙弈峰偷瞄

了一眼自己的爱妻，忙端起酒杯自斟自饮！这场合，帮谁都不是！

"我……"龙祁轩见自己的酒算是白送了。喝酒不办事儿！下回他可不做这赔本儿买卖啦！

"我先喝了这杯哈！"龙祁轩也端起酒杯，放在唇边儿，并没下咽。他在观察，看看自己今天到底有几分生机！事实证明，存活率百分之零！

"芳妃给父皇母后请安！"夏芊芊不失时机地走了进来，送上一个大大的福安和一个甜甜的微笑！

全场震惊！尤其是沈茹芯！一双凤眼眸下生光，闪出一抹愤恨！也罢，只是来了，看她怎么往下演！

不知为什么，冷晓溪一看到夏芊芊就特别的开心。说来她有两个儿子，一个是太子龙祁峻，另一个就是让她最不放心的六王龙祁轩。没有女儿对她来说是个遗憾！本想如果真如外界所言，芊芊受了委屈，她是一定要为这个好儿媳出口气的！

"芊芊！你怎么才来？我都问过轩儿好几次了！"冷晓溪虽是怪罪的话语，却完全没有责怪的语气！

"这都怪芊芊不好！本来祁轩早就告诉芊芊了。可是今天在街上看到一处衣庄，新进了一些料子。我早想给祁轩亲手缝制一件衣服！这不挑着挑着就忘了时辰！还请父皇母后不要怪罪才是！"又是一个万福。

"嗤！"龙祁轩到嘴一半儿的酒狂喷出来！神啊，这疯丫头是不是吃错药了？还是根本没吃药啊！居然能说出这么肉麻的话！龙祁轩的不雅换来了全场人的鄙视！尤其是龙弈峰！那一口好酒啊！浪费！

"芊芊，快坐下。走了一天一定是累坏了！"看着自己儿子的表情，冷晓溪就知道这其中啊，一定有猫腻儿。不过没关系，接下来的时间长着呢！

"你来时没吃药吧！"见夏芊芊腰肢款款地走到自己身边，优雅地坐下来的时候，龙祁轩很严肃地问了这个问题。

"我是没吃药，不过把你的药带来了！"夏芊芊以牙还牙！

"你！"

"注意形象！"夏芊芊一脸微笑地将头转向龙祁轩，那张脸就像是预先画好的一样，笑就一个字儿——假！

第七章 金銮殿三试靖妃

一旁的沈茹芯早就注意到，龙祁峻的眼神儿在夏芊芊进殿那一刻起便没离开过那个贱人！这让她心里很不舒服！今天，她一定会想尽办法让对面那两个看上去举案齐眉的骗子滚到边塞！

"芊芊啊，难得你对轩儿那么好！不过这衣服嘛，我也给他做了一件，你帮我看看做得怎么样，合不合他的身！"冷晓溪将早就准备好的衣服命人端到了夏芊芊的面前。

夏芊芊一直保持着鲜花儿般的笑容，慢慢站了起来，看着面前质地上乘的衣服。这是什么意思？考我？十有八九了！

夏芊芊一双玉手伸出来碰到衣服的时候，眼睛不时地瞄了一下龙祁轩，承望能得到一点儿暗示。毕竟现在他们两个是穿在一条绳上的蚂蚱！

果然，龙祁轩不由分说，腾地站了起来，原地转了好几圈！

"轩儿！你没吃错药吧！坐下！"冷晓溪怎么会看不出来龙祁轩的动作意味着什么！这个儿子也真是，难道其他人都是傻子吗！

没办法了。龙祁轩一脸恐慌地看着夏芊芊。只见夏芊芊拿起衣服，从容不迫地套在了自己的身上！这是什么戏码啊！苍天啊！

"母后！这衣服做工真的超好！料子也属极品。但恕芊芊直言，我家祁轩穿不了！"夏芊芊递了个眼神儿给龙祁轩，意思就是我没有问题！

"喔？是么。芊芊，这怎么说呢？"冷晓溪眉眼皆是笑意！

"回母后的话，你看！我很清楚地记得夫君的手臂比我长一寸，而这袖子却长了一寸多。还有这腰围。夫君身体健壮得很。这腰围可没有这么肥！再有就是这长度也稍短了些！"夏芊芊将衣服叠好放回了原处，一字一句、有板有眼地讲出那件长衫的缺陷！听得冷晓溪心花怒放！多好的媳妇儿！

"嗯！芊芊真是细心！快坐！"冷晓溪捅了捅旁边儿的龙弈峰。她这关算是过了，该轮到当爹的出题啦！

打从夏芊芊说出那番话开始，龙祁轩的眼神儿就没离开过她半刻！眼中惊讶之色溢于言表！

"应该轮到你了！要是搞砸了，你就死定了！"夏芊芊依旧笑靥如花！

"用你说！"尽管嘴上不服，但龙祁轩不得不承认夏芊芊总会在最关键的时刻语出惊人！"为人性僻耽佳句，语不惊人死不休"指的就是夏芊

芊吧？

就在龙祁轩死盯着夏芊芊的时候，龙弈峰迫于爱妻的压迫，开口道："来人！上贡品！"一语毕，外面有人将早准备好的两样小吃呈了上来！

"轩儿，之前夏辰告诉过我，说芊芊喜欢吃什么口味来着？哎呀，人老了就是不行！这贡品里啊，红的是辣的，白的是甜的！你就看着给芊芊夹些！"这事儿呀本来是他那古灵精怪的皇后想出来的，皇上也是听命于人。但是有一点他是真忘了做了，就是问夏辰他家千金的口味儿了！罢了，老六是很麻烦，可是他也不想把儿子调到那么远的地方。那以后谁气他呀！

夏芊芊乐了。果然是亲生儿子，出的题都比我的容易的多！他这个是道选择题，我的可是问答题！难度系数没的比！算啦！反正现在属于同仇敌忾，也没必要计较那么多啦！看来他们今天这个劫算是过了！当然了，女孩子哪有爱吃辣的嘛！

龙祁轩看着面前的两道小吃，手中的筷子犹豫不决，正要夹向白色甜食的方向。要么说就是那么寸！夏芊芊突然一个喷嚏打出来，龙祁轩二话不说，直接将红色辣味儿的夹到了夏芊芊的碟子里！

夏芊芊鲜花似的笑脸在此刻定格！苍天啊！这个笨猪头，居然能选红色的！明摆着这是故意的！夏芊芊扭头，锐利的眼光直射向龙祁轩。都火烧眉毛啦，居然在这个节骨眼儿上摆了我一道！狠！

龙祁轩用非常纯洁加无辜的眼神儿回应着夏芊芊的鄙视！看这眼神儿，估计是夹错了！不对嘛！他本来就是要夹白色的，谁让她打了个喷嚏啦！真是委屈！唉，事已至此，龙祁轩像霜打的茄子，一下蔫了下来。有什么比发配边塞、离开茹芯还委屈啊！

"芊芊，你喜欢吗？"冷晓溪早就注意到这俩人的表情。虽然有点儿怪，但轩儿的确是选对了啊！她就知道自己的丈夫一定会偷懒，所以昨天一大早她便招宰相夫人进宫了！所以呀，夏芊芊喜欢吃什么，冷晓溪可是一清二楚！

冷晓溪一语，打断了夏芊芊和龙祁轩的眼神儿交流。看着碟子里非常像红辣椒的东西，夏芊芊很难相信这是什么贡品！

"喜欢！"除了这两个字儿，她还可以说别的吗！

"我就知道你喜欢！这可是西域那边独产的红辣椒！非常香辣可口的！你尝尝！"当宰相夫人说出夏芊芊喜好之后，冷晓溪可是费了好大劲儿才弄到这些个红辣椒呢！

"谢谢母后！"果然是辣椒！夏芊芊柳眉轻挑。为了以后能过得舒服点儿，今天的牺牲是值得的！罢了，夏芊芊牙根儿一较劲儿，拿起筷子，把碟子里的红辣椒全放在嘴里，只嚼到比嗓子眼儿稍小一点儿的时候便毫不犹豫地咽了下去！好！搞定！

龙祁轩看着夏芊芊，满头大汗！

"辣椒吃在我肚子里，你流个屁汗！"夏芊芊身子稍稍靠向龙祁轩，压低了嗓子说道！

"你……你……"

"芊芊！你没事儿吧？"

"是啊，六王妃，你真的爱吃辣的吗？要不要给你传御医？"沈茹芯也貌似关心地问了两句，只两句却已暗藏祸心。

"我？我没事儿啊！怎么我像有事儿吗？"夏芊芊转头看了看身后的杏儿。这里的人，除了杏儿，她谁也不信！

"小姐！你脸上起了好多红痘！"杏儿的面色和龙祁轩差不多，也是惨白一片！当然性质绝对不同。龙祁轩那是吓的，杏儿这是出于关心。

"啊！"就说嘛，她吃不了辣的。这家伙好像后反劲儿。这时，夏芊芊突然感觉到自己的肚子就像是火山爆发前的状态！不好，火山都到了嗓子眼儿啦！

夏芊芊管不了什么痘痘啦，转回头，端起水杯，刚要往里灌，却发现这殿里无数只眼睛都落在了自己的身上！

这回可是让龙祁轩害惨了。夏芊芊将端杯的速度放慢了十倍，放到嘴边儿后轻嚓两口。她多想再喝第三口啊！

"母后不用担心。这是正常反应！芊芊一吃辣的东西，脸上就会……"夏芊芊轻抬玉手摸了下脸！这痘痘可不是一般的多！很明显，过敏了！夏芊芊接着刚才的话儿，"就会起这些个痘痘。不过没关系，明儿一早就能好！大家不用担心。我很好！呵呵！"夏芊芊笑得非常自然。冷晓溪这才放

下心来。照理说宰相夫人说的不会错的！

好不好的只有她自己知道！现在的夏芊芊全身燥热，真恨不得跳到水里好好降降温！

不只她自己，龙祁轩在一边儿上也注意到，就连她的手都起痘痘了！看起来还真有点儿不忍心！

"芊芊，你要是喜欢吃的话，我这儿还有！要不要再来点儿！"沈茹芯一脸真诚。过敏还说喜欢吃！那就让你吃个够！

"不……不用啦！我……"夏芊芊语塞，她可不想活活辣死啊！

"看六王妃吃得还挺香的，那我也尝尝！"龙祁峻微笑着将筷子伸向了桌子上的红辣椒！

沈茹芯不可思议地看着龙祁峻，满脸的错愕！为了那个贱人，值得你连平日最讨厌的东西都吃吗？

"那个……"夏芊芊很想说那个东西不能吃，超辣！可是这种场合，她怎么说的出口啊！

龙祁峻品尝着放在嘴里的辣椒，脸带笑容可心里着实心疼夏芊芊。他只吃了一小块，已经忍得很难受了。夏芊芊那一盘子是怎么吃进去的啊！

冷晓溪似乎对今天的测试非常满意。她知道他的尺码，他知道她的喜好。这样的关系就算是差能差到哪儿去！看来事实是要去验证的！

"今天时候不早了，你们就自己散了吧！芊芊呐，没事儿常到宫里走动走动，别每次叫你才来！"

"嗯！恭送父皇母后！"四人站起来，目送着龙弈峰和冷晓溪离开。

"祁峻，喝些茶吧！"沈茹芯将身边的茶杯端到了龙祁峻面前。

"杏儿！水、水、水！快要烧死我啦！"夏芊芊席卷了自己面前所有的杯子后，还是很痛苦的样子！

"茹芯，我没事儿，我看六王妃好像更需要！杏儿！这里有水！"龙祁峻招呼杏儿过来端回茶杯。

"谢谢太子！"杏儿哪敢怠慢，急忙将水递给了夏芊芊。

"你……没事儿吧？"龙祁轩搔搔脑袋，看着夏芊芊的眼神儿略显尴尬！虽然问题没出在他身上，但毕竟是自己亲手给她夹的红辣椒！怎么说都有那么一点点的负罪感！仅限一点点！

"你还好意思问！想问题可以不经过大脑，但绝不允许连脚丫子也不经过！你是没长脑子还是脑子里长了霉啊！我这回是被你害惨啦！咳咳咳……"本来就火旺，再加上气血攻心，夏芊芊还没骂爽，便开始连咳不止！

"你！"我忍！一来看到夏芊芊的确是很狼狈，二来今天不管怎么说自己没发配到边塞也是面前这个女人大发慈悲！

看着夏芊芊疯咳不止，龙祁轩倒有些担心，本想着放下架子慰问一下，可是夏芊芊没给他机会！

"杏儿！咳咳咳……走！回府！咳咳咳！茹芯，谢谢你的茶！咳咳咳……"临走还不忘赠她茶喝的沈茹芯！

一路上，轿子里的夏芊芊不停地咳嗽！杏儿急得不行，可又没个主意，再加上夏芊芊不让请什么御医，说是怕打针，打针是什么东西？能让她家小姐都怕的一定不是什么好东西了！只是没想到这世上还有比她家小姐更凶恶的东西啦！

"杏儿！"龙祁轩的轿子一直在夏芊芊的后面。

"姑爷，你叫我？"杏儿缓走两步，来到了龙祁轩的轿边。

"你家小姐怎么样了？我看她咳嗽一直没停！"龙祁轩是憋了半天才决定探出轿子询问的！

"我也不知道呀。我问她，她就说没事儿！我看是刚刚那辣椒吃的吧！"杏儿觉得奇怪。以前在宰相府的时候，她家小姐什么样儿的辣椒没吃过啊！一点儿事儿都没有！怎么这回反倒过敏起来？还这么严重！

"那么多辣椒一起放到嘴里，谁能没事儿！杏儿，一会儿回府记得叫老秦去请御医！"语闭，龙祁轩放下轿帘，垂下眼帘，神色恍惚。自己这是怎么了，不是盼着那女人死的吗？

轿外，杏儿抿嘴一乐。什么叫做"祸兮，福所至"。姑爷开始关心小姐了，这可是个好兆头！

不长时间，两顶轿子落在了靖府门外。龙祁轩先于夏芊芊走出了轿子，本想进府，但见夏芊芊晃晃悠悠地从轿里走出来。借着月光一看，一张倾

城的面容越发的白皙，只是这白似乎有些不正常！

"小姐！你没事儿吧？"杏儿感觉到夏芊芊身子摇晃得厉害！双眼迷离！

"咳咳咳……我没事儿！快进屋！冷！"夏芊芊迈开步子，踉跄地走出轿子，直朝府门面来，突然，一阵眩晕，夏芊芊纤细的身子有如柳枝般软了下来！龙祁轩一看不好，一个箭步冲了前去，一把横揽起夏芊芊："杏儿！快让老秦叫御医！夏芊芊！芊芊！"

此时的夏芊芊感觉头被揽入一个温暖的怀抱，耳边回响着一个男子的声音。嗯，很好听，有磁性！夏芊芊的小脑袋不禁在龙祁轩的怀里蹭了蹭。这个小小的动作却给了龙祁轩巨大的冲击！

看着怀里的夏芊芊，美得姿颜旷世，艳得绝代芳华。这样安静的夏芊芊，这样依偎在自己的怀里，龙祁轩清冷的眸中不知不觉染上了异样的光彩！

"咳咳咳……"一阵剧烈的咳嗽把龙祁轩的思绪从千里之外拽了回来。都什么时候了，还欣赏美人儿呢！

龙祁轩双臂紧紧地搂着夏芊芊朝着自己的房间走去！夏芊芊，你一定不要有事！

房间里，龙祁轩将夏芊芊轻轻地放在自己的床上，将被子覆在夏芊芊的身上！动作柔和到他自己都不敢相信的地步！

看着床上静如处子的夏芊芊，龙祁轩的唇悄然抿出一条弧度。笑，直达心底！

"咳咳咳……好难受啊！杏儿！快来呀，受不了啦……咳咳咳……冷！好冷……杏儿！快给我拿被子！"声音有些沙哑，透着丝丝让人心疼的脆弱！这回夏芊芊可是遭老罪了！过敏这事那是可大可小的！

看着床上夏芊芊痛苦的表情，龙祁轩剑眉紧皱，疾走到床边，将夏芊芊扶到了自己的怀里，双臂用力，心纠结起来！

感觉到怀中的人瑟瑟发抖，龙祁轩加重了力度："芊芊！还冷吗？"

没有回应，只有越发强烈的颤抖！龙祁轩的心中突然升起一种莫名的恐惧！他害怕，害怕到了极点！他怕夏芊芊就这么离开了！

"芊芊！你不能死啊！你死了谁挤兑我？谁气我啊！芊芊！死在我手里

你就那么甘心！你不打算报仇啦！快醒醒！你不是想杀了我吗！那你快起来动手啊！夏芊芊！"

"咳咳咳……好吵！杏儿！你放什么东西进来啦！"昏迷之中的夏芊芊轻蹙柳眉，不由的又往龙祁轩的怀里蹭了蹭，"这被子是羽绒的吧？好暖！"接着又是一片寂静。

什么东西？被子！看来烧得不轻啊！

咚咚咚，一阵敲门声！

"都什么时候了，还敲门，快进来！"龙祁轩清冷的声音透着寒气。外面的人一听，赶忙冲了进来！

"小姐！"杏儿一看这情形，小姐居然让姑爷抱，这是真的不行了！这是怎么了呀，眼泪啪嗒啪嗒地掉了下来！

张御医急走到床前："靖王请先回避！"

"回避个屁！这个时候我不会离开她！你快给我看！死了要你陪葬！"龙祁轩的眼睛里布满了血丝，一双怒目瞪得张御医浑身发毛！进宫这些年，这靖王府他也不是第一回来，可靖王爷发这么大火儿可是头一回！张御医哪敢耽搁，忙为夏芊芊号脉诊治！

秦政看在眼里，心下倒有些欣喜。或许这将成为王爷和王妃修好的开始。不管之前王爷和王妃多么的水火不容，但现在看来，王爷的心里已然有王妃的存在啦！看来这种夹板气的日子是要过到头儿啦！嘿嘿！晕！笑出声了！

果然，龙祁轩的雄鹰般犀利的眼神射向老秦！

秦政立刻捂嘴，作翻然悔悟状！要不然死得会很惨！

整个屋子里鸦雀无声。所有人的眼睛都集中在夏芊芊的身上。大概过了一刻钟的时间，张御医用手擦了擦额头上的汗！

"六王爷请放心，王妃并无大碍。这种昏迷状态是因为过敏所致，只要开两服药就没事儿了！"

"你确定？"龙祁轩看看怀中的夏芊芊。好像很严重嘛！只两服就能好么？他怀疑！

"老臣愿用性命担保！"这话张御医敢说，因为的确不是什么大毛病！这身冷汗是白流了！

"那还等什么！快去煎药！"

"杏儿！快跟着张御医取药，然后送到厨房！我这就让厨房准备！"秦管家一看状况不妙，得了，三十六计用上啦！

听了张御医的说法，龙祁轩的心才稍稍放下，本想放平夏芊芊，可是手怎么都动弹不得。此时此刻，从他脑子里传出来的信号只有一个，抱着夏芊芊！不放手！

时间就这样一秒一秒地过去，龙祁轩就这样紧紧地抱着夏芊芊，感受着这份不一样的悸动！

"王爷！"外面传来杏儿的声音！

"什么事儿?"极不情愿地开口。这样的感觉他还没尝够！

"小姐的药熬好了！"杏儿是想进去，又不敢进去！她家姑爷的脾气可不是她能惹得起的！

龙祁轩不舍地放下夏芊芊，将被子披在她的身上，随后走到门口！

吱呀一声，门被龙祁轩推开了。杏儿刚想往里进，只见龙祁轩手伸了出来："给我！"杏儿不敢违命，乖乖地将药递了过去。刚才看到姑爷如此在乎小姐，不会现在在药里下砒霜害她家小姐吧！不会！杏儿决定相信自己的直觉！

"你回吧。今天你家小姐就睡我这儿了！"没容得杏儿说上一句，门吱呀一声又关上了！

端着药碗的龙祁轩小心翼翼地走到床边儿，慢慢蹲下身子："芊芊！吃药啦！"任他怎么喊，夏芊芊就是没反应！没办法，龙祁轩放下碗，扶起夏芊芊靠在自己的身上，再拿起碗，盛起一汤匙的药放到了她的嘴边。可是夏芊芊还是没反应。这可难坏了龙祁轩！突然，龙祁轩想到了一个绝对行之有效的方法！

可是这种方法虽有效，但龙祁轩还真有点儿不好意思。不过救人如救火。这好在夏芊芊是昏迷，要是醒着，他还真没这个机会呢！

龙祁轩想到此，慢慢将夏芊芊放了下来，转身喝了一口药，对着夏芊

芊的嘴唇，喂了下去！

呃，好软！真想……晕！想歪了。龙祁轩勉强压抑住内心的欲望，一口一口地将药全数灌到了夏芊芊的嘴里！

再端起药碗！怎么没了？龙祁轩眉头一皱，他还没喂够呢！不管了，就算剩下一滴，他也要尽职尽责！不过，这种感觉，他喜欢！嘿嘿！

看着喝完药后的夏芊芊安静地躺在床上，光洁白皙的娇容恢复了一些霞光，龙祁轩的心算是放下了！

此时的夏芊芊就像一只熟睡的小绵羊，安静得让人不舍得叫醒。龙祁轩的眼睛一刻也不曾离开过她。她的美优雅清绝、超凡脱俗。如果她能一直这样的安静，说不定自己真的会爱上她！龙祁轩的身子不由自主地俯向夏芊芊，脑中突然出现了沈茹芯的身影，身体嗖地一下抽了回来！

不行！他爱的是沈茹芯，怎么可以对不起她！龙祁轩抬手狠狠地敲了敲脑袋！自己一定是着了魔了，居然想主动亲这个家伙！

"那个混蛋，害得我前世死那么早，看我怎么收拾他！"睡梦中的夏芊芊仍不忘报仇的事儿！

看吧，就算她有多迷人的外表，可还是掩盖不住那副恶魔的本质！龙祁轩看着呢喃中的夏芊芊，不由眉头紧皱！夏芊芊还是夏芊芊！她这辈子都变不了啦！

靠在床栏上的龙祁轩不停地懊恼着自己刚才的冲动，慢慢地，便睡了过去！

第八章　诉因由冰释前嫌

清晨，夏芊芊感觉到身体有一丝麻酥酥的感觉，稍稍动了下，还是很不舒服！她索性不睡了，睁眼！

时间定格在这瞬间。夏芊芊睁开眼，模糊中看到有一男子就坐在她的床边儿！流氓！说时迟那时快，夏芊芊一只飞脚踹了过去！

只听"啊！"的一声惨叫！龙祁轩这下跌得可不轻，整个人硬生生地趴在了床下，脸紧紧地扣在了地上，半天没反应过来！当然啦，他正睡着呢！

夏芊芊腾地坐了起来，正想用被子挡住自己。呃？怎么没脱衣服？还有，环视了一下周围的环境，不对呀，这不是她的房间嘛！

"这……这是哪里！你是谁！"反正穿着衣服呢，夏芊芊以迅雷般速度跳到了龙祁轩的身上，"快说！你到底是谁？这是什么地方！"已经占有绝对优势的夏芊芊毫不客气地用脚踩到了龙祁轩的背上！

"你——把——脚——拿——开！"低沉的声音中透着嗜血的杀气。龙祁轩黑着脸一字一句铿锵有力！

呃？声音好熟悉！

就在夏芊芊想低头看清楚声音的主人时，门突然开了。杏儿和秦管家差不多同一时间跑了进来！

"小姐！"

"王爷！"

二人见此情景目瞪口呆，立地化石！其实这二位早就在门口蹲坑啦。让那么两个水火不容的人呆在一起，他们说什么也不放心。所以，在听到屋内惨叫的时候，二人齐齐地冲了进去！

"没有命令，你们敢乱闯我的房间！"龙祁轩满脸黑线！

"夏芊芊，你还踩我？快放开！"

杏儿想都没想，冲上前去将她家小姐拉了下来！

"干嘛！谁让他坐在我的床上啦！"夏芊芊倒觉得无辜起来！

"你的床？睁大你的狗眼！这是谁的床！你们说！"龙祁轩指了指杏儿和秦政！

"小姐，这……这是姑爷的床！这房间也是姑爷的！昨天你在这儿睡的！"杏儿哆哆嗦嗦地说！

"不……可能吧！我怎么会睡在他的房子里嘛！"夏芊芊美目圆睁！脑子努力在想昨天发生的事儿！可就是想不起来！

"王妃，是真的。这是王爷的地儿！嗯……"秦管家秉承一惯的作风，该说的说，不该说的不说，不知道该不该说的也不说！

这时，龙祁轩已然从地上爬了起来。一种彻天彻地的冰冷自他的眼中惺惺溢出："夏芊芊，你还有什么好说！"龙祁轩的目光正在凌迟夏芊芊！是可忍孰不可忍！当着下人的面让他出丑，这笔账他可不能就这么算了！

"咳咳……你先等等！"夏芊芊被弄得莫名其妙，拉着杏儿到了一边儿，"杏儿！到底怎么回事儿！"

"小姐，你真的忘啦！昨天你去了皇宫，吃了皇后赐的红辣椒，之后就过敏，然后回府的时候昏迷！差点儿就要倒在地上啦。幸好有姑爷在。他把你抱到他的房间，也是他叫的御医，熬药后也是他喂的你！"杏儿尽量回忆着昨天的每一个细节！

"完了？"

"嗯！再有就是今天早上，我们冲进来的时候看着你踏在姑爷的身上！小姐，你错怪好人了！"杏儿提醒道。

"都怪你！干嘛要他抱住我，干嘛要他把我抱到他的床上，干嘛又让他喂药嘛！"惨了，难道真的要服软道歉吗？不过听杏儿这么一说，好像自己真没有对的地方！那好吧！有错必认，这也是她夏芊芊的美德之一嘛。

"夏芊芊，刚才的事儿你必须给我一个交待！否则别想出了这间房！"龙祁轩哪受过这份窝囊气！没等夏芊芊酝酿好道歉的情绪，一股火便冲了上来！

"你！"好吧，夏芊芊选择忍，说对不起吧。谁让她做错了呢！

"你什么你！这还有什么好问的！这么多双眼睛都看到啦！你不分青红皂白就踩了我那么多脚！你就这么对待你的救命恩人吗？要不是我，你现在早在阎王殿了！这回看阎王爷还踢不踢你出来！"龙祁轩完全抑制不住内心的怒火。这火儿来得反常！换成平时，他就算发火儿也不会这么快就失控！难道他是想掩饰什么？

秦政在一边儿看着自己家王爷有点儿不对劲儿，好像在刻意地回避什么似的！

"我……"罢了，让他说。谁让自己的确冤枉他了！面对龙祁轩的狂轰滥炸，夏芊芊再一次选择忍！"我错了"这三个字夏芊芊才冒出一个字儿，龙祁轩的机关枪又突突上了！

"刚才'你'，现在又'我'上了！告诉你，别仗着有母后为你撑腰，就以为我怕了你！我龙祁轩征战沙场这么多年还没怕过谁呢！更何况是你一个小小女子！"龙祁轩越说越来劲儿，竟原地兜起圈子来了！

夏芊芊决定不忍了！做人可以很过分，但不能太过分！原本她真的可以低头，可以说对不起，可以认错！但是现在，她只有一件事情要做，而且是必须做的！

就在龙祁轩无休无止的怒骂声中，夏芊芊飞身过去，凌空横扫一拳，直中龙祁轩左眼！悄然落地！

"杏儿！我们走！"门外，杏儿不时地回头看看。怪了，怎么没声了？

"小姐，你那拳重不重啊？别出人命！姑爷那可是王爷！"

"你听！"

大概过了一分半秒，屋里传来了一声震天狮子吼："夏芊芊，我跟你拼啦！"

"王爷！您先冷静！先冷静！"

听到声音后，夏芊芊默然一笑。对于这样的人，她只能用一个字儿形容——该！敬酒不吃吃罚酒！

"杏儿，我昨天病得很厉害吗？"怎么刚刚杏儿说的她一点儿都不记得了呢？

"嗯！很厉害。我只看到小姐你晕倒了，之后就去找秦管家了。是姑爷抱你回房的。等我们找来御医的时候，姑爷他真的很着急呢。本来张御医是想让姑爷把你放下的，可是姑爷好像舍不得的样子！所以……"

"打住！什么把我放下？怎么他一直抱着我吗？屋子里不是有床嘛！"

"不是！当时你是在床上，可是却倒在姑爷的怀里！姑爷还说如果医不好你，就让那个御医陪葬呢！可见姑爷有多在乎你！"杏儿想到昨夜的情形和刚刚可是截然不同的！

"不会吧？然后呢？"夏芊芊没想到在那痞子的口中会说出这种话！让别人陪葬！这可是草菅人命啊！当然，这句话也触动到了夏芊芊的心。莫名的暖流涌了上来！

杏儿抓了抓头发："然后？然后我们就都离开了。熬好了药，我本来想喂小姐你吃药的。可是姑爷压根儿没让我进屋，只是把药端了进去就关门儿了！所以还是姑爷喂你吃的药呢！"杏儿的语气中有一丝欣喜和安慰！毕竟她家小姐和姑爷之间也有过和谐的一面！

"他喂我吃药？"没印象！完全没印象！夏芊芊边走边想，是不是自己做得太过分了！虽然他逼死了自己的前世，但是如果不是前世走了，那死的就是她了！从这个角度上讲，他还算是自己的救命恩人呢！最主要的就是，他也不是故意的，也就是过失杀人，在法律上是可以宽大处理的！

夏芊芊掰掰手指，按照杏儿的说法，算是龙祁轩还救了她一命。这样一来，她与龙祁轩也算是互不相欠了！

"小姐，你想什么呢？"杏儿看着身边的夏芊芊一会儿柳眉深锁，一会儿眉眼含笑！

"啊！啊，没有！我是在想……杏儿，我忘了东西在龙祁轩那屋了。你先回房等我，我一会儿就回去！"

"小姐，你还是等会儿去拿好了，或是让秦管家帮你拿。你现在回去不太合适吧！要不我陪你一起吧？"杏儿真不明白小姐这葫芦里卖的什么药！

"很危险的！你回去！你要是去了，一会儿跑起来，我还多个累赘！听话，快回去！"夏芊芊打发了杏儿，一个人朝着龙祁轩的房子折返回去。

房间里

"王爷，您没事儿吧？"秦政看着坐在椅子上发呆的龙祁轩，心里忽上忽下的。奇了怪了，今天的王爷可跟平时不一样，刚刚受了王妃一拳，情绪还很是激动，直喊着要和王妃拼命呢，怎么才一会儿功夫就变得安静啦？

"老秦，你说我刚才是不是声音太大了？"龙祁轩抬头，俊美的眸子似氤氲出一片忏悔之气！

秦管家使劲儿地揉了揉双眼。他没看错吧，王爷的眼神完全没了杀气，更添了一份忏悔。

"回王爷，小的当时看到王妃有几次都想开口认错了！只是您一个劲儿的埋怨王妃，以老奴对王妃的了解，刚刚王妃那一拳也是忍到极限才出手的！"既然王爷有悔意，那他也乐得做个顺水人情。只要能让王爷向王妃认个错！那他也算得上是首功一件！

"你看清楚了？她真的有心向我认错？"龙祁轩惊讶至极，眼底流露出久违的欣喜！

"绝对没错！王爷，你刚才也太凶了！我看到王妃身边儿的杏儿都被你吓哭了好像！"有门儿！看来靖王府旷日持久的夫妻大战有望告一段落！

见秦管家说的有板有眼，龙祁轩信以为真！本来自己就欠那个夏芊芊好大的人情！要不是她及时到了景德殿，怕自己现在就得收拾行李滚向边塞啦！唉！怎么办才好！

"王爷，您还没吃早饭呢！奴才已经准备好了！"秦政想着王妃此时肯定是在大厅，所以有意想要王爷也过去。两人这样面对面地一谈，要是能谈开了，他也算是守得云开见月明啦！

"不饿！你先出去吧！"想来那个夏芊芊也在大厅，此时出去见了面说什么呀！

"可是……"

"出去吧！我饿了自然会去的！"龙祁轩现在心情乱得很。从父皇莫名其妙地赐婚到现在，自己确实有太多地方对不起夏芊芊了。别的不说，只洞房当天扔下她一个人就已经是对她最大的污辱了！难怪她会那么生气！

京城第一才女啊，是让他给活活逼疯了！想来想去，自己欠她的还满多的！

"那老奴先出去了！"秦政最会的就是察言观色。这个时候不宜多说，说多了他也消化不掉，倒不如让他自己安静下来慢慢想！

门被秦管家从外面带上了。龙祁轩坐在椅子上，反复思索这些日子和夏芊芊之间的恩怨。

吱呀一声，门开了。龙祁轩没有抬头，只淡淡地说了句："告诉你了不用管我！饿了我自会去吃！"

"咳咳！"

听到咳嗽声，龙祁轩猛然抬头，见眼前之人，不免有些尴尬！

"那个……我可以坐吗？"夏芊芊指了指龙祁轩对面的椅子，原本以为这屋子里应该是翻天动地了呢，却不想在门外却听不到一点儿声音！她还以为没人儿呢！

"啊！可以！可以！"龙祁轩忙伸手将对面的椅子朝夏芊芊的方向推了推，尔后又回到原位！不是来找我算账的吧？龙祁轩咽了咽喉咙，双眼只看着桌面儿！夏芊芊也好不到哪儿去。她倒是不看桌面，一双倍儿灵的眼睛四处晃悠，就是没晃到龙祁轩的身上！

"我是……"

"我想……"

一开口便是同时。

"那你先说！"

"那你先说！"

又是同时相让！

二人相视一笑，夏芊芊拉了拉椅子，稍稍靠近桌子！

"那个洞房的事儿吧，你别放在心上。我不是冲你！是父皇他……"

"啊，我明白。那算是包办婚姻，你应该反抗到底的。我支持你！至于那个柳青青吧，我只是……"夏芊芊一改往日性情，居然对龙祁轩随声附和！

"柳青青的事儿是我不对！我本来和她也没什么！可是我这人太懒，任由外面风言风语。上次在御花园，我本来想在父皇母后那儿告你一状来着！

好在你阻止我了，要不然就铸成大错了！"龙祁轩也是出奇的怪，居然自我检讨起来！

"那事儿别提了。我不是还趁机打你两拳嘛！算是扯平！"夏芊芊边说边端起桌上的茶杯，倒了一杯递给了龙祁轩！

天啊，居然向我斟茶认错！龙祁轩真是感动！实则并非如此，夏芊芊只是出于礼貌。是她自己渴了！

"这事儿扯平了！我还欠你一个大人情呢！昨天若不是你及时出现，我现在哪能坐在这儿跟你说话呀！"两人越聊越顺，竟然有说有笑！

夏芊芊轻啜了一口茶："客气什么！小事儿一桩！再说了，你昨天不也救了我一命嘛！要不然我现不得见阎王呀！"

看着夏芊芊盈盈浅笑，灿烂如春阳般绽放的娇容，龙祁轩呆住了！原来她不发脾气的时候真的很美！

"对了！你是怎么知道我的尺寸的?"龙祁轩突然想到大殿之上，夏芊芊对自己的身材算得上是了如指掌！

"那还不容易。你忘啦，我经常穿男装的嘛！有好几次杏儿都错把你的衣服拿来了。我穿过你的衣服，所以昨天我把衣服套在身上才知道长短的！"夏芊芊突然想到了什么似的，"那你给我夹红辣椒不是故意的吧！"

"当然不是！那是因为你在那个节骨眼儿上咳嗽一下，我以为是你提醒我呢！害你受苦了！是我不好！"龙祁轩很坦然地向夏芊芊承认了错误！

"没事儿！我现在不是好好的嘛！嗯……"突然发现在解除一切误会之后，两个人竟可以如此畅快地交谈！

西郊破庙

一人束手而立，身着玄黑色宽边的锦袍，头戴玉冠，腰束玉带，别了一枚晶莹剔透的龙纹玉佩，脚上蹬着一双滚金线的黑色皂靴；剑眉之下，那双墨黑清澈的眼眸，深邃如寒潭。他，便是夜越国太子端木尘。此时，跪在他身后的，正是潜伏在天朝多年的细作慕容雪！

"事情办得怎么样了?"冰冷声音听不出喜怒。端木尘缓缓转身，眸光扫过慕容雪！

"回太子，您交待的事情属下去办了！"慕容雪恭敬开口！

"沈茹芯同意了？"

"她还在犹豫！不过属下看得出，她心动了！同意是迟早的事！"慕容雪信心十足！

"嗯，办得好！只要她同意，你就立刻开始我们的计划！这一次，我一定要让天朝血债血偿！"当慕容雪抬眸时，那抹身影早已消失不见……

靖王府

经过上次的事儿，夏芊芊突然发现龙祁轩也不像想象中那么赖皮，而龙祁轩亦发现夏芊芊身上诸多优点。虽然他们表面上不说，可实则都对对方心存好感！

早晨，二人正心平气和地用膳，偶会也会有些言语上面的交流，诸如今天天气怎么样之类。就在此时，秦政来报："启禀王爷！太子和侧妃驾到！"

茹芯？龙祁轩的心不由地揪紧，原本看向夏芊芊的眸子转向厅外。夏芊芊倏地一下，感觉心里少了什么似的！跟着龙祁轩的步子，夏芊芊也迎了出去！

"茹芯！"龙祁轩一双炽热的眼睛紧盯着沈茹芯。原来就算不讨厌夏芊芊，在他心里王妃的位置依旧是沈茹芯啊。

"六弟！弟妹呢？"沈茹芯看得出龙祁轩眼中的深情。只可惜他不是太子！若是，她便不用这么费力了！真是造化弄人！

"茹芯，我想……"

"沈茹芯！"每次见到沈茹芯，夏芊芊总感觉在她淡如烟雨的眉中似乎有太多的故事。或许男人就喜欢有故事的女人吧？看那个龙祁轩恨不得趴到人家身上！夏芊芊自心里不是滋味儿！

"你直呼姓名这样很不礼貌！"龙祁轩白了夏芊芊一眼。刚刚平和的关系瞬间消失殆尽。

"你就礼貌啦！长嫂如母！你那么温柔地叫你妈呀！切！"夏芊芊嘴不饶人，走近沈茹芯，拉着她走了进去，"茹芯，你今天怎么有空来这儿呀？

我正闷着呢!"沈茹芯低眉顺眼地跟着夏芊芊走进了靖王府!

龙祁轩正要尾随上去。

"六弟!没看到我吗?"龙祁峻就在站沈茹芯身后,面带笑容!

"自己长脚还用别人请吗!"龙祁轩看也不看他这个哥哥一眼,转身离去!呵!龙祁峻轻叹口气,跟了进来。若不是为了一个人,他也不会受这般冷嘲热讽!看得出自己的六弟对茹芯是真心的。可是木已成舟,如今夏芊芊才是他的王妃。难道他就不能对她好一点儿吗!

正厅内,沈茹芯亲昵地拉着夏芊芊的手,仿佛亲姐妹一般:"芊芊呐,我和祁峻这次来,是专程想请你到太子府住上两天。祁峻这两天要去狩猎,所以我想你陪陪我,如何?"沈茹芯微笑着开口!

"这个……"夏芊芊有些犹豫,毕竟和沈茹芯也不算熟,但人家又是一番好意。可夏芊芊还没开口,一侧,龙祁轩便应了下来!

"反正她在府上也没事儿,陪你几天又何妨。"龙祁轩开口道。若是夏芊芊在,是不是意味着自己也可以随时出入太子府啊。

"既然六弟不介意,芊芊,你该不会有什么顾虑了吧?"沈茹芯轻拍了下夏芊芊的手,淡笑着开口。

"他介意我也不会有什么顾虑啊。杏儿!去帮我收拾东西!"夏芊芊被沈茹芯这么一激,倒也爽快答应下来。

踏入太子府的那一刻,沈茹芯眉眼间笑意更浓:"芊芊,你这算是第一次进我太子府吧。我得好好款待你!"沈茹芯挽着夏芊芊的手,柔和的目光暗含着彻骨的杀意!

"哇!好大啊,和靖王府就是不一样!"夏芊芊踏进府邸,不由得惊呼!当然也是半真半假。真是因为事实如此,假是想获得主人欢心!而在她的心底,总感觉靖王府亲切些,好像那里才是自己的家!

"小姐,注意形象!"杏儿小声提醒。夏芊芊虽是夸赞,但动作幅度也太大了点儿!那种张开双臂、仰天长叹的姿势更像是慷慨就义。

"呵呵!看来要打扰你们一些日子啦!"夏芊芊冲着龙祁峻和沈茹芯嘿嘿一笑。

"芊芊你客气什么！我们又不是外人，你就把这里当做自己的家就好！祁峻，你们先到大厅。我去给芊芊安排下房间，准备晚上的膳食！"

"嗯！"看着沈茹芯离去的背影，龙祁峻不否认她是个好姑娘。只是对她，他如何也爱不起来！当初娶她也是因为她的身世太过悲悯，与爱无关！

"龙祁峻！你好福气呀，找了这么个温柔贤惠的老婆！"待沈茹芯走远，夏芊芊一个箭步跳到了龙祁峻身边儿！啪的一下拍上他的肩膀！在夏芊芊看来，龙祁峻是当之无愧的哥们儿！

"是吗？"龙祁峻倒有些怅然。若是福气好，他倒希望他的太子妃就是眼前的女人！

"倒是茹芯姐可怜些！你以后是皇上，三宫六院七十二嫔妃有的你爱啦。到时候怕是有人要独守空房喽！"夏芊芊管的可真多！岂不知，龙祁峻的心里只有一人。若能如愿，他愿今生只有一妻！

适夜，当龙祁峻自书房出来的时候，看到走廊里静坐的夏芊芊！

"睡不着？"龙祁峻缓步走到夏芊芊的身侧，看着那双如黑色晶石般闪亮的眸子，心莫名悸动！

"呃……只是不太习惯，出来透透气！你怎么还没睡？"此时的夏芊芊显得格外的安静。月光洒在她的脸上，衬得她越发的芳华绝代。龙祁峻的眸光在触及她的刹那，便无法再收回！

"我不习惯早睡！"龙祁峻轻笑出声。

"嗯，你这点和那个混蛋可不一样。他天天睡得早着呢！"夏芊芊转头正对上龙祁峻的双眼！二人对视许久，"我发现你们长得真的很像！不过你比他帅！嘿嘿！"夏芊芊眸光一闪，回到浩瀚苍穹的那轮明月之上！

龙祁峻适时收回自己的目光。

"看起来你跟六弟相处的还是不错的。"龙祁峻试探着开口！

"嗯，应该说已经不讨厌了。这样更确切点儿！还是别提他了，免得扫兴！"在想到龙祁轩的那一刻，夏芊芊的心突然感觉到思念。这样的感觉让夏芊芊惊愕！

"嗯！"龙祁峻顺着夏芊芊的目光随了上去，唇轻启，扬起优雅而温柔的笑容！他知道这一刻任相思入髓，对夏芊芊的这份情再无法割舍！

黑暗里，沈茹芯的双眸骤然散出一丝狠意，紧握的手心沁出冰冷的汗意，启唇，却没有半点声音！许久，她转身回了自己的房间！

时间总比人们想象中要过得快。清晨，当阳光照射到屋子里的时候，夏芊芊睁开惺忪的眼睛，双手揉搓了几下，腾地跳了起来！起床就一定要用这种方式，否则磨磨蹭蹭的，一会儿功夫一天可就过去啦！

"小姐！"杏儿在门外扣门。夏芊芊晃悠着走了过去："杏儿，你起的也够早的了！"杏儿手里端着洗脸盆，踩着细碎的步子走了进来，放好盆，反手关上门："小姐，刚刚来的时候碰到太子妃了。她本来是想叫你吃饭的。我看这太子府的早膳可比靖王府早上两个时辰呢！"杏儿一边儿帮夏芊芊叠好被子，一边唠叨着。

"是吗？那我可得快点！在人家住，吃饭再让人家等可不好！"夏芊芊沁雪秀气的眉头不禁紧蹙，郁闷地抓了抓头发。想想还真是。在靖王府想睡多久睡多久，想什么时候吃饭就什么时候吃饭。嗯，还是靖王府舒服些！

转眼功夫，这主仆二人便离了房间朝着大厅走去。这太子府大是大，但格局和靖王府基本一致，再加上夏芊芊对这方面还是比较拿手的！

"芊芊，你醒啦！快，过来用膳！"看到一脸困倦的夏芊芊，沈茹芯眼底流露一抹关切的神情，"是不是昨天没睡好啊，怎么这么憔悴？"当然了！和她的夫君对月长谈，有说有笑，自然是睡得不好了！沈茹芯的胸口像是被什么揪了一下，很疼！

"有么？没事儿！昨个睡得很香！嘿嘿！"夏芊芊抬起玉手，在小脸儿上一个劲儿地蹭，据说这种办法能使人迅速精神。

"那就好！快！饿了吧！"沈茹芯拉着夏芊芊进了大厅，甚是亲昵！接触次数多了，夏芊芊对她的印象是越来越好！温柔娴淑、知书达礼，还善解人意！

"咦？怎么就咱们两个？龙祁……太子呢？"进厅没看到龙祁峻，夏芊芊倒是意外！

"祁峻刚刚被招进宫里了。"沈茹芯红唇带笑，眸光闪过一丝诡异！龙祁峻不在！我倒要看看谁来救你！哼！

"进宫？不知道有没有叫那个混蛋去？"现在夏芊芊对进宫二字特别地

敏感！

"芊芊，你在嘀咕什么呢？呵呵！还愣着，快吃，一会儿我带你在这太子府四处走走。昨天太晚了，怕影响你休息！"沈茹芯嘴角轻扬，抹开一个弧度！

"嗯，好！"夏芊芊坐了下来，可是这心是真的放不下！看来只能等龙祁峻回来再问了！

看着夏芊芊的吃相，沈茹芯真不明白，龙祁峻是瞎子吗？怎么会喜欢这样的人！不过也罢了。吃吧，多吃点儿，到了下面可没这么多好吃的了！哼！

靖王府

"王爷！王爷！"秦政在屋外大声叫喊了半天，依旧不见主子回声！怎么睡得这么沉呵！

"干嘛！"龙祁轩揉着眼睛打开房门！

"王爷，您怎么还没起呀。刚刚李公公传话儿，今个儿皇上要去守猎，让您随行！再不收拾来不及啦！"

"来不及就不去！我还没睡醒呢！"可不嘛，昨天折腾来折腾去，到黎明时分才有了睡意！

"不去可是抗旨！老奴多问了一句，好像太子也去！"秦管家做事儿向来周全。既然去守猎就不可能带一位皇子。果不其然，除了他家王爷还有一个太子！秦政当然知道他家王爷和太子因为沈茹芯的事儿不和，所以这个重要信息他一定得说出来！

"有谁！你是说龙祁峻也去？"果不其然，龙祁轩听到这个消息马上精神起来，"老秦，快，帮我收拾。还有，吩咐下去，把我的马牵到府门！快快快！"龙祁轩砰的一声关上房门，整理穿戴！

"变得倒真快！"秦政不敢怠慢，朝着马厩走去。

龙祁轩收拾好穿戴风一样地冲到府门，骑上他的雪狐马，朝着宫门方向飞奔而去！他就是要让父皇知道，自己比龙祁峻强过不知多少倍！没把太子之位传给他，那是天朝的损失！

宫门外

"祁峻，你六弟怎么还没来？这小子越来越不像话了！现在口谕不好用了，非得给他搬圣旨！"龙弈峰一脸怒色，大好心情一扫而光。

"父皇，估计六弟快到了！"龙祁峻淡淡开口。

一阵马蹄声后，龙祁轩已然到了龙弈峰和龙祁峻的面前！

"你来的也不晚呐，我和父皇才等了一个时辰！"清雅的声音带着丝丝的戏弄。龙祁峻的眼睛微眯！

"你！"龙祁轩狠瞪了他一眼。

"老六，还啰嗦！驾！"龙弈峰狠瞪了眼龙祁轩，策马驰骋，直朝猎场而去！

偌大的草原，一碧千里，清风拂过。三人同到猎场！

"祁峻、祁轩！今天怎么个打法，你们说！"龙弈峰向来最疼爱这两个儿子，因为他们是皇后冷晓溪所出嘛！

"随便！"龙祁轩一路无话，只是不停地观察龙祁峻的表情。既然没说话，就说明夏芊芊在太子府应该还好吧？

"那就和往常一样，比数量！今儿个胜负的说法可与平时不一样。谁要是输了，就把胜者所有的猎物全数带回，变相惩罚！如何？"龙弈峰精神奕奕，就连他的坐骑也是蠢蠢欲动！

"那就照着父皇的意思去做！父皇！看你的青龙可等不及了！"龙祁峻看父皇的坐骑一定是想一雪前耻，上次输给了六弟的雪狐，这回是想报仇呢他！

"你的赤雁不也一样嘛！那就开始吧！驾！"一语毕，再看这广袤无垠的草原瞬间沸腾起来！所有的士兵都在摇旗呐喊，他们只喊加油，不指明对象。当然了，一个皇上、两个皇子，没有一个他们能得罪得起的。只喊加油，不偏不正，谁也不得罪！下人自然有下人的道儿！

古代和现代不同，草原上野兔多得是，更何况这里皇家猎场，野物自然多不胜数！

"嗖"的一箭，龙弈峰最先猎获了一只野兔！不过多时，龙祁峻也有了

收获！再看龙祁轩，脑子里净想着夏芊芊与龙祁峻会不会有私情，毫无狩猎心思！

又是一箭，龙弈峰再次得手；龙祁峻紧追不放；龙祁轩嘛，还是老样子，处于冥想状态！

第九章 太子府阴谋上演

猎场这边，三父子共享天伦；太子府内，沈茹芯带着夏芊芊差不多逛完了整个太子府！

"芊芊，你喜欢鱼吗？"沈茹芯睫毛颤动，眸光瞬间闪过一丝寒光，须臾之间，便恢复如初。

"喜欢！我还养过呢！"芊芊的眸子顿时迸出欣喜的光芒。夏芊芊平生最喜欢不长毛的东西。带毛的她都不喜欢！于是，金鱼成了首选！

"嗯，我这太子府最里面是一池碧湖！里面什么样儿的鱼都有！走，我带你看去！"沈茹芯再一次亲昵地拉起夏芊芊的手，正欲朝那个方向走的时候，突然像是想到了什么，"杏儿，麻烦你把我的披风拿到我的房间好吗？还有顺便将我的丝帕帮我带过来好吗？"语调轻柔，淡眉轻挑。

"杏儿，去吧！"夏芊芊朝着杏儿眨眨眼。杏儿顺从地接过沈茹芯的披肩，有些不舍地转身离去。

沈茹芯看着杏儿的背影。莫说偌大的太子府，只走到她的房间就要好久的路。就算她能找到丝帕，也不可能找得到那片湖！因为它并不在太子府的最里面，而是在右侧！

"芊芊，我们先去。一会儿杏儿就能跟上！"见杏儿转弯没了踪影，沈茹芯带着夏芊芊起步走向了碧水湖！

"天啊！这儿可真大！比靖王府的池塘不知大上多少倍！"偌大的湖面波光粼粼、清澈见底。湖中鱼儿自由自在。夏芊芊完全沉浸在这片美好当中！

哼！人皆自私，想她夏芊芊不也一样，为了这太子府，居然勾引龙祁峻！可惜你太小看我沈茹芯了！

"芊芊，你快过来，看看这条鱼，身披七彩，好美！"

夏芊芊闻声而至，整个身子朝着湖中探去！

"在哪儿？在哪儿呢？茹芯姐。"夏芊芊的目光太专注于那传说中的七彩鱼了，丝毫没有注意到背后沈茹芯嗜血的眸光所散发出来的寒光。就只一下，这个女人便会消失在这个世界上了！她便再不会为此忧心了！动手吧！一个声音在沈茹芯的脑子里不停地教唆着她。虽然她爱权爱势，但是杀人，她还真是头一次！

"在那儿！"沈茹芯一手搭在了夏芊芊的玉肩上，另一只手随便指了个方向！

"没有啊。真的有七彩的鱼啊？茹芯姐！"就在夏芊芊自言自语的时候，沈茹芯美目中一丝精光闪出，搭在夏芊芊身上的手猛地一推！

"啊！"看着夏芊芊在湖里挣扎的样子，一种彻天彻地的冰冷从沈茹芯的眼中慢慢溢出！她就是要看着夏芊芊一点点地挣扎，最后没入湖心！

"救……救命！茹芯姐……救……救……"时间正一秒秒地过去，沈茹芯扫视了周围的动静。没有人！

"救……救……"眼看着夏芊芊再没什么力气呼救了，沈茹芯红唇轻扬，噗通一下跳了下去，是去救她吗？当然不是！她是想再助芊芊一臂之力，早登极乐！

千钧一发之际，一抹黑影从天而降，扑通跳到湖里，以箭般的速度游到了夏芊芊的身边儿，一把拉起她，朝着岸边游了过去！

是谁？沈茹芯的心陡然一震，如何都没料到半路杀出了这么个人！

"太子妃，你这么做并不明智！"留下这句话，那抹黑影陡然跃起，瞬间消失在沈茹芯的视线之内！会是谁？沈茹芯正在思忖之际，忽然发现杏儿自远处走了过来！

"芊芊！芊……"沈茹芯的眼睛登时波光如烟，泪雨连连！

"来人呐！六王妃落水了！快请御医！"沈茹芯大喊起来！

"小……小姐！"杏儿闻声而至，见这场面，整个人都傻了！

"小姐！小姐！怎么我才走了这么会儿，就出了这种事儿啊！"看着地上双目紧闭的夏芊芊，杏儿早是泪流满面！

"杏儿！别哭了！快去找御医！"沈茹芯哽咽催促道。

"好……好！"杏儿连忙点头，跌跌撞撞地跑了出去！

待杏儿跑远，沈茹芯斜眼看了看夏芊芊，脸色白得吓人！便是神仙下凡怕也救不活了！只是……刚才的黑衣人到底是谁？他的话是什么意思？

床榻上，无论张御医如何努力都无法让夏芊芊醒过来！

"张御医……我家小姐怎么样啊？"此时的杏儿早已哭得梨花带雨，泣不成声！

"杏儿！从脉象上看，王妃并无大碍，但是现在昏迷不醒可不是什么好现象。老夫可以开些安神醒脑的药，或许会有效果！"张御医走后，沈茹芯差龙祁峻身边儿的小六子带着杏儿去猎场报信。这样大的事儿，她可作不了主！

待杏儿与小六子离开，沈茹芯静坐在床榻前，反复思量那个黑衣人的话。不明智？再看看床榻上的夏芊芊，既然不能醒过来，自然不会坏了她的好事。那便姑且留她一命！沈茹芯如是想……

猎场

龙祁峻微迷双眸，看着两手空空的龙祁轩，调侃着开口："六弟，我虽年长，但也不用你让。父皇老当益壮更不需要你多此一举了！半天了，你一个野兔都没打到，什么意思嘛！"

"要你管！哼！"龙祁轩翻身下马，斜睨着龙祁峻面前的猎物。还真不少，3只鹿、10只野兔！再看看父皇面前的，更多，5只鹿、13只野兔。再看看自己，罢了，不看了。青草一堆！

"老六，你今天怎么回事儿啊！是不是不想跟父皇打猎啊！我能不能理解成你这是无声的反抗？赐婚的事儿都过去多久了，你还生着气呐！再说了，那个夏芊芊，我和你母后都很喜欢！你还有什么不满意的！那么一个温柔贤惠、秀外惠中的王妃，你要是不满意，我可赐给别人啦！"龙亦峰也调侃起来。难得他的老六这次没胜他。要不然，每次打猎，十有八九都是祁轩胜！真抹他这个长辈的面子！

"不成！"龙祁轩想都没想地脱口而出，连他自己都不知道这是为什么。

他若是现在谢恩，那也算是钻个空子，可以摆脱那个瘟神，再努力夺回沈茹芯。那他的梦想不就变成现实了！可是那一刻，他真的没想那么多。要让夏芊芊倚在别的男人怀里？不行！他过不了自己这关！

"六弟是喜欢上你的新王妃了？"龙祁峻眸光中隐藏着些许黯淡。龙祁轩的答案让他出乎意料！

"就是喜欢了！还喜欢得很呢！谁也别想从我手里把她骗走了！哼！"龙祁轩一语，一侧的龙亦峰不禁愕然。这太阳……该不会是打西边儿出来了吧！

"太子、六王！外面有人求见！"一个士兵小跑着过来，规规矩矩地低头叩首。

"谁?"

"谁?"

二人异口同声！

"一个自称小六子的求见太子，一个自称杏儿的求见六王！"士兵如实作答！

"父皇，我去去就回！您稍等！"龙祁峻翻身下马，一脸肃然。不对啊，杏儿怎么会到这儿找老六？还有小六子，若没大事儿，他不可能找到这里！完了，一定跟芊芊有关！

"父皇我也先出去一下！"龙祁轩在听到杏儿的时候，脸刷的一下变了颜色！杏儿找他，难道是夏芊芊出事儿了！

看着两个儿子的背影，龙弈峰不禁轻笑。在众多皇子中，这两个是他最看重的，不愧是冷晓溪的儿子，果然有她当年的风采！看着广袤无垠的草原，龙弈峰不禁想起当年和冷晓溪初见的场景！

"太子！"小六子见龙祁峻走了出来，忙带着杏儿跑了过去！

"小六子，杏儿，你们怎么在这儿？"龙祁峻的眸中是散之不去的担忧！

"太子！小姐出事儿了！"杏儿正要把太子府的事儿告诉龙祁峻！

"你说什么？夏芊芊怎么了？"龙祁轩一个箭步冲了上来，双手握着杏儿的胳膊！

"姑爷……呜呜呜呜……小姐掉到水里，现在昏迷不醒……呜呜……"

一看到龙祁轩，杏儿像是看到了自家人一般，哭个不停！

"杏儿，你别哭了。夏芊芊在哪儿？"龙祁轩突然感到心像是被什么攥住一般，特别难受！

"在……在太子府！"杏儿忍住啜泣，泪眼朦胧地看着龙祁轩！

龙祁轩二话没说，猛地拽过小六子的马，翻身上马直奔回太子府。龙祁峻亦找了身边最近的一匹马紧跟了上去！

太子府

"六弟！"沈茹芯没想到这件事儿这么快就到了龙祁轩的耳朵里。看着龙祁轩冲进太子府，沈茹芯忙迎了上去！

"茹芯，芊芊呢？她人呢？"头一次，头一次在龙祁轩的眼睛里，沈茹芯没有看到自己的影子，寒意从心底直升上来。她不信，龙祁轩对她那么重的爱慕会瞬间消失！就算那个夏芊芊有多厉害！

"芊芊她……"还没等沈茹芯开口，龙祁峻从后面追了上来，"都什么时候了，你还缠着茹芯不放。你一点儿都不关心芊芊么？哼！"龙祁峻绕过他们二人，朝着夏芊芊的房间大步走去！

这也是第一次。第一次龙祁峻居然不在乎龙祁轩对她的所谓骚扰！沈茹芯的心有如跌入万年寒潭！冷意遍布周身！

"茹芯，我先去看看夏芊芊！"松开沈茹芯的手，龙祁轩朝着龙祁峻的方向跟了上去！

看着先后离去的龙祁峻和龙祁轩，沈茹芯的脸霎时惨白，身子跟跄着似要跌倒，却努力站稳了身姿，漾开一朵浅笑，妖媚诡异。笑在脸上，恨至心底。风过，眼中温度不见，眸子凌厉地眯起。总有一天，她可以不靠任何人就能得到自己想要的权力！这一刻，她从心里想到了夜越国的慕容雪！

"芊芊！"龙祁峻推门而入，疾步走到床榻边缘，看着脸色惨白的夏芊芊，眼中抹过凛冽的悲伤！

"夏芊芊！"龙祁轩还没进门，狼吼便传进了屋里。他一进屋便看到夏芊芊床边的龙祁峻，不由得怒从中来！

"你让开！"龙祁轩疾步到了夏芊芊的身边儿。一向嚣张跋扈的夏芊芊，此时却安静得让人无法相信。整个人躺在床上，晶莹如玉的肌肤一丝血色也没有。龙祁轩感觉到从来没有过的恐惧！此时的他真希望她再起来揍他！

此刻，沈茹芯浅步走了进来。

"茹芯，芊芊到底怎么了？我只出去这么一会儿，怎么发生这么大的事情？"龙祁峻转身看着沈茹芯，肃然质问！

"祁峻，这都是我不好。我知道芊芊喜欢鱼，所以就带着她到碧水湖那儿。谁知道她说自己看到了一只七彩鱼，就跟着鱼的方向跑了起来。我怕她出事，紧跟在后面，可是偏偏她绊到了一块石头上面，掉到了湖里。当时我都吓傻了。幸好我拉住了她的衣襟，才把她拉上来。可……她自湖里出来后就一直昏迷不醒。"沈茹芯掩面轻啜，我见犹怜！

"你怎么会这么不小心！干嘛要带芊芊到湖边？什么七彩鱼！现在好了！芊芊就躺在这里！你满意了！"龙祁峻几乎吼出声，利眸狠瞪向沈茹芯！

"龙祁峻！你没听到茹芯说她当时也吓傻了吗？要不是她揪住夏芊芊，夏芊芊还能躺在这里？夏芊芊这样谁也不想，但你也不能把这件事儿怪到茹芯的头上啊！她可是你的王妃。你一点儿都不顾她的感觉吗？"龙祁轩挡在了沈茹芯的面前！

龙祁峻深沉的眸子看了看龙祁轩，又看了看沈茹芯，一语未发回到了夏芊芊的床边，眸光中充满心疼！

"我……我出去给芊芊煎药了。这事说到底是我不对！我应该做点儿什么……咳咳咳……"沈茹芯轻咳着走了出去，转身一刻，寒眸如刃！三年恩爱看来全是假的！她苦等的太子妃之位怕是这辈子也等不到了！既然如此，龙祁峻，你就别怪我心狠手辣了！

龙祁轩看了眼床上躺着的夏芊芊，思索半时，迈步走出了屋子！

"茹芯！"

见龙祁轩从后面追了上来，沈茹芯双眸用力，挤出两滴美人泪，抬袖，在龙祁轩走到身边的时候，拂面而拭！

"轩！啊……不，六弟！"沈茹芯故意提起了他们以前的昵称，而后转口轻啜，眸中波光一片！

"茹芯，你受委屈了！我知道你已经尽力了。整件事儿根本与你无关。龙祁峻他太过分了！"听到久违了的称呼，龙祁轩脑海中不停地闪动着当年与沈茹芯花前月下的场景，双手不经意地轻扶在沈茹芯的玉肩上！

"轩……"沈茹芯料到龙祁峻不可能在这个时候出现，整个身子无力地朝着龙祁轩倒了过去，"轩，我真的不是故意的。可是为什么没人理解我！真的不是我做的。我去救了。只差那么一点儿，我便随她一起沉下去了，可是……"

在龙祁轩听来，这声音中带着极度压抑的痛苦！

感觉到怀中的人在不停地颤抖，龙祁轩双臂加重了力度，将沈茹芯搂得更紧，微微低着，温柔的眸子带着一缕感伤的笑："谁不信你，我都会信你！"一手轻揉着她的头发，一如从前！

"轩，谢谢你！"沈茹芯染雾的眸子轻轻抬起，对上龙祁轩迷离的双眼。四目相对。太多的回忆让龙祁轩无法自持。薄唇微低，眼看就要覆上那抹红唇的时候，沈茹芯不失时机地退了出来。因为她知道，自己的目的已经达到了。她成功地勾起了龙祁轩对她的感觉。虽然她不喜欢眼前这个男人，确切地说，她谁也不喜欢，但是她必须给自己留条后路。因为她知道眼前这个男人会有用的着的一天！

"茹芯！"看到沈茹芯的神色有一丝慌张，龙祁轩亦感觉有些许不自在。刚才是怎么了？夏芊芊生命攸关，自己却……

当龙祁轩回房时，杏儿前脚走进屋内。

"杏儿，帮小姐收拾一下，我们回府！"龙祁轩无视龙祁峻的存在，直接下命！

"嗯，可是小姐还昏迷着呢?"杏儿狐疑开口，不过还是觉得太子府太过诡异，不便久留！

"我抱着不就得了！"龙祁轩走到床边正欲伸手将夏芊芊抱起，却被龙祁峻挡在了前面！

"不行！至少要等到她醒了以后才可以走！"龙祁峻目光凝重，丝毫没有退步的意思。

"她是我的王妃，我想什么时候带走就什么时候带走。就算你是太子，也没有资格管我的家事！"龙祁轩执意要带走夏芊芊。

"进门便是客。芊芊现在是我太子府的客人。没有我的允许，谁也别想碰她半根汗毛！"龙祁峻不甘示弱！

"那她掉进碧水湖是经过你的允许了？"龙祁轩不以为然。

正在二人争得脸红脖子粗的时候，杏儿急忙上前劝阻："太子殿下，刚刚御医说了，我家小姐只是昏迷，没有生命危险！轻挪轻放不会有事……"

龙祁峻无语。毕竟龙祁轩是她的夫君，自己略显无理了！

看着他们离开，龙祁峻心里一丝酸楚，不禁长叹一口气！暗处，沈茹芯的拳头早已爆出了青筋。这次算你命大，下一回就没那么好运了。我倒要看看你是不是真的命大！

第十章 宰相府一吻定情

靖王府，秦管家难得清静，正悠闲地哼着小曲儿，突然府门砰的一声被踹开了！秦管家被狠狠地吓了一跳，再一抬头，顿时一脸惊骇！

只见龙祁轩怀抱着王妃大踏步地走了进来，直奔自己的房间。

"小姐的房间在……"杏儿正想提醒龙祁轩，却突然识相地闭嘴！

看着龙祁轩抱着王妃在自己的面前经过，秦管家不解。不是去打猎吗？这王妃算是猎物？

"杏儿，这是怎么了？王妃她又出了什么事儿啊？"秦政忙颠儿地跟了上来。他也只能问杏儿！

"小姐五行怕水，这回掉到太子府的湖里，虽然没有生命危险，可不知道要昏迷到什么时候呢！"杏儿无奈开口。

"找御医了吗？我得赶快找张御医过府一趟啊！"秦政调头正要出府，被杏儿拉了回来。

"不用，在太子府的时候，张御医看过了，说是没什么大事儿，过两天能醒过来，还开了些安神的药。药我都带着呢！"杏儿举了举手里的药包。

"拿来吧，我得赶紧吩咐厨房熬上！"秦政接过药包调头正要往厨房走，只听得府门处又是砰的一声！

这还让不让人干点儿事儿啦！真是，秦政拎着药包小跑到了府门，放眼一看，好家伙，只见府门口来了有二十来只野兔、七八只鹿！这嘛意思。抬眼一看，原来是李公公！

"李公公？这是……"秦管家一脸堆笑。虽说同是下人，可是人家是皇上身边儿的人！

"这是皇上要给靖王府加菜呢！皇上说了明儿个早上，让你们厨子把这

些个野兔全都做成菜，给六王爷来个百兔宴！"

"是嘛！皇恩浩荡啊！"秦管家正要谢恩。

"哎呀！快起来！"李公公近走一步，"我说老秦，你还谢恩呢。今天太子和六王爷把皇上一人儿撂在猎场好一会儿呢！皇上正火着呢！说他们越来越不像话啦！还说改天好好收拾他们两个呢！这些个东西是今天皇上和太子打的！说是给赏给打猎打输的人，好像叫什么变向惩罚！得，我也不跟你多说了！我这算是交差了！你赶快拿回去吧！今天晚上可有的吃啦！"要说老秦做人那真是没的说，就连李公公都跟他走的特别近！

看着李公公带着一队人马离了靖王府，秦管家不禁有些纳闷儿。不对呀，如果说是我们家六王爷惹恼了皇帝，这他信！要说太子也把皇帝撂到一边儿，这有点不太可能！想不到今天发生这么多事儿呢！改天得找杏儿好好问问。

看着满地的野兔，秦管家朝着府内大喊："来人！快来几个人！逮兔子啦！"

屋内，龙祁轩将夏芊芊轻放在自己床上，眸光闪烁，敛去了那一丝极浅的心疼。没由来的疼，难道不是因为沈茹芯？原本离了太子府这感觉便不会在了，可是这种憋闷的感觉直到现在还环绕在龙祁轩的周围！

"你下去休息吧，这里有我！"龙祁轩转身，淡淡开口，将杏儿遣退。

屋子一下变得寂静无声，龙祁轩静静地倚在床栏边，看着陷入昏迷的夏芊芊，心里说不出的难受！

似听到夏芊芊说话，龙祁轩慢慢靠近夏芊芊却什么也没听到。许是听累了，龙祁轩竟趴在夏芊芊的旁边睡着了。整个屋子越发的宁静，只能听到轻微的呼吸声。两个人均进入了梦乡……

翌日清晨，龙祁轩的房间突然传来一阵惊天震地的狂吼！

"啊！"在一阵刺耳的尖叫声中，龙祁轩激灵一下睁开了双眼！只见夏芊芊直挺挺地坐在床上，双目圆睁，玉手直指着自己！

"你……你……干……干什么嘛！"龙祁轩皱着眉，一手捂着耳朵，一手紧抱住床栏！

"你怎么在这儿！死你都要跟着，还真是阴魂不散啊你！"夏芊芊惊讶

的神色微微松动，注意到周围的环境怎么这么眼熟！

"好你个龙祁轩，靖王府都让你盖到阎王殿了！说！你是怎么死的！你……你是先下来的吧？"夏芊芊感觉到脑门儿丝丝地冒汗！

"先……下……来？"龙祁轩重重地闭上眼睛，突地睁开，眼球在眼眶里没有半点儿的移动！眼中两道寒光直射向夏芊芊！

"夏……芊……芊！还我命来……我死的好惨……惨……惨……"跟我来这套！看看谁更像！

"果然是在地狱！还个屁，我现在都没命了，拿什么还你！再说了，你惨！能惨过我！我可是活活被淹死的！你知道那种被水呛的滋味儿嘛！比死还难受！话说回来，这全是你，因为你！要我偿命！好，我现在就给你偿命！"最惨不过下地狱了，她夏芊芊还有什么好怕的！

见夏芊芊腾地一下从床上跳下来，寒意从龙祁轩的脚底直升到脑门儿！身子不由自主地往后退！

"你……你别来真的啊！我是跟你开玩笑呢！你没死，我……我也没死！你看，你看！这里是靖王府！"龙祁轩忙指了指这桌子、这椅子，还有这墙、床！

听龙祁轩这么一说，夏芊芊倒也觉得蹊跷，抬手一看！晕！她真的没死！

"太好了！我没死！"夏芊芊突然跳到龙祁轩的近前，双手腾地一下抱紧龙祁轩。重生的喜悦让她忘记了面前的人是谁，只顾着搂着龙祁轩的脖子又摇又跳！

"啊！我没死！哈哈哈！"

感觉到夏芊芊的气息喷洒到自己的耳际，龙祁轩的唇角染上了若有若无的笑意，一双大而厚实的双手不知不觉地揽在夏芊芊的腰上："嗯！你没死！我也不会让你死！"双臂加重了力度，心与心贴得更近！

早膳，龙祁轩吩咐下去将饭菜端到他的房间，无需人伺候。龙祁轩亲自盛了碗饭递到夏芊芊面前。

接过碗的夏芊芊狐疑地看了看龙祁轩，不由地抿唇轻笑！看着那张倾国的容颜灿如莲花，龙祁轩自心底舒了口气！

"快吃吧！要不然哪有力气打我！"龙祁轩嘴角莫名地挂上一丝笑意，低头自顾扒饭！嗯，这饭好吃！其实是心甜吧？

"你可别乱说，我从来不打人的！"夏芊芊美目微眯，愉悦从心底蹿了上来。

"那你刚刚还……"龙祁轩嚼着饭，转头看着夏芊芊，脚不知不觉地朝着夏芊芊的方向动了一下！

"那我打的都不是人！呵呵！哈哈哈！咳咳咳！"大笑的夏芊芊不小心噎得大咳起来！

"该！从来都嘴不饶人！"龙祁轩忙端了碗水送到了她的面前。喝了水之后的夏芊芊看起来还是很滑稽！被噎得满脸通红，原本白皙的面容红得像个苹果，看得龙祁轩真想上去咬一口。呃！想歪了！

一脸迥然的龙祁轩生怕有人看出他刚刚猥琐的想法，拼了命地往嘴里扒饭！

喝着龙祁轩递过来的水，夏芊芊心里有种说不出来的感觉。怎么水是甜的呢？

"你……"

"你……"

二人相视。

"还是你先说！"夏芊芊本想问他，头上的伤怎么样了。现在回想一下，自己好像是有那么一点点的过分！

"你怎么会掉到碧水湖里啊？我看你今年犯水，以后可不能到有水的地方去了！"龙祁轩发现，自己真的可以跟夏芊芊和和气气地说话，而且这种感觉……还不错！

"怎么掉到水里嘛，我真的不记得那么多了。只记得当时沈茹芯说有什么七彩鱼，那我就追着找了！后来……不记得了！之后的事儿就不记得了！"夏芊芊对那段印象很模糊！

"茹芯说有七彩鱼？不是你自己看到的吗？"奇怪，当时在太子府茹芯不是这么说的！龙祁轩不禁有些蹙眉！

"是吗？哎呀，不记得了！我还想问你呢，我怎么一觉醒来会在靖王府

呢!"夏芊芊真不知道自己昏迷的时候到底发生了什么事儿。

"当然是我把你接回来的啦!我能让我的王妃在太子府呆着嘛!那像什么话!"龙祁轩说得理直气壮,听得夏芊芊心里还怪舒服的呢!

"跟你说,有一年我外出征战,当时正遇上西域有名的大力士……"龙祁轩很少在外人面前讲自己的那些丰功伟绩,可是现在,他恨不得把自己那些个战绩一桩桩、一件件地讲给夏芊芊!

接下来的几天,龙祁轩哪儿都没去,老老实实地在府里陪着夏芊芊。二人你侬我侬,感情迅速升温!只不过这其间还有一段小小的插曲。夏芊芊为了证明自己巾帼不让须眉,于是挑了王府最高的树爬了上去,奈何上面居然有条蛇在等着她。于是乎,龙祁轩奋不顾身地接住了从高处坠落的夏芊芊,自己也因此折断了一只胳膊!而那个罪魁祸首的倒霉蛇,理所当然的被做了蛇羹!

一日,宰相府传话,宰相夫人身体欠佳,希望夏芊芊能回府探望。龙祁轩自告奋勇要陪妻同去!

靖王府与宰相府之间并不远。没有几条街的时间,轿子已然到了夏府!在杏儿的搀扶下,夏芊芊走出了轿子,转身朝府门走去!

"芊芊!咳咳咳……"碧瑶在看到自己的女儿那一刻,眸光瞬间闪出泪水,在丫鬟的搀扶下艰难地走了出来!

"娘!"虽然是第一次见面,但是夏芊芊打从心里感受到那种与生俱来的亲切感。不知不觉的,夏芊芊已是泪流满面。

母女见面,场面总是让人潸然泪下!龙祁轩站在门口儿,看着夏芊芊与夏夫人抱在一起,心里倒是感伤非常!

就在母女俩儿诉离别之苦的时候,夏辰忙走了出来,毕恭毕敬地朝着龙祁轩行着大礼!

"夏辰叩见王爷!"见夏辰行如此大礼,龙祁轩刚要上前搀扶,却让夏芊芊抢了个先!

"龙祁轩,你也不怕天打雷劈,小心折寿你!这可是你的岳父!你敢让他给你叩头!"看夏芊芊那副凶巴巴的样子,在场除了龙祁轩和杏儿,所有人都惊住了!

夏辰不可思议地看着自己的女儿！这出嫁前可是个大家闺秀来着，怎么现在成了这副模样，看看夏芊芊那张脸都狰狞成什么样子啦！

"芊芊！你怎么可以这么说呢！他是王爷，我是臣子，这叫礼数！"夏辰微怒，不想龙祁轩却极为配合！

"龙祁轩叩见岳父岳母大人！"

"好好好！快进府！饭菜都准备好了！芊芊、祁轩，快，别在外面站着了！"碧瑶看着龙祁轩打从心眼儿里意外。面前彬彬有礼的六王爷可也不像外面传的那般不堪嘛！刚刚自己的女儿说出那般过分的话，他居然都没动气，看来也是个好脾气呢！

饭桌上，碧瑶看着自己的女儿不但没瘦，还比之前胖了些，想是没受什么苦，心里总算放心了。想她出嫁那会儿，天天地以泪洗面，真是把她心疼得要死啊！

"娘，你的病怎么样了？找御医看了吗？"夏芊芊眸光一闪，看着碧瑶，心里有种异样的感觉。这碧瑶无论长相还是身材都跟自己的妈妈超像！这就叫缘分吧！

"我没事儿！芊芊，你们快吃啊！这可是我亲自下厨准备的！"碧瑶点了点桌子上的菜！

提起吃，夏芊芊还真是饿得不行。看着这满桌子的山珍海味，夏芊芊手脚麻利着呢！什么罗汉大虾、串炸鲜贝、葱爆牛柳、蚝油仔鸡、鲜蘑菜心，个个让夏芊芊捅了个遍！

"咳咳！"龙祁轩真是服了。夏芊芊那副吃相，毫无形象可言！好在是在夏府，若是宫廷御宴，那么长的桌子，她还不得爬上去够！不过此时，龙祁轩干咳两声完全是想提醒她，他还一口没吃呢！

不只是龙祁轩，夏辰看着自己女儿的吃相，大惊失色。苍天啊！这真的是自己女儿吗？以前觉得自己女儿嫁给六王，真是暴殄天物。现在看来，还真委屈了靖王啦！

"芊芊呐，今天你们就别回了。屋子已经给你们收拾好了！吃了饭，你们就去休息吧！"碧瑶笑眯眯地看着夏芊芊。

"不行！"

"不行！"

二人异口同声。更有甚者，夏芊芊竟激动地把筷子上的鸡腿撇到了龙祁轩的脸上，进而又掉到了他的衣服上！

"呃——"龙祁轩无奈地用完好无损的左手往脸上这么一抹，好嘛！这满脸满身全是油！

"你们这是干什么呢！来人！快端水过来，让六王爷洗洗！"夏辰真不知道这俩人到底搞什么鬼。只是让他们住一宿嘛，用得着这么大反应嘛！

"不……不是，娘，我们……"夏芊芊的脑子飞速旋转，正在想可以说出口的理由。不过老天爷没给她机会！

瞬间狂风大作！之后便是乌云密布、黑云压顶，片刻功夫已然是暴雨滂沱！看着外面豆大的雨点密密麻麻地甩了下来，夏芊芊无语，满眼的哀怨！神呐！今晚可怎么过呀！给我派辆出租车来吧。

"好了！你们就是想走也走不成了！好好吃饭，一会儿回房啊！"

"嗯！好！"屋子突然变得很寂静，龙祁轩却冒出这么两个字儿！夏芊芊一听，一脚踩到龙祁轩的脚上，眼珠子都快瞪出来了！龙祁轩吃痛，一脸无辜地看着夏芊芊。关我什么事嘛！不知道为什么，只要看到夏芊芊瞪着那两只牛眼，龙祁轩的心里就莫名地发慌，而且还慌得厉害呢！他们感情虽好，可……还没好到同宿一屋的地步呵！

饭后，碧瑶吩咐杏儿将小姐和姑爷带到为他们收拾好的屋子里！

"杏儿！"夏芊芊拉着杏儿，一脸苦大仇深的样子！

"小姐，没办法，这是夫人的意思，难道你想告诉夫人你们现在还没圆房吗？夫人心脏不好，你是想气死夫人吗？"虽然让夫人知道这件事儿的后果很严重，但杏儿把这个严重的后果扩大了十倍来提醒夏芊芊！

"不行啊！杏儿，我没准备好。"夏芊芊的手扯着杏儿，说什么也不放手！

"小姐，你这也不是第一次啦。算算这都第三次了！前两次不也好好的嘛！快去吧。夫人还找我问话呢！"杏儿使劲儿地掰着夏芊芊的手！好不容易掰开了，她撒腿开溜！

"杏儿！"

看着夏芊芊那副欲死方止的样子，龙祁轩真是要发疯了！难道他就很想吗？他不挣扎，这叫风度！真是！

转身，夏芊芊一步步走向龙祁轩："咳，千万别胡思乱想呦！我可不是好欺负的！"

"当然！我的胳膊领教过了！"龙祁轩忍不住轻笑，气得夏芊芊脸色发青！就在这时，夏芊芊突然听到外面有声音，于是乎没等龙祁轩反应过来，便将其一把推上床榻，居然还顺手带上了床幔！

"你！"龙祁轩被这突如其来的动作吓了一跳，刚要蹦下床，却不想夏芊芊一把将他按在床上！

"你……你……你要干什么？"不是吧，要霸王硬上弓啊？不过这角色好像反了！

"嘘——"夏芊芊转头，透过纱帘，紧盯着房门的动静！只是不经意间，她的三千青丝洒到了龙祁轩的脸上。一股馨香扑鼻而来。此时，龙祁轩的眼神迷离起来，眸光落在了夏芊芊倾城的容貌上。对于夏芊芊的容貌，龙祁轩一直持肯定、超肯定的态度！他的薄唇逸出浅笑，慢慢地靠近夏芊芊的耳畔，轻声道："如果你愿意……哎呦！"

"哎呦！"二人同时吃痛，夏芊芊一手捂着额头，一手捂着龙祁轩的嘴巴！可怜的龙祁轩正想告诉夏芊芊他不介意的时候，夏芊芊突然转头。这一下火星撞地球了吧！让他歪！嘿嘿！

龙祁轩一双眼狠狠地瞪着夏芊芊，全身都在挣扎！现在他明白夏芊芊想做什么啦！她要谋杀亲夫！

"你别乱动！门外有人，正看着咱们呢！肯定是娘派来的！"夏芊芊边说边注视着门口的动静！似乎感觉到门口的人已经走了，夏芊芊总算松了一口气。龙祁轩用那只好手指了夏芊芊半天，示意她松手，可夏芊芊就是没有反应。好吧！他本打算自己掰开夏芊芊的手，可不想，一抬手却碰到了女人最敏感的部位，而且还很重呦！连龙祁轩自己都感到了这种碰触，心中大骇。惨了。唯一可以表达歉意的双眼眯成了一条缝。他的意思是意外、纯属意外。可在夏芊芊的眼里，这是不折不扣的流氓行为！

这一刻，夏芊芊完全崩溃。长这么大还没有一个男人敢这么明目张胆地调戏她呢！夏芊芊松开捂在龙祁轩嘴上的手，扬起一个很大的弧度，正欲下落的时候，却被龙祁轩仅有的一只好手制止住！

龙祁轩很想解释刚刚只是一个意外！

"你别那么激动嘛！我刚刚只不过……"夏芊芊哪肯听他解释。二人厮打一处，弄得床吱吱作响！

门外，碧瑶看了看夏辰，会心一笑。看来她女儿过的不错嘛！于是乎二人悄悄地离开，回到了自己的房间。

屋内，夏芊芊和龙祁轩正在肉搏战。势力均衡的情况下，夏芊芊率先出脚，一脚踢到了龙祁轩的腹上！

"啊！"

"啊！"

这一刻，夏芊芊与龙祁轩都惊住了。只见龙祁轩仰面朝天地躺在地上，而夏芊芊就趴在他的身上！更重要的是，两人的双唇再一次亲密接触！这一刻，屋子里没有半点声音。他们只能听到彼此的呼吸声在这个雷电交加的夜晚挥散开来。他的手依旧是紧紧地握住她的手。她的发丝散落下来的，与他的交织在一起！

龙祁轩魅惑的桃花眼与夏芊芊对视，眸子中印着她的容颜，慢慢晕开一抹柔情！夏芊芊一双大眼睛直直地看着龙祁轩，突地爬了起来，站在原地手足无措，眸中有掩饰不住的尴尬！

龙祁轩慢慢站了起来，薄唇轻动，极其缓慢而慎重地开口道："刚才……"

"纯属意外！意外！睡觉！"夏芊芊直冲着桌子走来，龙祁轩干噎了一下。

"嗯，意外！呃，这边儿，你！"夏芊芊指了指床。龙祁轩乖乖地走到了桌边儿，一只手撑着桌子跳了上去！

夏芊芊低眸，跳上床，拉紧了床帘。只是一颗心怦怦地跳个不停，任她怎么压都无法压制住那种激动。感觉到自己的脸出奇的发烫，夏芊芊一只手抚在脸上，就这样靠在床上，一言不发，脑子里全都是刚刚的画面！她玉手轻抬，覆在自己的樱唇之上，心底，突然柔软地塌了下来！

桌上，龙祁轩微闭了双眼，深吸了口气，勉强压抑住心中的悸动，脑海中满是刚刚的画面，挥之不去！那只惹祸的左手不经意地碰到了他的薄唇之上。他的唇莫名扯出一个弧度，泄露了他此刻的心情。他的头慢慢转向床边，看着床帘内的影子，心怦然而动，转头，回想着刚才的画面！

就在龙祁轩转头的瞬间，夏芊芊轻撩开床帘，眸光闪烁着无限柔情地触及到了龙祁轩身上的那一刻，流转出一片绚烂的光芒！

轻轻地放下床帘，夏芊芊回味着刚刚的一切，心中澎湃着前所未有的感觉！龙祁轩的头再次转向了床边！这样反反复复、来来回回，两人的目光却终没有再次聚焦在一处！外面雷声渐小，雨声渐轻！

第十一章 使诡计芊芊出走

离开夏府，夏芊芊感到了丝丝心痛。虽不是自己的亲生父母，但是和他们在一起，总感觉特别窝心！

就在轿子停到靖王府、夏芊芊刚出轿门的那一刻，她听到了熟悉的声音！

"六弟，你慢些！才几天不见，你这胳膊是怎么弄的啊！"沈茹芯和龙祁峻正好也到了靖王府。看到龙祁轩右臂的伤处，沈茹芯忙扶了上去，美目微眯，柳眉紧锁，一双玉手搭在了龙祁轩的肩膀上，声音柔弱中夹杂着心疼！反正龙祁峻现在的目光一定落在那个贱人身上，她就算再怎么过分，他也不会注意到！沈茹芯用余光瞄了一下。她猜的果然没错。龙祁峻的双眼自到了靖王府的那一刻便没有离开过夏芊芊！

"茹芯？"龙祁轩没想到下轿第一眼看到的竟是沈茹芯。其实在轿子里，他正美滋滋地等着夏芊芊来扶他呢！龙祁轩的眼光不由自主地朝着后面的轿子瞅了一眼。果然，夏芊芊正一脸鄙夷地狠瞪着他！

若在以前，沈茹芯能主动地扶他，龙祁轩定会幸福死了。可是此刻，他居然会有一种罪恶感涌上心头！

看着沈茹芯，龙祁轩轻笑着躲开了她的"关心"，转身绕过轿子，走到府门。

"六弟，怎么不欢迎我们吗？"沈茹芯感觉到了龙祁轩的变化，心不由得一阵颤动。没想到才两天不见，龙祁轩的心便偏向了那个贱人！一丝狠毒染上了沈茹芯的双眸，她已经等不及了。这个女人，她必除之！

"怎么会！"龙祁轩晃了晃神儿。这是怎么了？自己心爱的女人就在面前，他居然还在想那个夏芊芊！

"芊芊！两天不见，你的气色好多了！"龙祁峻见夏芊芊走出了轿子，轻笑着走了上去！

"嗯，你们刚到的？"夏芊芊刻意不去看龙祁轩，反正他的眼里只有他的初恋！哼！

看到夏芊芊美目含笑和龙祁峻谈笑风生，龙祁轩突然感觉到心里异常憋闷！

"好啦！祁峻，茹芯姐，快进府吧！别在外面站着啦！"其实她是真的站不住了。为什么？还用问，饿得嘛！

四人各怀心思地走进了大厅。沈茹芯突然想到了什么："芊芊，我有样东西要送你！上次若不是我大意，也不会害得你落水。所以这次我要送你个小物件儿，希望你能原谅我！"沈茹芯低眉顺眼，踩着小巧的步子来到了夏芊芊的面前，将一支发簪从袖口里掏了出来。

"呀！好漂亮！"虽然夏芊芊并不是很喜欢这类东西，但是沈茹芯手中的发簪果然不同凡响：这发簪红得玲珑剔透。浑然天成的红色正好雕成了梅花瓣儿；下面坠着三股水晶珠和红玉珠间隔的珠串；最下头汇合在一起，悬着一颗东珠，竟有龙眼大小。更难得的是，那东珠的表面竟泛出粉红光晕。

见夏芊芊露出欣喜之色，沈茹芯黛眉轻挑，熠熠生辉！

"看样子，芊芊是喜欢了！走，回房里，我帮你戴上！"不待夏芊芊有所反应，沈茹芯拉着夏芊芊的手离开了大厅！

厅内，只剩下这兄弟俩。真是谁看谁都不顺眼！他们各自品着茶，一语不发！

离了前院，沈茹芯淡淡道："芊芊，你喜欢祁轩吗？"沈茹芯这么一问，夏芊芊反倒认真思考起来。这可是个很严肃的问题！

"呃……可以试试。"嗯，应该是喜欢吧！夏芊芊蹙眉思考。

"那你喜欢龙祁峻吗？"还是淡淡地开口，没有一丝温度！

"茹芯姐，你没事儿吧。我怎么会喜欢他！他是你的夫君，我可不是那么没品的人！抢别人老公的，那叫小三儿。我这辈子绝不做那么龌龊的事儿！"这点夏芊芊倒可以肯定。虽然龙祁峻很帅、很儒雅、很智慧，比龙祁

轩不知好上多少倍，不过她不会喜欢上他。别人的老公嘛！就这一点，夏芊芊便不会喜欢！若是单身嘛，那可就不一定喽。

正在夏芊芊魂游太虚的时候，突然听到噗通一声。夏芊芊转身一看！苍天！沈茹芯居然跳到了后园的池塘里！这……这是怎么回事儿！

"茹芯姐！茹芯！"夏芊芊惊恐地看着池塘中的沈茹芯，一时间不知所措！再看池塘里，沈茹芯居然没有半点儿挣扎！惨了，她不是会游泳的嘛！

池塘中，沈茹芯屏住呼吸，眼看着岸上的夏芊芊张皇失措的表情，眼中抹过一丝狠绝！这一次，我会让你这个贱人万劫不复！

"救命啊！快来人呐！有人跳水啦！啊！"夏芊芊一脸惊恐，眼看着沈茹芯已经慢慢沉了下去！拼了！夏芊芊一个箭步正要跳下去，却被一双厚实的手掌按了下来！与此同时，一个身影从她身边闪过，扑通跳下池塘！

龙祁轩？他的胳膊还没好！夏芊芊再一定睛，发现迫不及待跳到池塘里救人的居然是龙祁轩，而不是龙祁峻；而在身后按住自己的却是龙祁峻，不是龙祁轩！

"他胳膊有伤！你快下去救人呐！"夏芊芊此刻没有时间去思考为什么，转身朝着龙祁峻胡乱比划！

龙祁峻突然意识到龙祁轩的胳膊上的伤："你站好！"接着他扑通一声跳了下去！果不其然，龙祁轩只用一只胳膊根本无法救人。可是让夏芊芊意想不到的是，他居然用那个完好的胳膊抱住沈茹芯，宁愿和她一起沉至水底！这个场面触动着夏芊芊的心。龙祁轩居然可以为了沈茹芯死！他……他爱她！至死不渝的爱吗？可是……可是昨夜……不敢再想。夏芊芊眸光之下已是波光粼粼，一双玉手不由得颤抖！为什么，为什么她的心会隐隐作痛！很痛！

"快来帮忙！"龙祁峻好不容易才把两个人推至池塘边儿。可是他却体力不支，无法上岸。夏芊芊忙跑了过去，伸手抓住龙祁峻的手，使劲儿地往上拽！她的目光触及岸上的两人，看到龙祁轩那只完好的手仍紧紧地拥着沈茹芯，心如针扎。夏芊芊猛一用力，龙祁峻算是爬了上来！

这时，家丁们全都拥了上来，准备把二人抬回屋里。可能是因为移动，龙祁轩咳咳两声，醒了过来！

"祁轩，你没事儿啦！"夏芊芊心中抹过一丝安慰，走向龙祁轩，却扑了个空。

"茹芯！茹芯！你怎么样！你快醒醒啊！茹芯！"龙祁轩睁开眼的第一件事儿就是跪着蹭到沈茹芯的身边儿！大声地呼唤她的名字。声音中的撕心裂肺刺激着夏芊芊每根神经！心，同样很痛。夏芊芊的眸光洒下，似落了一地破碎的琉璃。没有原由的泪悄然而落！

"茹芯！你快醒过来！我在等你！茹芯！"祁轩的声音开始嘶哑。夏芊芊分明看到龙祁轩眼角的泪水！是泪？是水？夏芊芊无法分辨，心软塌下来！

"咳咳咳……咳咳……"沈茹芯慢慢地睁开双眼，眸中泛起薄雾，幽怨地看着夏芊芊，哽咽着轻声嘘出只字片语，"你真的……咳咳咳……那么恨我吗？我和……祁轩……真的什么都没有……咳咳咳！"

"什么？"龙祁轩不敢相信自己听到了，一双嗜血的眼睛狠狠地盯着夏芊芊。

"茹芯，你先别说话！"龙祁峻忙蹲了下来，抱起沈茹芯朝着房间走去！

"祁轩，我……"夏芊芊不明白沈茹芯怎么会说这样的话。她很想上前告诉龙祁轩刚刚所发生的一切，可是在接触到龙祁轩黝黑瞳孔中那两道寒光后，硬是什么也说不出来！

从她认识龙祁轩到现在就从没看到过他用这种眼神看她。那里有太多的怨恨和诅咒！在他的眼里，夏芊芊知道，他们从来就是敌人，从来没变过！龙祁轩抛下夏芊芊朝着房子奔去！原地的夏芊芊心越发的冰凉，原本以为……看来那也只是以为……或许她不应该想的太多！可是她不姓背，不是什么黑锅，她都背的！她一定要为自己洗清不白之冤！

屋里，龙祁轩此时完全不顾叔嫂之闲，直扑到床前，紧握着沈茹芯的手，眸中尽是柔情："茹芯！你感觉如何？御医！快请御医！"他朝着秦管家一阵怒吼之后，转头，眸中尽是挥之不去的担忧！

"咳咳咳……我没事！"看到龙祁峻在身边，沈茹芯吃力地想缩回被龙祁轩握着的玉手。可是她越是挣扎，龙祁轩的力度越重！

"沈茹芯！你把刚才的话给我说清楚！"夏芊芊一脚踢门走了进来！杏

儿尾随其后。说实话，对于姑爷刚刚的行为，杏儿也很是愤怒！

看着夏芊芊走了进来，沈茹芯的挣扎更加强烈！不时的还伴上几声咳嗽，听得龙祁轩这个心疼啊！

"六弟，你快放手！我不想……咳咳……我不想芊芊她有所误会！"沈茹芯拿着嗓子，柔弱的声音伴着一丝哀漠淡出口中，眸光流转间洒下两滴红颜泪！

"茹芯，刚刚到底怎么回事！"龙祁峻的目光在触及沈茹芯的那一刻，总感觉有些地方不对！可是一时间他还说不上来！

"你还问！你的王妃让个疯子推到了池塘里，你不去问那个罪魁祸首，居然还用这种口气审问你的王妃！你怎么做人家夫君的！"龙祁轩突地站了起来，一双狠眸直盯着龙祁峻！如果他不知道如何照顾自己的王妃，就该让位！有人比他更珍惜！

夏芊芊一双明眸瞬间染上了一层水雾。固有的骄傲让她硬是将这泪水逼了回去！他哪里有资格质问龙祁峻，他又是如何对待自己的王妃！罢了，在他的心里，自己从来都不是他的王妃！

"龙祁轩，你把话说清楚！谁是罪魁祸首！你哪只眼睛看到我把她推到池塘中！她胡说！"再怎么努力，泪水还是不争气地滑落下来。任泪水流进苍白的干唇，夏芊芊眸中一丝委屈一闪而过！

看着夏芊芊倾城面容上那两道温湿的泪痕，龙祁轩心脏突地抽搐了一下。仅一下而已。这不代表什么！龙祁轩盯着夏芊芊，狠狠道："刚才茹芯说的清清楚楚！是你亲手推她下去的！连你的耳朵也背起来了？哼！"

"我没有！沈茹芯！明明是你自己跳下去的！为什么要说是我！为什么！你给我起来说清楚！"看着龙祁轩的眼神，夏芊芊欲哭无泪，只是心很疼，真的很疼，像是被人硬生生撕开一般！让她更为愤怒的是沈茹芯。夏芊芊直冲着床走去，想让沈茹芯还她一个公道！

"我……"龙祁轩背后的沈茹芯眸中闪出那一抹阴霾，而后一眼无辜地看着夏芊芊！

看到夏芊芊冲过来，龙祁轩左手毫不留情地用力推开了她。夏芊芊完全没有想到龙祁轩会突然出手，而且出手这么狠！

"砰！"

只这一推，没有防备的夏芊芊失去了重心，一头栽了下去，头正撞到了桌角。鲜血从夏芊芊的额头涌了出来！

看着血一滴滴地落在地上，夏芊芊慢慢地抬起头，脸色苍白如纸，似要随时晕倒般，眸子一点一点的黯淡，掩在袖中的手不知不觉中收紧。心若冷，如何温暖？

"芊芊！"龙祁峻疯狂地跑了过去，扶起跌坐在地上的夏芊芊。杏儿也跑了过来，满脸泪水！

龙祁轩没想到自己下了这么重的手，脚步刚要向前迈去！

"咳咳咳！"沈茹芯轻咳了两声。龙祁轩终是没动，立在原处，眸光似有些闪烁，慢慢放下了抬着的左臂，心里倒有些愧疚！

不过须臾，夏芊芊起身，眸光一凛，淡漠着启唇："我们两清了，你为我断臂，我因你流血！但是，我和沈茹芯还没完！"在龙祁峻的搀扶下，夏芊芊走到床前。龙祁轩刚想上前阻拦，却被龙祁峻一把推到了一边儿！

"你们要干什么！"龙祁轩往后退了退，却始终挡在沈茹芯的面前！只是眸光在看向夏芊芊的时候，闪烁不定！

"沈茹芯，我问你！为什么要诬陷我！刚才明明是你自己跳入池塘的！不止如此，当日在太子府，也是你推我下碧水湖的！是不是！"冷洌的声音令空气骤然凝固。夏芊芊眸光陡然紧缩，迸发出两道寒光！

"你胡说！茹芯不是那种人！"没等沈茹芯答话，龙祁轩快一步怒喊，只是气势弱了很多！

"茹芯，你不是会水性的吗？怎么会弄成这样？"龙祁峻凌厉的眼神紧盯着沈茹芯，他相信夏芊芊绝不会做出那种恶毒之事！但如果不是夏芊芊，那沈茹芯这个女人……

"祁峻！你不信我？我真的没有！当天真的是她自己掉下湖的！刚刚……刚刚的事情太突然了！我根本没时间反应，呛了水之后就什么也……咳咳咳……什么也想不起来了！祁峻！你相信我！她在说谎！"长长的睫毛盈满了泪水，轻皱了下鼻子，沈茹芯竟抽搐起来！这种病若西子的模样任谁都会不胜怜惜！

"龙祁峻！你这么问是什么意思！难道茹芯会自己跳到池塘里再嫁祸于人吗？茹芯不是这种人！你这么不爱惜她，当初为什么娶她？你这样耽误她一生！你……"

"龙祁轩！"

"你……呃……"龙祁轩正冲着龙祁峻勃然大怒的时候，却听到夏芊芊轻声唤了他一句，将头别过来的瞬间，"啪"的一下，俊脸被夏芊芊狠狠地甩了一下！打得他眼冒金星！

"同理，你不爱我，为何娶我？这是你该有的报应！从今天起，我夏芊芊和你龙祁轩再无瓜葛！这靖王府我再也不会踏进一步！杏儿！我们走！"转身间，只觉头疼欲裂，泪水悄然而下，心中升起一股难言的痛楚，她没有一丝留恋地离开了屋子！

夏芊芊转身离开的瞬间，龙祁峻正要跟上去，只是衣角却被沈茹芯拽个正着。

"祁峻！你真的不相信我吗？如果死能证明我的清白，那我便死给你看！"沈茹芯踉跄着离床，在一双玉足着地的那一刻，浑身一抖！龙祁轩见此，忙推搡着将沈茹芯扶上床！

"茹芯，你何苦呢！他们不信算了！我信！你绝不是那种人，都是那个夏……"心在这时抽了一下，夏芊芊三个字儿，龙祁轩终是没有说出口！

只犹豫了片刻，龙祁峻疾步走出门外，追赶夏芊芊！她的额头还没有包扎，叫他如何放心。至于今天的事儿，他一定会查清楚。如果真的冤枉了夏芊芊，那他龙祁峻发誓会还夏芊芊一个公道！

只是那么一会儿，怎么连个人影都摸不着了？龙祁峻剑眉微蹙，难道出事了？一颗心莫名的纠结！

"祁轩，我真的没有说谎，你信我！"沈茹芯盈盈秋水含泪的双眸对着龙祁轩，红唇抹开一丝苦涩！

"茹芯，我知道！我知道你没有说谎。我信你，从来都信！"面对沈茹芯的这一刻，龙祁轩第一次感觉到心虚！是啊，真的信吗？刚刚他是气极了。以夏芊芊的人品，她会做出这种事？他终是不信的！

看着龙祁轩沉疑的目光，沈茹芯继续委屈开口："祁轩……我之所以离开你嫁给他是有苦衷的。其实在我心里就只爱你一人！不过木已成舟，我们……我们的缘分也只有来生再续了！"眸光流转，晶莹的泪水浸染了双眼！只是此时的龙祁轩心中却只有夏芊芊负气离开时那抹绝望的表情和她额头上的伤口！

第十二章　设迷局真相大白

　　大街上，龙祁峻几乎找遍了整个景华街，可终是没看到夏芊芊的身影！醉食斋、天裁衣庄、醉仙楼这些个地方龙祁峻走了不下数回，终是没再看到夏芊芊！

　　"小姐！太子在找你呢！咱们现在没去的地方，不如再回他那里吧！你的头还没包呢！"泪眼婆娑的杏儿看着夏芊芊血迹未干的额头，鼻子一酸又要大哭！

　　"嘘！只是一点小伤嘛！没关系！我也知道他在找我，可我不想出去。"夏芊芊淡淡开口，心底仍是丝丝的阵痛！

　　"为什么？"杏儿不解！

　　"那个沈茹芯明明就是陷害我！上次也是她推我下去的。刚刚撞那一下，脑子里就闪出了当天的画面！她毕竟是龙祁峻的侧妃，我不想让龙祁峻为难……"夏芊芊知道龙祁峻不会假公济私。也正因如此，她不想给他找麻烦。至于洗刷清白的事儿，她自己会做！

　　"你会不会想多了？"清冷的声音带着一丝焦虑和忧心，龙祁峻不知何时已然站在夏芊芊面前！

　　"你！"夏芊芊突然很想哭。眼泪毫无预兆地自眼角汹涌而下。她不明白，为什么龙祁轩就是不信她！为什么！难道之前的一切，都抵不过沈茹芯的一场戏吗！

　　"别说了！跟我走！"龙祁峻轻揽起颓坐在地上的夏芊芊，离开角落！

　　当看到眼前的别苑时，夏芊芊不由一怔！

　　"芊芊，你放心，这件事我会查明。如果你不想回去，便先住在这里。这是我的别苑，没有人知道！包括沈茹芯！"龙祁峻将夏芊芊和杏儿安顿好之后方才回到靖王府！

"祁峻！你去哪儿了？我等了你好久！"沈茹芯迈着踉跄的步子，强扭身姿，款款走到龙祁峻身边，青葱玉手扶着龙祁峻，一眼的脉脉含情！

"我……只是出去一下！你好些了吗？我之前不是怀疑你，只是问问罢了。你不要放在心上！"他将厚实的大手覆在沈茹芯的玉手之上。这动作倒让沈茹芯颇感意外！他真的不怀疑了？

"祁峻！谢谢你！"沈茹芯轻轻勾唇，抹出一丝浅笑，身子不由地朝着龙祁峻靠近了一些！

这时，龙祁轩从厨房的方向走了过来："茹芯，你怎么出来了？快回去，小心着凉！这是药！"在看到龙祁峻的那一刻，龙祁轩的目光不由地往他的身后扫了一下，没找到她么？她的额头还流着血……

看到龙祁轩，龙祁峻放开了沈茹芯的手，慢慢朝他走了过来，眸光扫过那碗药的时候，薄唇轻启，在他的耳边轻言道："如果夏芊芊出事，你会后悔一辈子的！"清冷的声音夹杂着浓浓的寒意，墨眸深处是挥之不去的忧虑！

不待龙祁轩做出反应，龙祁峻拉着沈茹芯的手离开了靖王府！转身的瞬间，沈茹芯似有意地回眸，似水的眸子尽显柔情！

"茹芯！"龙祁轩刚缓过神来，二人早已消失在他的视线之外！耳边回响着龙祁峻的话。出事？夏芊芊？后悔？不会！不可能！啪的一声，龙祁轩将手中的药碗狠摔在地上！碎片落地的声响撞击着他的耳膜，使他的心底划过一丝不安，欲浅还深！

立在原地的龙祁轩完全不知道自己的不安到底是因为沈茹芯没有喝那碗汤药，还是夏芊芊有伤的额头，亦或是龙祁峻对他的警告？他开始疑惑了，他甚至不知道为什么，在他的脑海里，夏芊芊的画面要比沈茹芯闪现的不知多出多少倍！就在和沈茹芯在一起的时候，他的脑子里也会不时划过夏芊芊的身影！

自从夏芊芊离开的那天开始，龙祁轩便发动府内所有家丁日夜寻找！一个受伤负气的柔弱女子会去哪儿？这些天，龙祁轩寝食不安，只几天的时间已经瘦了很多！

倒是夏芊芊，虽然受了诸多委屈，可这龙祁峻的别苑当真可以让人暂时忘记任何烦恼！此时的夏芊芊正与杏儿在别苑后园烧烤！

"小姐，你真的要回去吗？"杏儿边吃边问。几日思索反省之后，夏芊芊的确有所醒悟！就算日子不过了，至少财产得分明吧！

"当然！按道理说那靖王府还有我的一半儿呢！凭什么我要出来流浪，他一个人享福！回！一定要回！而且沈茹芯的事儿，我可不会这么算了的！还有我头上的伤！我总要讨个说法！"夏芊芊长这么大什么都吃过，就是没吃过亏！

"那咱们什么时候回去？"杏儿哈啦着脸，等待着夏芊芊的进一步指示！

"这个不急。你先偷偷回去找秦管家！看看那厮情况怎么样了！"夏芊芊一手扯着兔肉，一手翻着野鸡，悻悻道！

"呃……好！"杏儿如临危受命一般正色凛然！

自杏儿离开差不多三个时辰了，夏芊芊在别苑门口踱来踱去，还真有些担心。该不是让人发现了！还是被龙祁轩抓了个现形？不行！她得去救杏儿。思及此处，夏芊芊正欲迈步离开，却见远处一抹身影急匆匆地跑了过来！是杏儿！

"杏儿！你这么急到底发生了什么事儿？"

"小姐！靖王府出事儿了！你必须得回去！"杏儿喘息着开口！

"真怪了，我都还没出事儿呢，他能出什么事儿？"虽然嘴硬，但在听到靖王府出事儿的那一刻，夏芊芊还是感觉到心有一丝的抽动！

"听秦管家说，你离家出走的事儿被皇上皇后知道了，还说要治姑爷的罪！听说……好像是要发配边疆呢！"杏儿瞪大了眼睛，一脸肃然地看着夏芊芊！

"什么？不会那么严重吧！"夏芊芊愕然！

"这倒没什么。您到现在为止可还是六王妃，如果姑爷发配，您是一定要跟着的啊！"杏儿偷瞄了夏芊芊一眼，看来秦管家这招还真管用啊！

"呃，不是吧。走！咱们回去！快回去！我可不想被发配！"不怕一万，就怕万一。被杏儿这么一提醒，夏芊芊恍然大悟！

"好咧！"杏儿暗自兴奋地跟在夏芊芊后面。二人朝着靖王府的方向疾

111

步走去，一路无话。片刻功夫，夏芊芊和杏儿已然到了靖王府的府门前。抬眸，看着靖王府这三个字儿，芊芊突然想到在离开的时候，自己曾说过再也不会踏进府门半步。难道自己要失言不成？

站了许久，夏芊芊仍是犹豫。杏儿悄然走到近前："小姐，还不进去吗？"杏儿催促着开口！

"杏儿，过来！"夏芊芊拉着杏儿到旁边儿的柳树下，伸手用力扯着柳树的一个分杈，"杏儿！快帮忙呀！"二人硬是将一根手腕粗的树干拽了下来！夏芊芊托着树干回到了靖王府门前，用力将它举了起来。树干的另一头儿正好搭在靖王府的靖字上面！夏芊芊双手较劲儿，朝着那个靖字儿死命地搪。只听咔吧一声，立字旁硬是被夏芊芊搪了下来！可是它没掉在地上，正砸在夏芊芊的额头上，留下手指盖大小的红印！

"哎呦！"

"小姐！你这是干嘛？"杏儿惊诧地看着夏芊芊，一脸的不可思议。这不是要拆房子吧？

啪的一声，夏芊芊扔了树干，踢了一脚那个可恶的立字旁，踏步迈进了靖王府！杏儿随后紧跟几步，心中甚是忐忑，真不知道叫她家小姐回来是对是错啊！

走进王府，夏芊芊突然觉得有些不对。整个院子比平时静了许多！难不成已经发配了？

"杏儿，人呢？该不会晚回来一步吧？"夏芊芊轻扯着杏儿，眼睛朝着四周扫视。

"奴婢不知啊。"杏儿也有些愕然。秦管家不是说只要王妃回来，王爷就会主动认错的吗？可这架式，好像没那么回事儿啊！

"该不会连个看门儿的都不留吧？"夏芊芊试探性地往里走，快到前厅的时候却发现一个女人背对着自己，仔细一看，好像……好像是……

"夏芊芊？"沈茹芯感觉到背后似有人来，本以为是龙祁轩，于是优雅地转身，却发现来者居然会是夏芊芊，片刻的惊异瞬间恢复如初！

夏芊芊的惊讶程度绝不亚于沈茹芯。在看到沈茹芯的那一刻，芊芊真恨不得上前掐死她！

"呀！这不是弟妹吗？怎么熬不住外面的风餐露宿，还是回来了？呵呵，我还以为你多有骨气呢！"反正四下无人，沈茹芯也无须费力假装！

"你怎么会在这儿？"声音清冷，似寒如冰，夏芊芊怒视着沈茹芯。难道她一直都没离开？难道她成了龙祁轩的……

"是祁轩他请我过来的！怎么，有问题么？喔，我忘了，你不会天真地以为他在四处找你吧？怎么可能呢！你走了，他不知道有多开心呢！这不，昨日差人请了我好几次！"沈茹芯轻挑黛眉，纤纤玉手扶上胸前的秀发，唇启轻笑，笑声中尽是挑衅的味道！

"你！"夏芊芊强忍着怒火，狠命吸了一口气！不气不气，越气她就越高兴！

"我怎么？呵，真不明白，女人做到你这个地步还真是可悲呢！"看到夏芊芊生气的样子，沈茹芯打从心里高兴！

"我是可悲，我都想死来着。不过回头一想，我死啥呀！有人都情愿给人家做小妾，我到底也是个正牌的王妃呢！"夏芊芊突然变脸，朝着沈茹芯悠然一笑！俗话说当着瘸子不说短话。夏芊芊本不是揭人伤疤的人，但在她的眼里沈茹芯根本算不得人！

"你！我是侧妃。但你别忘了，太子府没有正妃！那个位子早晚是我的！祁峻他对我好着呢！你呢！你有什么！祁轩早晚会休了你！到时候你只不过是个下堂妻！连我这个侧妃都不如！"秋水明眸却冷似寒霜，太子妃一直都是沈茹芯内心的伤疤，被夏芊芊这么一说，自然怒火上涌！

"你说……"夏芊芊正要回击，眸光不经意间瞄到了前厅侧墙边儿上。秦管家！这唱的是哪出儿啊？

只见秦政一手捂着自己的嘴巴，一手指着身后，双脚连续不断地又起又落，虽谈不上眉飞色舞，但从他的表情上看似乎很想告诉自己什么事儿一样。夏芊芊柳眉微挑，眼睛虽直视着沈茹芯，但注意力全都集中在秦管家那儿！

沈茹芯见夏芊芊看着自己，双眸却没有一丝波动，就不信她不生气！

"夏芊芊，怎么，被吓傻了？如果你求我，我还可以在祁轩面前帮你说说好话儿！或许他不会那么快就休了你呢！呵呵！"沈茹芯见四周无人，言语间越来越不避讳！在她看来，就算夏芊芊将今天的事儿说出去，也不会有人信她！至少龙祁轩就不会信！

"祁轩怎么可能听你的？不可能！你只是她长嫂罢了！"夏芊芊终于悟出秦管家的手势，他是想告诉自己，除了他，后面还有人！脚一抬一落是想说跳水的事儿！虽然不能确定猜得是对是错，但有一点，那就是除了秦管家，一定还有很重要的人在他后面！也就是说自己若能让沈茹芯亲口承认当天的事儿，便可一雪前耻！不管是谁，至少有证人可以证明她是冤枉的啦！呃，看来以后得好好调教一下秦管家啦！是块做特工的料！

"没错！我是他的长嫂！不过他喜欢我，你应该是知道的吧。"沈茹芯樱唇轻启，抹一个弧度，美目微闪。自己的相公心里喜欢别的女人是个什么滋味儿，她尝到了，也定叫夏芊芊尝个够！

"也就是说，你算准了龙祁轩会信你，所以才陷害我？"芊芊的眸子深处蕴藏着一丝鄙夷！她夏芊芊最讨厌这种以情谋事之人！

沈茹芯神色突凝，细细地看着夏芊芊，忽然一笑，道："你也配我动脑筋吗？别太高抬自己了！"

注意到沈茹芯瞬间的改变，夏芊芊向前一步，眸光紧逼着沈茹芯："你扪心自问，是我高抬自己吗？我记得很清楚，你起先问我是不是喜欢龙祁轩，后来又问我是不是喜欢龙祁峻！看来是有人怕太子妃的位子保不住了吧？不止如此，作为女人，你更害怕一直爱慕自己的人突然移情别恋爱上了他的妻子！沈茹芯，对于你的种种，我只能送你两个字——变态！"

沈茹芯的身子忍不住踉跄着后退数步，心底扯过钻心的疼。她用修长的手指直对着夏芊芊，怒不可遏地冲到夏芊芊的面前，却突然绽出一抹浅笑！夏芊芊句句有如利刃扎在沈茹芯心里。没错，她是怕夏芊芊夺了太子妃的位子，她是怕龙祁轩再不会为她痴迷！夏芊芊全说对了！

"你……你有什么好笑的！我说的不对吗？为了男人，你不惜泯灭自己的良知，先是推我下湖，致我于死地，后又自己跳池，让我背负恶名！沈茹芯，你不觉得应该对我说点儿什么吗！"看着沈茹芯的眼眸，看来自己这招激将法用的不错！

"没错！是我干的！是我将你推下碧水湖，若不是有人救你，相信你也

不会站在这里跟我说话！也是我自己跳到池塘的！其实我根本没晕倒，一切都是装的！不过可惜，到底是没人相信你！我原本真的以为龙祁轩爱上你了。可是事实证明，没有！完全没有！他的心还在我这儿！从没变过！你听了会不会很心痛？夏芊芊，算起来，是你更可怜吧！哈哈哈！"沈茹芯双拳紧握，声音从牙缝里挤出一般，阴冷的目光从夏芊芊的身上扫过！

"这么说，你是承认那天推我下湖了？"夏芊芊面无表情地看着沈茹芯，心底是深深的厌恶。这种女人，不配她恨！

"没错！你奈我何？谁会信你！"沈茹芯傲慢地抬眸，看着夏芊芊的双眼阴森恐怖！眼前的夏芊芊虽讨厌，但却甚解她心。但有一样她大错特错了。她为的不是男人，是权力！

"我会！"清冷的声音从沈茹芯的身后传了过来。闻声，沈茹芯整个身子突地一僵，心急速跳动。她用力握紧了双手，缓缓转身。果然是他！

"祁峻，你怎么会在这儿？"沈茹芯做梦都没想到龙祁峻会在此时出现！那她刚刚所说的一切岂不是全让他听到了？没想到她沈茹芯聪明一世，糊涂一时啊！呃？不对！为什么龙祁峻会在这里？这一定不是巧合！

"这个你别管。我问你！你刚刚所言是真？当日真的是你推芊芊下湖的？还有，在靖王府真的是你自己跳下池塘的？"龙祁峻凌厉的目光没有半点温度地看向沈茹芯。

"我……我没有！我只是开玩笑而已。我想这么说就可以让芊芊减少罪恶感。祁峻，你相信我！我只是想帮芊芊呐！"沈茹芯说着连自己都无法相信的说辞，却期待着龙祁峻的信任！

"沈茹芯！我给你最后一次机会。承认了，你还是太子府的侧妃；不承认，你便是宗人府的阶下囚！你自己选！"龙祁峻转身，眼神冰冷，沉默不语！

"祁峻！"沈茹芯犹豫。事到如今，她到底要不要承认这一切。相处两年，对于龙祁峻，她再了解不过！说到做到是他一惯的作风！要不要赌？赌胜了，她依然是人见人爱的太子侧妃；赌败了，她便是人见人厌的阶下囚！不行！她不能赌！她赌不起！

"是我做的！当日，是我推她的！之后，也是我自己跳到池塘的！龙祁峻！你满意了？我这么做，都是因为爱你！"沈茹芯终是没有执着到底！她不想失去现在所拥有的一切！就算龙祁峻有多厌恶她，至少要保住她现在的地位！

"因为我？是我让你去害芊芊的吗？沈茹芯，你不觉得你说这些太牵强了吗？"龙祁峻紧握的双拳吱吱作响。虽然相信夏芊芊不会推茹芯下水，可是他更不敢相信自己的侧妃居然如此心狠手辣！

"如果不是你对她的特别优待，我又怎会如此！她受伤，你心痛；她失踪，你焦虑！龙祁峻，有时候我真的不明白，到底我是你的妃子还是她是！"沈茹芯撕心裂肺地嘶嚎，泪如雨下，身体由于过于激动跌倒在地。当然，不排除她有意如此！

"你！"凉如薄冰的眼神在触及沈茹芯的那一刻化成两道寒光！此时的龙祁峻真不知道该如何应对沈茹芯的话。没错，她说的都对！在他的心里，夏芊芊要比她更重要！

"好啦！算了！我大人有大量，不追究了。对了，你怎么会在这儿！这到底是怎么回事儿？"看着沈茹芯哭得梨花带雨的，夏芊芊倒升起一丝同情！虽然她知道同情敌人就是喂自己吃毒药！可是看到龙祁峻如此为难……罢了！权当是还龙祁峻一个人情！

一头雾水的夏芊芊真的很想知道到底发生了什么事！为什么沈茹芯会在这里。龙祁峻会在，秦管家也在，可是唯独少了那个冤家！

"芊芊，你没事儿就好！"眸光在转向夏芊芊的时候突然柔和太多，龙祁峻随后冷冷地看了眼沈茹芯，"还不走吗？"

就在龙祁峻要离开的时候，秦管家从侧墙突地跑了出来，挡住了龙祁峻："太子殿下！我家王爷他……"秦管家指了指跑来的方向。龙祁峻如梦初醒，轻拍了下脑袋，忙转身走了过去！

秦政趁这空档颠儿到夏芊芊的面前，将拇指高高翘起！真是佩服的五体投地！虽然自己尽力做着动作，不过他可没指望着夏芊芊能看明白！

"老秦！到底怎么回事儿？"此时的夏芊芊很急切地需要人来告诉她到底是怎么回事儿！

"王妃，这事儿稍后老奴会详细说明原尾。现在嘛……"秦管家的目光

转向了侧墙的方向！

"夏芊芊，我不会就这么算了的！"沈茹芯起身，走到夏芊芊的面前，眸光似血。此时的她除了侧妃这个名号什么都没有了。这全都拜夏芊芊所赐。这个仇她一定会报！不惜任何代价！

"你可别忘了，如果不是我在太子面前说好话，你现在很可能成了下堂妻了！"夏芊芊绝不示弱。不过沈茹芯的话倒让她明白一个道理，好人就是好人，坏人就是坏人，给坏人机会就是给自己身边儿埋了个炸弹！这次因为龙祁峻，她不计较了；如果再有下次，她夏芊芊也会向所有人证明她并不是好惹的！

"总有一天，你的下场会更惨！"留下这句话，沈茹芯跺着步子离开靖王府！看着沈茹芯的背影，夏芊芊突然觉得这个女人很可怜！生活中若只有仇恨，那人生又有什么意义呢！

"芊芊！六弟就在侧墙那里。他什么都知道了！我先走了！改天会来看你！"龙祁峻很想停下来询问夏芊芊这些日子是如何过来的。尤其是注意到她额头上的伤口，他的心隐隐作痛！可是他没有这个立场！

第十二章　设迷局真相大白

第十三章　夜越国趁虚而入

见龙祁峻离开靖王府，夏芊芊又把视线转移到了秦政的身上，却见龙祁轩从侧墙的方向走了出来！

"杏儿，我们走！"芊芊没有半分的犹豫，目光在触及龙祁轩的那一刻，往事历历在目！若是不为了洗刷自己的屈辱，她才不会回到这个没有人味儿的地方！只是心为什么有一点点的痛！

"芊芊！"浑厚的嗓音夹杂着无尽的悔意，龙祁轩疾步走到夏芊芊的面前，挡住了她的去向！

"好狗不挡道！"夏芊芊柳眉轻挑，怒视着龙祁轩。她倒要看看这个混蛋还有什么话要说！

"我……我没想到茹芯会骗我，也没想到她会那么狠心要害你！所以……所以才会吼你，才会拦你！我想你大人不计小人过，原谅我这一次如何？"作为天朝赫赫有名的六王爷，他生平还是第一次跟人说软话呢。龙祁轩抬眸，本想看看夏芊芊的反应，却瞄到她额头上的红印，心突地抽搐一下！

"不好意思，我就是小人！我就是要害沈茹芯！我巴不得她死了才解气！龙祁轩，你最好马上给我让开！这破地方我真是一刻都不想呆！"眸子闪烁着异彩，夏芊芊用力推了龙祁轩一把。

"嗯——"一声低沉的呻吟后，龙祁轩再次挡在了夏芊芊的面前，面色有些苍白，唇启，"芊芊，我知道是我不对！是我错怪你了。就当是你给我一次改过的机会。你若离开，要我怎么向父皇母后交代，如何向夏府交代！"

"你是谁呀！你堂堂靖王做事儿用的着向谁交待？还真没听说！龙祁轩，现在真相大白了，我也不怕告诉你，我要跟你划清界限！以后我走我

的阳关道，你过你的独木桥。你娶我嫁互不干涉！如果你不好说，就由我向皇上开口！现在，请你让开！"夏芊芊越说越气，越气越说。她真的想离开。这些日子，她每每失神都是因为他，不知不觉就会想起他，自己的心不知什么时候已经被他占据了大半！她害怕这种感觉，她可不想爱上自己的冤家！

"我不同意！芊芊，我知道当日我出手太重，可是我发誓那是个意外。至于你额头上的伤痕，我会找最好的名医替你医治。总之，我的错我会负责到底！"

"伤痕？在哪儿！"在听到这两个字儿的时候，夏芊芊突地睁大了双眼，看向杏儿。

"小……小姐，你额头上有块红痕！"杏儿疑惑中。来的时候没有的呀！

"不是吧?"夏芊芊的眼珠子在眼眶里飞速旋转。啊！肯定是刚才那个"立"字儿！吓她一跳！要是破了相，还不好嫁了呢！

"你费心了！我不用着你负责！听好了，用不着！快给我让开！我才不要呆在这破地方，看着我讨厌的人！不对，是东西。你怎么看也不算个人！"夏芊芊正欲推开龙祁轩，却被龙祁轩一把拉到近前！近到她完全能感受到龙祁轩呼吸的温度！

夏芊芊完全没有想到龙祁轩居然会再对她出手："你……你要干什么?"

"你就那么想回到他的身边？他有什么好！我有什么不好？我承认，之前我们是有太多误会了！可是不知道是不是打架打多了，我……我喜欢上你了。夏芊芊，我喜欢上你了！"夏芊芊失踪的这些日子，龙祁轩不但没有因为府上少了个跟他作对的人而欣喜，却因为少了这个人而食不甘味，夜不能寐，就连做梦都会梦到和夏芊芊拼命的场景。不管白天还是黑夜，夏芊芊的身影从没在他的脑海里消失过。龙祁轩不想承认，但不得不承认，他是喜欢上这个女人了！至于沈茹芯，在夏芊芊失踪的日子里，他竟一次都没有想到过她。更何况在了解她的人品之后，他对她的感觉亦消失殆尽！或许他一直执着的只是那份感觉，那份初恋的感觉罢了！

龙祁轩语毕，众人皆惊。包括杏儿和秦管家都不可思议地看着龙祁轩。这可不像他的风格！

"你……你……"夏芊芊睁大眼睛夸张地看着龙祁轩，苍天呐，这是她最怕的事儿！

啪的一声！

龙祁轩在毫无准备的情况下硬生挨了夏芊芊一个嘴巴，跌倒在秦政脚下。秦管家赶忙扶起龙祁轩。夏芊芊是不知道，自从上次救沈茹芯后，他家王爷的胳膊可比想象的糟多了。就因为这个，张御医差点儿没掉了脑袋！

"龙祁轩！谁叫你胡说八道！你……你……你也太恶毒了吧！你这是诅咒！让你喜欢上的人还不得万劫不复呀！"夏芊芊指着龙祁轩破口大骂。这突如其来的表白彻底雷到夏芊芊了！

"夏芊芊！"龙祁轩一手甩开秦管家！一瘸一拐地走到夏芊芊的面前。好嘛，刚刚那一跤他正绊到石头上！他凝视着夏芊芊，一脸严肃道，"好吧，我承认刚才说的那些只是想让你舒服点儿！既然没起作用，权当我没说！你要怎么样才留下？只要你说出来，我……"他毕竟是堂堂王爷，被拒绝可是很没面子的事儿！

"不用！用不着！龙祁轩，我最后正式郑重地向你宣布，我们的恩怨到此为止！我拜托你，站到一边！OK？"听到龙祁轩如此说，夏芊芊的内心像是被什么拧了一下。只是一瞬，她就知道，龙祁轩怎么可能喜欢她。就算她喜欢上他，他也不会喜欢她的！为防止后患，还是走为上策！

"我很有诚意的。你不再考虑一下？"龙祁轩强忍着怒火，继续低三下四。不管怎样，是自己有错在先，还对夏芊芊造成了身体上的伤害。就冲这，龙祁轩决定一忍再忍！

"表哥！"夏芊芊的眸光突然转向了府门。龙祁轩不由地扭头。就在这个空档，夏芊芊拉着杏儿朝外就跑！她可不想被龙祁轩活活吓死！的确，如此温文尔雅、语出惊人的龙祁轩还真能吓死人！

"啊！"

一声凄厉的惨叫过后，龙祁轩从容地扛起被他打晕的夏芊芊朝后园走去！

杏儿和秦管家面面相觑。虽然他们俩也不想王妃离开，但王爷的行为是不是太过激了？这样做似乎很不厚道的说！这都不重要，重要的是王妃

醒过来的时候，怕是又要天翻地覆了！唉，怎么他们就不能和平共处呢！

"秦管家！你说我家小姐醒了会怎么样？"杏儿完全不敢想象那个时刻的到来！

"八个字儿——天崩地裂，地动山摇！"秦管家语毕，杏儿登时倒了下来！苍天呐！谁来救命啊！

城郊一座破庙内，慕容雪恭敬跪在地上："启禀太子，沈茹芯已经答应我们所有的条件！但她有一个附加条件，就是除了让她得到天朝的三分之一的土地外，还要夏芊芊的命！"

"呵！看来这个夏芊芊还真起了点儿作用！如果当日她死了，或许还不会将沈茹芯逼到绝境啊！既然她应下了，雪儿，你应该知道怎么做了。告诉沈茹芯，我希望天朝能来一场喜筵，最好是所有天朝官员都会到场！我要将他们一网打尽！还有，如果可以说服天朝那几位将军归我所用那就最好。听懂了？"端木尘冷冷开口，眸光如刃！沈茹芯！呵！

太子府

"回主子，太子去西郊狩猎去了，说是不回来吃了！"从外面气喘吁吁地进来一个奴才，战战兢兢地跑了到沈茹芯的面前，大气不敢喘一口，忙回禀刚接到的消息！

"狩猎？这都什么时辰了！"沈茹芯瞪着冷若寒霜的冰眸，心里再清楚不过。分明是龙祁峻不愿回来，不愿见她！亏她亲自下厨做了这一大桌子的饭菜讨好他！可是他就为了那么点儿小事儿，居然将夫妻之情抛得一干二净！夏芊芊，你坏我大事，我也会叫你一无所有！

哗啦！咣当！

一阵嘈杂的声响后，沈茹芯踏着满地的狼藉，怒气冲冲地离开前厅，朝着自己的屋子走去，留下一班下人忙颠儿地收拾残局！

一进屋，沈茹芯便将房门插得死死的，颤抖不止的身体无力地靠在门板上，一双水杏大眼似要喷出火来！眼看着自己的全盘计划就这么无疾而终了，沈茹芯的牙齿咯咯作响！现在好了，龙祁峻半眼也看不上自己，那个冷晓溪从来就没拿自己当过儿媳妇儿！还有那个龙奕峰！自己的杀父仇人！她受够了！自从走上这条路，她便尽心尽力、战战兢兢地伺候这一大家子，生怕惹得哪个不高兴、不开心，为的只是太子妃的位子！可是到头来，不但没能如愿，还让她这些年的筹谋全都落空！现在自己在这太子府就像个小丑！不但太子妃的位子遥不可及，就连这个侧妃还是龙祁峻的施舍！她不甘心数年的心血换来的是今天的结局！

想到这些，沈茹芯冲到桌子旁，将上面的茶杯全数摔到地上！阵阵脆响撞击着沈茹芯的耳膜！

"今日怕雪儿来的不是时候呢！"淡雅的声音带着悠然的语调传到了沈茹芯的耳朵里。沈茹芯腾地转身，一双美眸透着惊恐，不可思议地看着面前的女人，转而看了眼房门！

"你、你是怎么进来的？"与这个女人见面不是第一次了，只是每一次都让沈茹芯有说不出的压抑！

"这不重要！重要的是你的梦想……已经破灭了！不是么？"慕容雪说得不温不火，踱步走到沈茹芯的面前，秋水明眸似看到了沈茹芯的心里！

"这点不需要你管！我的条件你们太子答应了吗？"沈茹芯收敛起心底的不甘，冷冷开口！

"三分之一的天朝国土以及夏芊芊的命，不算过分！我们岂有不应之理！但有一点，我们希望天朝皇族可以办一件大喜事，最好是能将所有重要官员聚在一起的喜事！不知沈姑娘可否做到？"慕容雪淡淡开口。以眼前女子的心机，这应该不难！

"没问题！"沈茹芯没有片刻的犹豫！既然夏芊芊那么喜欢龙祁轩，如果龙祁轩纳妾，不知道她会不会伤心欲绝啊！沈茹芯早知道有柳青青这么个人的存在！

"这是协议。签了它，我们的约定正式生效！"慕容雪从怀中掏出一纸协议。沈茹芯看也没看，伸出玉手放在樱唇之间，狠一用力，随即在协议上按下了自己的手印！

第十四章　心已殇双目失明

靖王府

杏儿在夏芊芊的床边儿走来走去，慌慌张张！要是她家小姐醒过来可怎么办呐！这姑爷也真是，有什么话儿不能好好说嘛！这是打上瘾了怎么的，又拍了小姐一下！唉！怕是事儿要闹大了！可小姐已经昏迷一宿了，她是又盼夏芊芊醒过来，又怕夏芊芊醒过来，心里这个矛盾呐！

"哎哟！"

"呀！"听到床上的声响倒把杏儿吓了一跳！床上的夏芊芊一只手直朝后颈抓，肯定是疼呀！谁挨那一下不疼呀！

"小姐！你……你醒啦！"杏儿忙上前双手扶着夏芊芊坐了起来。

"杏儿，都这么晚了，你怎么还没睡呀！"夏芊芊起身，随口问了一句。杏儿大骇，转头看了看窗外！正午时分，阳光刺眼啊！

"杏儿，问你话呢！快去把灯点上！乌漆抹黑的，啥也看不到！"夏芊芊正想伸脚下床，突然感觉不对！黑！眼前一片漆黑！月光？星光？没有！什么都没有！

"小……小姐……你……呜……"杏儿强忍着哭声，泪如雨下！

"杏儿，这……这到底是怎么回事儿！为什么我、我什么都看不到了？我看不到你了！杏儿，别藏了！杏儿……"心底突然恐慌起来，夏芊芊意识到自己的变化。

"小姐！我在这儿……呜呜……"杏儿抑制不住，终是哭出声来！

"我……看不见了？杏儿！"夏芊芊双手摸索着向前探索，在触及到杏儿的胳膊时，紧紧拉住她！心底的恐惧让她紧靠在杏儿身边儿！她的神智

一片模糊，思绪慢慢抽离，全身越发的冰凉！失明？

"小姐，别怕！杏儿在！就在你身边儿！这只是暂时的。小姐别怕！"杏儿感觉到夏芊芊的恐惧。别说是她家小姐，就是她也无法接受这个事实！

"不对！杏儿！这是哪儿！我们在哪儿？"夏芊芊强忍着内心的恐惧，赫然开口！她只记得自己领着杏儿飞速地往外跑，接着……接着怎么什么都记不起来了？

说，还是不说，又是一个大问题摆在了杏儿面前。说了，小姐已经失明了，若再受打击，会不会……不说也不行。这么大的靖王府，随便什么人说上一句就得全露馅儿！

"杏儿，我再问你，是不是我瞎了，你就开始欺负我了？"夏芊芊感觉到杏儿的犹豫不决，不由得淡眉轻蹙！

"小姐！咱们这是在……在……"

听到杏儿支支吾吾的就是不说出来，夏芊芊真是快要急死了！她以前倒没觉得这一双眼睛有多重要；现在看来，不是很重要，是非常重要。没有摆脱对黑暗的恐惧，夏芊芊的心还在不停地颤抖。加上杏儿半遮半掩的，她真是要疯了！

咚咚咚！

"杏儿，王妃醒了没？"好嘛，这回杏儿不用说了。夏芊芊一下就听出是秦管家的声音，火儿腾的一下就起来了！

"秦政！你给我进来！"夏芊芊一声令下，秦政哪敢怠慢，推门而入！

"王妃，您没事儿了？"本来是想讨赏的，可在见到夏芊芊的那一刻，秦管家就知道自己来的不是时候。

"我没事儿？对，没什么大事儿，不就是眼睛瞎了嘛！秦政，我问你，到底怎么回事儿？我不是和杏儿已经跑出去了吗？怎么还在靖王府呢？"夏芊芊知道就算问杏儿，她也未必会说。这丫头越来越鬼了！

"什么？眼睛……失明了！王爷他没打您的眼睛啊！"秦政唰的一下脸色惨白，腿有些颤抖，如何也没想到会是这种结果。这时，他才注意到杏儿一直朝自己摆手，方才恍然大悟，刚才自己犯了个天大的错儿啊！

"你的意思是那个混蛋在背后搞偷袭！"夏芊芊咬碎钢牙，握起的拳头

咯咯作响，眸中虽有些呆滞，但仍能感觉到其间的杀气！

"回……回王妃，事情不是您想的那样。王爷他也只是想……想留住您！而且他还当着我和杏儿的面儿说喜欢您呢！王爷他……"

"有这样喜欢人的吗?"夏芊芊愤怒地指了指自己的一双水杏儿大眼，虽是失明却还透着灵气！

"小姐，我看还是先请御医为您治眼睛重要！秦管家，麻烦你快去请御医。小姐行动不方便，我还要在这儿服侍！"还是杏儿理智一点儿，一脸焦急！

"看老奴……王妃您别怕，我这就给您去请御医！"

见秦管家跌撞着跑了出去，杏儿轻扶着夏芊芊坐了下来。还没坐稳呢，夏芊芊猛劲儿站了起来！

"不行！这口气我咽不下！杏儿，扶我出去。我要找那个混蛋算账！"夏芊芊咬牙切齿，眸中寒光闪烁，五官早就纠结得不成样子。杏儿哪敢多言。夏芊芊此时的模样让杏儿明白，现在多说一句话的后果很可能是万劫不复！于是乎应了一声，她便扶着夏芊芊走出房门！

要不说是无巧不成书呢。她们刚出房门没两步，迎面就遇上了正赶来的龙祁轩！

"芊芊，你醒了！我正想看你呢！"龙祁轩见夏芊芊迎面而来，正准备酝酿一个大大的微笑，却不想换来的是一顿狂轰滥炸！

"你来看我醒没醒？不是吧！你是不是来看我死没死的！龙祁轩，你也算狠的了！杀人不过头点地！现在倒好，你把我弄成这样，开心了！高兴了！你……你……混蛋！"夏芊芊一时激愤，一条腿腾地踢了出去。只是方向嘛，有点儿偏差！不止如此，失明带来的恐惧，和这些日子深藏的委屈和愤怒终于爆发起来。夏芊芊像疯了一样甩开杏儿，朝着前面的方向冲了过去，一双玉臂像风火轮似的摇开了！

"你……你这是干嘛！杏儿，你家小姐这是怎么了？"看着狂魔乱舞的夏芊芊，龙祁轩大惊失色，狠狠地咽了下吐沫。

"姑爷，你还说，快拦住我家小姐呀。她看不见东西了，眼睛失明了！快呀！"

第十四章 心已殇双目失明

125

眼看着夏芊芊就要拐到沟里了，龙祁轩才意识到问题的严重性，蹭的一跃，将夏芊芊揽入怀中，剑眉紧蹙。果然，虽然那双眼依旧美如星辰，但却失了往日的灵动！

"杏儿！这……这是怎么回事儿？芊芊她……"龙祁轩感觉到自己的心像是掉入了千年寒潭，冷如冰峰，一双剑眉拧在一起，不可置信地看着杏儿！

感觉到龙祁轩紊乱的呼吸声，夏芊芊突然使出全身的力气，朝着龙祁轩的胸膛玩儿命地抡了起来，每一拳都硬生生地砸在龙祁轩的身上。这还不解恨，一双玉足也如捣蒜般对龙祁轩发起了猛烈的攻击！

杏儿一看这架式，不由得倒吸一口冷气，等反应过来，忙上前欲拉回自家小姐。谁知却让龙祁轩拒绝了："杏儿，快去找御医！我要最好的！一个不行来十个！快去！"身上的痛远没有心里的痛来得猛烈。不管夏芊芊如何痛打，龙祁轩没有半声的呻吟。实则夏芊芊无意中打了他受了伤的右臂，令他疼痛欲裂。但他知道，这就叫报应！若非当初不听夏芊芊解释，又怎会有今天的结果！

"不许去！龙祁轩，我不需要你假情假意！收起你的虚伪！告诉你，龙祁轩，我……"夏芊芊想了想，又狠狠地在龙祁轩身上踹了两脚，"我死了也不用你管！杏儿，过来，扶我离开这个金玉其外、恶毒其中的破地方！"夏芊芊打累了，挣脱出龙祁轩的怀抱，一脸怒气地离开，一双玉手试着探路。杏儿不敢违命，忙跑了过去！

"不行！"龙祁轩一把拽回夏芊芊，紧紧揽进自己怀里，"你不能这个时候走！我也不会让你这个时候走！"坚定的语气不容半点商量的余地！

"你放开我！混蛋！"夏芊芊再次感觉到自己回到了刚刚那个温暖的怀抱，但满腹的委屈却突地涌了上来，泪不由得滑落。

"我……我只是不想让你出去受苦！"看着夏芊芊眼眶聚满的泪水，龙祁轩慌了起来，双臂减轻了力度，不知所措地注视着怀中的佳人！

"受苦？你还好意思提受苦！我夏芊芊在哪儿不是要风得风、要雨得雨，自从嫁到靖王府，受伤受冤哪回我躲过去啦！到现在为止，我连这两只能看天、能看地、能辨真伪、能识良人的眼珠子都落到这份儿了，你还

想我怎么样？难不成真要让我把命留在这儿！做人不能太损！你这么丧尽天良，就不怕天打雷劈？"

夏芊芊张大了嘴巴痛诉着龙祁轩的恶行，感觉到龙祁轩的双臂似有松动，忙退了出来，双手朝着杏儿摸索。

"小姐！"杏儿忙扶了上去，听着她家小姐字字句句，想着小姐受的这些个苦，眼泪啪嗒啪嗒地掉了下来，细想想，小姐真是受太多苦了！

听着夏芊芊的控诉，龙祁轩自知有太多对不起夏芊芊的地方，目光在触及到那双有些木讷的双眸时，心如刀割！心中除了内疚、懊悔，更是心疼！

"芊芊，只要你想，我龙祁轩愿意为你做任何事情，直到你双眼复明为止。如果你还不解气，可以亲手杀了我。我绝不还手！"深沉的声音，坚定的语气，没有半点的犹豫，龙祁轩的眸中流转出一片异彩！

"让我杀你？你可真会想！那我得陪葬！弄不好我还不得灭九族。你死一个，我死一家！哼！"夏芊芊的心有些颤抖。平日里你死我活的人，居然会说出以死谢罪这样的话！信，还是不信？不过龙祁轩的这番话的确在夏芊芊的心里产生了不小的波澜。心没那么冷了。可是嘴上，夏芊芊可没有半点转还的余地！

"那好！你是想让我自杀！芊芊，如果我死才能换回你的原谅，那好吧！"龙祁轩一脸凄然。原来夏芊芊这么恨他！看来自己真的伤她太重！

"慢！"听到自杀二字，夏芊芊心突然紧了一下。不行，他不能死！怎么会脱口而出这个慢字呢？夏芊芊这样解释：死了，太便宜他了；她的目标是让他生不如死！

听到夏芊芊的阻止，龙祁轩的眸光突地闪出华彩！她舍不得？再一转念，怕不是这个原因吧！她那么恨自己，尤其是现在眼睛也看不到了！不知道是不是上次玩球的时候砸的。若真是，那反射弧也太长了吧！

"你确定？"龙祁轩勉强从喉咙挤出这三个字儿，艰难地问道！

"我一双贱目，可值不起您堂堂靖王的一条命！不过呢……"夏芊芊轻扬了一下唇。龙祁轩，我走，你不让！可就别怪我夏芊芊无情了！

"不过什么？芊芊，只要你说，我一定答应！"龙祁轩做足了心理准备，只要能求得夏芊芊的原谅，让他做什么他都无话可说！毕竟自己有错在先！知错必改。虽是王爷，但他有这样的觉悟！

"你要做我的使唤丫鬟，认打认罚，不得有半句怨言！吃苦受罪也得自己忍着！不许诉苦，不许求救，更不许找人替代！怎么样？六王爷？"哼！害她失明，等着瞧！折腾不死你！宁得罪君子，别得罪女人呐！

"丫鬟？"这个女人的恶魔本质一点没改啊！龙祁轩叫苦不迭。这辈子他什么都试过，就是没试过伺候人！

"丫鬟只是个代号，我可没这能力把你变成女的！"如果可以，她真想立刻动手！还不得活活吓死他！可惜不在现代啊！

"你只需要天天在我身边儿。刮风你要给我加衣；下雨你要给我撑伞；累了你要给我捶腿；饿了你要给我下面；凉了你要给我捂手；热了你要给我打扇；我心情不好的时候，你要跟着我哭；我心情大好的时候，你要陪着我笑；我欺负人的时候，你要给我帮腔；我被欺负的时候，你要替我挨打；我没说吃，你就给我站着；我没说走，你就给我站着；我……"夏芊芊一个顺口溜说了一大堆，听得龙祁轩张起大嘴，睁起龙珠，真不敢相信未来的日子要怎么过！

"嗯，你也别说我欺负你，日子不多。什么时候我能看见东西啦，生活也能自理了，你也就赎罪了！"夏芊芊柳眉轻挑。虽然看不到，但她完全可以想象到龙祁轩此时的状态！

"这……"

"罢了！我就知道说了也是白说。你一个王爷怎么可能会做这种事儿嘛！我瞎也就瞎了。权当是看了不干净的东西，自己遭的报应，跟某些人一点儿关系都没有！杏儿，我们走，离开这个没有人情味儿的地方！"夏芊芊推了推扶着自己的杏儿，正欲抬脚。

见此情景，龙祁轩一咬牙，一跺脚！罢了，做错事儿总要付出代价："行！这么定了！"

"我又没逼你！说的这么勉强。我虽是眼睛瞎了，可耳朵没聋。你不愿意就算了！我夏芊芊从来不强人所难！"没有停下脚步，在杏儿的搀扶下，夏芊芊已然迈出了第一步！

"没有！没有逼我。我是自愿的！"只要夏芊芊不再离开自己的视线，就算再委屈，他也认了！

"王妃，张御医来了！"这时，秦政气喘吁吁地跑了过来。后面的张御医向前两步，后退一步的。这靖王府，看来早晚会是他驾鹤西游之地呀！

"嗯！小轩子，搀我进房！"听到秦管家的喊声，夏芊芊很自然地抬起一只胳膊，停在了半空中，等待某些人履行职责！

"呃？"这就开始了？总得要避避下人嘛！无奈，龙祁轩顺从地走到夏芊芊的身边儿，一双厚实的手掌摊开，轻支着夏芊芊的玉臂，朝屋里走去！

看龙祁轩的表情和行动，杏儿简直不敢相信自己的眼睛，小手狠狠地揉了几下眼珠子！还真是！

"杏儿，你怎么没扶着王妃点儿啊？"秦管家跑了过来，见杏儿自己呆在那儿，有些不满。

"看！那不是有人在扶嘛！秦管家，你相信福祸相依这句话吗？我信！真希望上天给我个机会，让我也瞎了！"杏儿一脸羡慕地看着远去的一对璧人！

第十五章　怀愧疚甘愿为奴

秦政不禁摇头："你眼睛没瞎，不过脑子怕是不灵光了！一会儿让张御医也帮你瞧瞧！"秦管家长叹一声，带着张御医朝着夏芊芊的屋子走去。

"脑子不灵光？喂！秦管家，你什么意思嘛！真是的！"见人们都回了屋子，杏儿也紧跟了上去。

"哎呀！"龙祁轩哪伺候过人嘛！这不，进门时，由于龙祁轩的偏差，夏芊芊砰的一下撞到了门框上。她的头顿时传来一阵痛。要不是龙祁轩及时拉住，怕是夏芊芊现在已经趴在地上了！

"我瞎你也瞎呀！你……"夏芊芊的眼前似有一丝光亮！不对，不止一点儿，而是……渐渐的，龙祁轩一张惊恐的面容浮现出来，不是吧？能看见啦！呃？现在怎么办？难道刚才的一切都白说了？不行！那么多委屈就白挨了？她可没那个觉悟！将错就错。龙祁轩害她失明又上火，就这么算了岂不是便宜他了！

"芊芊，你没事儿吧？"龙祁轩浑厚的嗓音散发着忧心的焦虑，双眉挤在一起，一脸忏悔地看着夏芊芊！

"你撞下试试！还好意思问！笨手笨脚的！"她的目光依旧呆滞，玉手抬起，试探着前面的障碍物！看不见的时候呢，做什么都正常；这一看得见呢，反倒觉得不自然。

"我……"忍！龙祁轩朝着夏芊芊猛地翻白眼儿！反正她也看不到。这样做，他心里也算好过一些！

也不怕眼珠子掉下来，有你的！龙祁轩，日子长着呢。你这几眼不白翻！

屋内，众人的目光齐齐地落到了张御医的身上。尤其是龙祁轩，真不

知道自己是不是吃错药了，居然会答应夏芊芊那么无情无耻无理取闹的要求！真是后悔莫及啊！除非杀了杏儿灭口，要不然抵赖？嗯，不行。那不是他的性格！

"张御医，我家小姐的眼睛怎么样啊？都这么半天了，也该有个结果了吧？我们都等着您说句话呢！"杏儿走近张御医，狐疑地看着他！

"这个嘛……"怎么说？没瞎！一切正常。很明显，六王妃是故意的！说出来，那六王妃还不得扒了他的皮！不说，日后若让六王爷知道了，这身皮也保不住！说，还是不说？到底怎么办啊！

"怎么？张御医，你倒是快说呀！"秦管家也凑了上去，右手暗暗指了指龙祁轩铁青的脸！他要是再不开口，以后也就不用开口了！

看着围上来的两个人，张御医缓缓站了起来，指了指外面，随后离开夏芊芊的屋子！

走出房门，龙祁轩一把拽过张御医："怎么样？"

"回王爷！六王妃双目失明是因为急火攻心所致，要尽心调理。最重要的是不能再让王妃动怒，否则会有生命危险！"张御医拱手，一脸肃然，让人看不出一点儿破绽！反正六王妃装瞎的目的无非是针对六王爷。自己这么说也算是把宝压在了六王妃身上！这几句话无疑是自己投诚的最好礼物。张御医算是明白了，要想不死在靖王府，必须得为自己找个靠山！苍天保佑，他的选择最好别错。错了，那可就是要命的事儿啊！最重要的，他坚信此时的六王妃一定是扶在房门处偷听才对！猜的没错儿，一般做贼心虚的人都这么干！夏芊芊此时正趴在门边儿上俯耳细听！

"什么？生命危险！"杏儿一听，登时泪如雨下！看着杏儿的眼泪啪达啪达地往下掉，夏芊芊心里还真不是滋味儿。想自己在这里，也就只有杏儿这一个知心的朋友了！

"你再说一次！"龙祁轩怒视着张御医。本来只想知道她的眼睛什么时候能好，可当听到生命危险的时候，龙祁轩的心像是被什么扎了一下，阵阵疼挛！她不能死！他不允许！

"王爷息怒。下官只是说如果让王妃动怒才会有生命危险。只要事事顺着王妃，臣保证王妃定无性命之忧！至于视力，自然也会渐渐好转！并非

131

无的医!"张御医似乎意识到自己说的过于严重了，急转话峰！

"秦管家！跟张御医去抓药！"龙祁轩面色稍缓，冷言道。

"是!"老秦接了令，扶着颤颤巍巍的张御医离开！

看着哭得上气不接下气的杏儿，龙祁轩冷眸凄然，走到她身边儿："杏儿，这些话不可以让你家小姐知道！快别哭了！"听了龙祁轩的嘱咐，杏儿忙擦了擦脸上的眼泪，啜泣声愈渐减轻！

房间里，夏芊芊听这意思，张御医是走了。至于张御医所言，倒让夏芊芊虚惊一场。看来不是他的医术不行，就是有意为自己隐瞒事实。不过前者的可能性是小之又小。虽然不了解这个时代的医学发展程度，但凡是能进得了太医院的应该都是佼佼者才对吧！更何况，这个张御医的医术，她不只见过，还亲身体会过！嗯！张御医这个情她领了！

"杏儿，眼泪别忙着擦了，反正她也看不见。一般眼睛不好用的人，耳朵都特别灵。你一会儿进去可别哭哭啼啼的！让她听到了可能会多想！知道？我先进去了。你在外边儿好好酝酿酝酿吧！"龙祁轩的语调柔和许多，跟对张御医的态度比，真是好上一万倍都不止！杏儿竟忘了抽泣，受宠若惊！何时姑爷这么细心了？看来这是福是祸还不好说呀！

看着龙祁轩走了进去，杏儿倒觉得自己还是不要进去的好。或许经过这次风波，他们两个会化干戈为玉帛也不一定呢！

屋内，夏芊芊一听，忙跑回床边儿。还没等她坐下，龙祁轩已然进了屋子！

"芊芊，你要做什么？"见夏芊芊手扶床栏，似要起身，龙祁轩努力把声音放柔和，完全看不出之前的桀骜！

"我、我想喝水。可是怎么叫，你都不进来。不知道是不是故意的!"她可以很清楚地看到龙祁轩脸上的担心和焦虑，也想好言相对，可是只要想起过往种种，这话里话外的就是想气他才甘心！说完这些话，夏芊芊也觉得有点儿过分！

"你有叫我？"不会吧？他就在门外。难不成是他的耳朵有问题了？或许是他眼睛太亮的缘故吧！

"你坐好。我这就给你倒!"龙祁轩急着走到桌前，倒了杯清茶，正要

端给夏芊芊，突的皱着眉头往后缩一缩，心念片刻，竟然将茶送到了自己的嘴里，而后脸上绽放一个大大的笑容！

夏芊芊的眉毛稍稍地那么挑了一下。在她这个角度，正好看到龙祁轩往茶里吐什么东西，之后脸上居然露出那种不怀好意的邪笑！

好啊！龙祁轩，本来还想对你好一点儿呢！看来是我想多了！没想到你倒是不吃亏，刚说了你两句，就敢在我的茶里加料！好吧！那就怪不得本小姐无情了！

端着手中的清茶，龙祁轩缓缓走到夏芊芊的面前："芊芊，喝茶！我这可是第一次给人倒茶，连父皇母后都不曾受过这种待遇的！"他刚刚试了下温度，不冷不热！

"是吗？"夏芊芊双手摸索着接过茶杯。可不嘛！若当今皇上真的受了这种待遇，不知道会不会把这个败家子儿碎尸万段呢！

"喝呀。你不是想喝的吗？"见夏芊芊端着茶杯却迟疑许久，龙祁轩有些心急，终是忍不住催促。

你还真心急啊！

"我……现在又不是很渴，不然，这水你喝了吧！"夏芊芊举起茶杯，朝着声音传来的方向递了过去！

"呃……嗯！好吧！"龙祁轩顺从地接过茶杯。要不是张御医说不能让她动气，他还真想说她两句。这可是他第一次给别人倒茶耶！

正如夏芊芊所料，龙祁轩果然没有喝这杯茶，而是将它放回了桌子上！

"我突然又渴了！烦劳你再给我倒一杯！"龙祁轩还没回身，夏芊芊又开口了！这回他龙祁轩要再敢往茶里下料，自己保证让他后悔一辈子！

"你！好吧！"龙祁轩不仅如夏芊芊所言，又倒了一杯，更没让夏芊芊失望，再一次将茶杯放到了嘴边儿！

感觉到水温还可以，龙祁轩正欲端给夏芊芊！

"好啦！我不喝了！我想出去！现在就出去！我要晒太阳！过来扶我！"夏芊芊如同炮弹一般甩出这几句话，火药味儿十足！

龙祁轩端着茶杯的手在空中停了数秒，没想到他人生中第一次和第二次给别人倒茶，居然全都被退了回来！而且还是同一个人！摆明了这夏芊芊是在整他嘛！

"聋啦！没听到我说话！别忘了你现在的身份！你是我的丫鬟！做丫鬟就应该有个做丫鬟的样子！在我失明这段时间，你最好忘了你是什么靖王。这样或许还好过些！"

听夏芊芊这么一说，龙祁轩如雷轰顶。他真是疯了！妄图与她修好不说，居然还对她产生爱慕！疯了！疯了！真是疯了！事实证明，他错了，而且错得很离谱！

"罢了！有人位高权重的，随随便便冤枉个把个人儿算什么事儿！一个顺手打瞎打死几个，那也没什么嘛！更何况只是在下人的面前答应别人的事儿，不履行也就不履行了！这都不是什么大事儿！我一个瞎子，也不计较这些。不过这靖王府我也呆不下去了！杏儿！杏儿？走！咱们……"

"你想去哪儿晒太阳？"满脸黑线的龙祁轩再也听不下去了！他就不是那样儿的人！这个该死的夏芊芊也太瞧不起他了吧！

芊芊感觉到手臂被人轻轻地扶起。当然，她并不用感觉，用余光就看得到！夏芊芊轻咳了一声："还没想好呢，先出门儿再说！"轻挑的语气听得龙祁轩血脉贲张，忍了！权当是狗叫！

在龙祁轩的搀扶下，夏芊芊刚走出屋子，就看到秦管家正往厨房的方向跑去，手里还拿着一大堆的东西！想必是张御医给她开的补药吧！想来这东西她可没少吃！夏芊芊还真怕自己虚不受补呢！想着想着突然灵机一动："其实你也不要有什么想法。若不是你，我能变成现在这样？所以叫你伺候我，这也是理所应当！不过你放心，只要我能看得见了，以往的一切我既往不咎。你我之间的恩怨一笔勾消！以后你我井水不犯河水！"夏芊芊总算是当过警察，审过犯人。所谓物极必反。她也清楚，要是真给这头倔驴逼狠了，可就没有这么好的机会治治这个负心汉！呃，在夏芊芊想到"负心汉"这三个字儿的时候，心突地抽搐一下，似有一点点的疼！

扶着夏芊芊的龙祁轩在听到井水不犯河水的时候，身子不由地颤了一下。虽然知道这个女人有多麻烦，虽然知道这个女人有多讨厌，虽然知道这个女人有多……可是，如果要和她井水不犯河水，他做不到！从夏芊芊失踪的那天起，他便知道自己心里有这个女人！虽然他还不够确定这个

"有"字到底到了什么程度，但是有一点他可以肯定，这辈子，他不想，也不会和这个女人划清界限，他很想，也很希望和她纠缠不休！

"你还要离开？"不确定夏芊芊此时的想法，龙祁轩忍不住脱口而出，目光紧锁着夏芊芊！可能是因为夏芊芊失明的原因吧，龙祁轩的目光第一次毫无避讳地盯着夏芊芊，淡然的眸子上染上了异样的光芒，人似看呆般立在原处。眼前人柔和的五官慢慢显现出来。那双桃花眼剔透如水晶，又深如潭水，丝毫没有半点失明的意思！

感觉到龙祁轩灼热的目光落在自己的脸上，夏芊芊狠咽了一下吐沫，十分不自在，一颗心怦然而动，姣美的面容上有一丝温暖流连！

"当然啦！我总不能在这个破地方和你做一辈子假夫妻吧！我可不想我的人生那么悲惨！"夏芊芊故意提高嗓门儿。再让龙祁轩这么看下去，她真怕自己忍不住以眸光对视！

"那不如就当真了吧！"语毕，龙祁轩忙倒吸了一口冷气，但眸光却充满期待！

"什么？你刚才说什么？"夏芊芊整个身子稍稍转了一下，小脑袋凑向龙祁轩的方向，眼一眨不眨！

"呃，没什么。我是想问你去哪儿。咱们现在出了屋子了！"他的嘴角稍有一丝抽搐，脸上挂上一丝尴尬的笑容。没听到吗？罢了，就连他也不确定自己有没有做好和面前的女人厮守一生的准备！

"喔！去厨房！"她的眸光一丝黯淡划过。明明不是这句。也许是自己真的听错了吧！他的心里不是只有沈茹芯的吗？还有柳青青，还有……反正不会有她，也不可能有她。他们有太多的不同，注定不是一个世界的人！呃？还真不是一个世界的人呢！她的唇轻蠕一下，一丝苦笑抹出！

深深瞥了夏芊芊一眼，没有再开口，龙祁轩顺从地扶着夏芊芊朝着厨房的方向走去。湛蓝的天空下，那抹白衣和青衣交相辉映，慢慢踏入一片日光之中。

"王爷！王妃！"秦管家正嘱咐厨子如何煎熬刚刚从张御医那儿取来的药，不经意瞥到了刚到厨房门口儿的龙祁轩他们！

"嗯！老秦，治我眼睛的药拿来了吗？"夏芊芊瞪着眼珠子直视前方。

有时候假装看不到东西是真难啊!

"回王妃的话,拿了,正准备熬呢!看您……"秦管家是想说这儿哪是王妃来的地儿。可他话没说完,就听夏芊芊开口道:"老秦,这药怎么个熬法儿,你这就告诉小轩子,一会儿让他熬就好了!"夏芊芊说得清淡,脸上没有一丝表情。这倒把秦管家蒙住了!

"王妃,可、可咱府上没有小轩子这个人哪!而且张御医说了,这药一定要注意火候,一个时辰大火熬,三个时辰小火炖,半个时辰余温烘烤。在这期间,还要不时地开盖搅,三圈顺时针,三圈逆时针。要是没熬过药的,怕是掌握不好这其中的要领吧?"秦管家也是一片好心。

"行了!老秦,你说的已经很细致了,剩下的就要看个别人的领悟能力了!"夏芊芊依然面无表情!不过龙祁轩的表情却和刚刚进来的时候相比有天壤的区别!一双柔目此刻是冷若冰霜,如利剑般射向夏芊芊。

"我是有义务照顾你。你可别趁机糟蹋我!"龙祁轩压低了声音,在夏芊芊耳边儿沉吟。声音虽小却隐着极大的怒气!

"我不管,反正不是你熬的药,我是不会喝的。如果我不喝,这眼睛就不会好,那你就得给我做一辈子的使唤丫头!"夏芊芊声音清冷,字字珠玑,却带着一丝戏谑。

"你最好别太过分!"龙祁轩语调生冷,朝着夏芊芊压迫过来。

"你可以选择不做!"夏芊芊气定神闲!

二人对峙片刻,龙祁轩终是没敌过夏芊芊,整个身子软塌下来:"你要不要先回去,我熬好了送到你屋子里!"看了看灶台上的药和秦政怪异的表情,要他熬药,真是很难!

"秦管家,你把这厨房所有的人都叫出去,包括你自己!"夏芊芊完全不理会龙祁轩的建议。调虎离山?这招不好使!

"可是……"秦政现在知道这小轩子是谁了。不过他真是做梦也没想到,曾经嚣张跋扈的六王爷今天会变成如此乖巧的小绵羊!

"照做!"

见夏芊芊有些动怒,秦管家哪敢怠慢,赶忙朝着厨子挥手!且不说张御医再三嘱咐不能让王妃动怒,就是他家王妃那脾气,他可没胆子挑战

极限！

就在厨子走门儿的时候，却被龙祁轩一手拦了下来。虽然他没有说话，但他的手式做得很到位。秦管家一看就明白。这还真让他为难了！

只见龙祁轩一手扶着夏芊芊，另一只手拦下厨子，然后指了指夏芊芊的眼睛，又指了指厨子，示意他们各司其职！他可不想当着下人的面干这种粗活！倒不是他看瞧不起下人，只是这真不是他应该干的活儿罢了！

秦管家想想也是，反正王妃看不见，自己又何必做的太绝呢。王爷也不是自己能得罪的主儿！于是乎他朝着厨子做了个嘘的手式，又把他招了回去！龙祁轩见此，悄悄竖起大拇指。这回秦政算是办了件让他舒心的事儿！

夏芊芊看在眼里，心里这个气呀！真是把她的话当放屁了！居然欺负一个瞎子！

"老秦！我可告诉你，做人要厚道。我是个瞎子，但不是聋子。除了你，这厨房至少应该有一个厨子。到现在为止，我可还没听到离开的脚步声呢！怎么？瞧不上我这个瞎子王妃了？"清雅的声音没有一丝温度，一张小脸冷得吓人！秦管家一看，看来两面讨好的如意算盘算是没的打了。连王爷都变成小轩子了，他只是一个管家，弄不好还不得打回原形啊！

"王妃，老奴哪敢呐。只是刚刚收拾一下药材，老奴这就出去！小李，跟我出去把前院那棵该砍的树给砍啦！"秦政一脸哈拉地看着龙祁轩，一双手高高拱起，一脸的无奈！没办法呀，两害相权取其轻！

见秦管家和小李似逃命般地往外跑，龙祁轩一把拽住秦政："芊芊，你先等一下。我忘了告诉老秦那棵树不砍了啊！"龙祁轩拎着秦管家走到一边儿！

"王爷！您可别怪奴才。张御医说了，不能让王妃动怒。我知道你很想她死。可是王妃再怎么说也是宰相之女，若真是在咱们府上出了事儿，到时候怕不好向夏宰相交待吧？"秦政想着为自己开脱的理由。

"谁说我想她死啦！"难道自己的表现真的那么差吗？龙祁轩不悦地看着秦管家！

"那……那您是希望王妃她好好活着了？"看来他家王爷已经陷得很深

了！能为一个女人改变如此之多，就是对沈茹芯，也不曾有这么大的改变吧！秦管家窃喜，看来就要拨开云雾见青天了！

"当然！呃，谁管她死活！你别乱打岔！我告诉你，一会儿你吩咐下去，府上所有的家丁只要是看到我和王妃在一起，不管有什么要死的事儿，都要回避！听到没？等我一个人的时候再来汇报！"龙祁轩一脸肃然。他可不想府上所有的家丁都知道自己还有个小轩子的雅号！

"明白！可是一会儿煎药，您能应付得来？"秦管家还真不敢想堂堂王爷如何下得厨房！

"你和小李先回去！"一提这个龙祁轩就有股气儿！要不是这俩人胆儿小，自己何至于到如此境地！

"老奴这就去通知府上所有人啊！一个也不会落下。王爷您就一百个放心好啦！"没等龙祁轩开口，秦政早就跑得没影了！这老秦的腿脚真是越来越好了，早晚得成人精！

夏芊芊见四下无人，脑袋稍稍那么一歪，看着龙祁轩和秦政在那儿嘀嘀咕咕的，心想准没什么好事儿！哼！兵来将挡，水来土淹！她夏芊芊发誓要好好"伺候"她的好相公！哈哈哈！呃，低调！

第十六章　忆往事前尘如梦

　　见龙祁轩回身，夏芊芊忙转回头，扮作一副茫然不知所措的样子。那种无助的表情装得还真像！

　　看到夏芊芊双手举在面前，细细摸索前面的路，龙祁轩突然一阵心酸，忙跑了过去！

　　"芊芊！"他的手紧握住夏芊芊的胳膊，慢慢将她扶到了右面的椅子上，轻轻地按着她坐了下来。

　　"你好好坐着，我这就给你熬药！"

　　见龙祁轩很自然地流露出一脸的关心，夏芊芊的神色微微动了一下，片刻恢复如初。他着急也未必是因为自己！

　　毕竟是王爷，打从下生开始就锦衣玉食，哪做过这种引火熬药的活儿。虽然安排好了夏芊芊，可看着眼前的灶台，龙祁轩还是打从心里发怵！有心想问吧，还张不开那嘴；不问吧，这从哪儿下手呢！

　　踌躇了半天的龙祁轩到底还是舍不下面子，张那个嘴，将灶台上已经配制好的药全部倒在药罐儿里，然后舀水灌满了整个药罐！用小勺搅拌后，他便开始了最关键的步骤——烧火！

　　虽然夏芊芊没熬过中药，但是看到水加那么满，心想一会儿那药还不得都洒出来呀！在龙祁轩忙活的空档，夏芊芊的目光一直瞥着他的一举一动。这个龙祁轩倒还真像转了性似的，居然这么顺从！不会是又有什么阴谋诡计吧？想事情绝不能往好的方向想，否则会失望的！夏芊芊如何都不相信龙祁轩肯乖乖地给她熬药！

　　不一会儿的功夫，整个厨房已经是烟雾缭绕了，呛得夏芊芊咳不停！

　　"咳咳咳！龙祁轩！你是不是故意的啊！我都已经瞎了，你还想让我变

哑巴呀！心这么坏！做人做到你这份儿上还有什么意思！哼！"夏芊芊一边儿咳嗽，一边儿使劲儿地揉着被烟薰得通红的眼睛！

"我……芊芊……咳咳咳……你没事儿吧？要不我先送你回去！这火也不知怎么这么多烟！"龙祁轩听到夏芊芊咳嗽得厉害，忙起身费力地看清夏芊芊的方向，走了过去！

"我……咳咳……我不回去！"呛死也认了，她就是不能让他求救兵！

"我知道你怎么想的。放心，这药我一定亲自给你熬！我……我不会失言！从现在开始，我龙祁轩绝不会对你夏芊芊失信！现在，你还是出去吧！"

尽管看不清龙祁轩的脸，但是从这语气上，夏芊芊听得出这绝不是敷衍的话，心中蹿入一股暖流！

"你也真是笨，那火不要架那么多嘛！还有，药罐儿里的水也不应该放那么多才对！你自己受罪就好了，还让我跟着吃苦！"夏芊芊无意中的提醒却让龙祁轩神色巨变！

"你……你怎么知道的？"烟雾缭绕的厨房里，龙祁轩很难看清楚夏芊芊的眼睛，可是他更难解释夏芊芊怎么会知道这么多！

"当然了，你傻呀！要不是你柴放多了，怎么会有这么多烟！要不是水放多了，怎么会有呲呲的声音嘛！这可是生活常识！不用看就知道啦！"夏芊芊只圆滑两句，就让龙祁轩信以为真，居然还不住地点头儿！

"你别管我了，快点儿把柴火弄好！要不然一会儿把府上的家丁全都引过来可有你好看的！我可是好意呦！"

"好好！你先忍下啊！"龙祁轩忙跑回灶台，将柴抽出一些，再用勺子弄出少半锅水，这样下来情况还真好多了！

"行啊！有点做丫头的潜质！这烟还真少了不少呢！"没有烟熏火燎的，这世界还真清晰不少呢！

"那当然！想当年，我第一次上战场的时候，那么多兄弟里属我学东西最快，最能适应环境，最……"龙祁轩正说得眉飞色舞，突然感觉有一丝别扭。他居然会和夏芊芊唠起家常！连他自己都不敢相信。再说，夏芊芊的话也不像在夸自己嘛！

"怎么不说了？牛皮吹大了可收不回来呀！如果你那么优秀，那沈茹芯

怎么会跟着别人跑了呢！做人要诚实。有的说，没有的可得小心着点！哼！"夏芊芊不以为然。

"你不信算了！反正我没吹牛！至于沈茹芯，我……我不想提她！"这些日子，每到夜深人静的时候，他都会扪心自问，到底自己还爱不爱沈茹芯；一直以来，自己对沈茹芯到底是什么感觉！还有，什么时候沈茹芯变得如此蛇蝎！

"你不想提我就不提了！要不是你们两个狼狈为奸，我至于到今天的地步嘛！好在她没淹死，要不然你还不得叫我偿命啊！哼！"一想到那天的委屈，夏芊芊平静的心境又翻滚起来！

"我！我以前认识的茹芯真的不是这样子的。真的。我们从小就认识，本就是很好的朋友。小时候，她连一只小兔子都不敢伤的！就算是我打给她的，她也会治好后放生的！我真的没想到她会变得这么可怕！"凝视着灶台里的火光，龙祁轩脑子里浮现出小时候的画面。物是人非。如今的沈茹芯，已经不是从前那个可爱的小女孩儿了！

"呵！怪不得嘛，原来是青梅竹马、耳鬓厮磨呀！不过我可没看出来她对你有多好！估计是某些人孔雀开屏，自作多情了吧！"看着龙祁轩出神的表情，夏芊芊心里酸酸的感觉。

"怎么会！是她亲口说她喜欢我的！不过，也是她亲口说要离开我的！到现在我都还不明白她离开我的理由，明明已经答应嫁给我了！她……我真的是摸不透了！"龙祁轩长嘘出一口闷气。往事已矣，多想无益。倒是眼前的女人，更让他捉摸不透！

"我明白了。怪不得你处处与我作对呢！原来是我占了人家的位子了！哼！你放心好了，我早晚会离开的。你知不知道，要是没有你，我现在过的不知道多好呢！"夏芊芊无意识地低下头，眸光扫到手腕上的镯子上。若不是她出言不逊得罪了画上的女人，或许自己还是一个普普通通的女警，过着平平淡淡的日子。什么龙祁轩，什么沈茹芯，这里的一切都不会和她有一星半点儿的关系！

呵！龙祁轩居然没反驳！这倒是出乎夏芊芊的意料。本来还有不知多少句等着埋汰他呢，这么看来也说不出去了。莫不是这个龙祁轩吃错药了吧？

　　"罢了。芊芊，我知道你对我成见很深，也知道从新婚之夜不进洞房，到让你无故受冤，我确实有太多对不起你的地方。以前是我为了那段不存在的爱情迷失了双眼，现在一切都过去了。我龙祁轩并非外面所传的那般不堪。只要你给我机会，我会让你知道我的诚意！"黝黑的眸光紧紧地盯着夏芊芊，语气坚定，言之凿凿。虽然他不知道自己为什么会说出这样的话，但是他确定自己不知不觉中已经把夏芊芊放在了心里。是她信誓旦旦要"休"他的时候？是她在教家丁打球的时候？是在御花园听她唱歌的时候？是她在太子府不幸落水的时候？还是自己无意推她受伤的时候？原来自己和夏芊芊经历了这么多事情！

　　听着龙祁轩的话，夏芊芊感觉到全身的鸡皮疙瘩劈里啪啦地往下掉，可心里却感觉暖暖的！呃？是女人听了甜言蜜语都会有种飘飘然的感觉吗？

　　"好啦！龙祁轩，你不觉得这些话很不适合你的性格吗？肉麻到极点了你！你可别告诉我你喜欢我！要是真的，那你真的快到地狱喽！别忘了，咱们的协议最后一条是什么！呵呵！"夏芊芊握着手中的玉镯。这些话，要听的又何止龙祁轩。她也是在提醒自己！动情？不行！

　　"呃，我……我只是开玩笑的，逗你开心罢了。女孩子不都是喜欢这些话的吗？我只是想你若是开心对眼睛就会有帮助的！要是有帮助，你就会快些恢复光明，那你要……"龙祁轩说的语无伦次，连他自己也不知道想要表达什么！这次应该是他第二次表白了吧。虽然不是很直白，但是任哪个女孩子都会听懂的嘛！这个夏芊芊，还真是……被夏芊芊回绝了两次，龙祁轩发誓再也不说这么肉麻的话啦！他要以行动让夏芊芊感动！

　　"好啦！药熬好了没有？我都闻到糊味儿了！我可不想死之前都还没喝到你熬的药！"在龙祁轩说那番话的时候，夏芊芊在他的眸中分明看到了真诚。审过这么多犯人，她知道这种眼神一般都出现在说真话的人的身上！可是，她应该相信吗？思索片刻，她决定权当没听到！到最后，宁可别人受伤，也不能冒这个险弄得自己受伤！这叫自我保护意识！

　　"呃？啊！好了，好了！"好在夏芊芊接过话茬儿，要不龙祁轩还真不知道接下来要说什么才能圆了这个场儿！没做任何准备，龙祁轩转身，一

双厚实的手掌直接伸出去握住了药罐儿的两侧！

"嗯——"发出一声低沉的呻吟，龙祁轩竟任由滚烫的药罐灼伤自己的双手，硬是将药罐儿从灶台上端了下来，放稳之后才放开双手。在松开的刹那，龙祁轩腾的一下将一双灼得像烤猪蹄儿的双手插在了一旁的冰水中缓解！

这一切，夏芊芊都看在眼里，心不由地颤抖，眸光流转出一片华彩。其实龙祁轩完全可以在感觉到烫手的时候扔掉药罐儿的。就算是碎了，也可以重新再熬嘛！真不知道说他什么好！若不是夏芊芊亲眼看到，她肯定不会相信龙祁轩会为了一碗药而灼伤自己的手！感动之余，她的心不免有些悸动！

"人、人呢？"在轻拭掉自己眸间掉下来的泪后，夏芊芊轻促了一声。自从她失明之后，确切地说，自从龙祁轩知道沈茹芯的为人之后，他整个人都像是变了一般。夏芊芊真的不确定，他的变化是感情转移，借此慰藉自己受伤的心灵，还是真情流露。如果是前者，那不管是谁，他都会这样做的吧？如果是后者，那她真的很感动，感动到一颗芳心已暗许的地步！只是现在，她不确定，也不敢确定！

"这、这就来！"没想到在厨房里的灼伤比在战场上的刀伤都厉害。龙祁轩的额头已然渗出点点汗水。疼，深入骨髓！可是在转身的那一刻，他居然展平紧皱的剑眉，掩饰了双手带来的痛楚。他明知夏芊芊看不到，但还是隐去所有痕迹，淡笑着走回药罐儿的面前，将其中的药倒在了瓷碗内，轻轻地吹了一下，缓步走到夏芊芊面前！

"药来了。你慢慢喝！"龙祁轩小心地用药匙喂到了夏芊芊的嘴边儿。夏芊芊轻啜一口。呃？苍天呐！这是补药还是毒药啊！这也太难喝啦！夏芊芊柳眉蹙蹙，喉颈咕嘟半天也没咽下去，本想一口吐在地上，可是想起刚刚的画面，又瞟到龙祁轩期待的表情，心不由得软了下来！罢了，反正也喝不死。于是乎一双玉手摸到药碗，她一口气把碗里的药全数灌到了肚子里！

"怎么样？感觉好一点儿没有？有没有看到？"龙祁轩展开一个巴掌，在夏芊芊面前晃来晃去。看着龙祁轩满手的水泡，夏芊芊感觉到自己的眼角有些湿润，眸中一丝不忍一闪而过！

"哪有这么快！我要出去晒太阳，你扶我出去！"见不得龙祁轩的双手，她怕自己心软就这么算了。虽然这么想，但夏芊芊的心已然软了下来！

第十七章　细布局运筹帷幄

西郊猎场

"启禀太子，郑谨天求见！"侍卫进入临时住所，毕恭毕敬地回报！谨天？难道夜越国又有新的动向了？

"快请！你在外面守着，不许任何人靠近！"龙祁峻转身间，一双冰眸染上了一丝异色！

"郑谨天叩见太子殿下！"

见郑谨天进来，龙祁峻忙上前搀扶："怎么样？"犀锐的鹰眸紧锁住郑谨天。

"回太子，如果微臣猜的没错，暗中与慕容雪接触的人应该是夜越国太子端木尘！"郑谨天说道。

"什么？端木尘竟然敢孤身到天朝皇城！看来这一次他们要有大的行动了！慕容雪那边儿有什么异常动静没有？"

"没有！但这些日子她经常出去！微臣曾派人暗中跟踪，但都被她甩掉了！"郑谨天自责开口！

"能够派来潜伏在你府上的人自不是一般庸才！时刻监视，若有情况随时禀报！"龙祁峻寒眸如刃，冷冷开口！这一次，他要让端木尘输得心服口服。

"微臣明白！"

郑谨天离开后，龙祁峻思忖，三天没有回太子府了，若再不回去，怕会引起一些人的注意。之所以没有回去，一是不想见到沈茹芯，二来猎场要比他的太子府安全得多！他可不想隔墙有耳！想到此，龙祁峻收拾了一

下，叫着外面的小六子牵马！

二人抽缰骑马回到了太子府！

"启禀王妃，太子回了！"一个丫鬟兴冲冲地跑进了佛堂。

"嗯！下去吧！"轻淡的声音中没有一丝起伏，沈茹芯继续敲着木鱼，发出咚咚的声响，眸光陡然紧缩，不过须臾便恢复了刚刚的神情。

走至前厅，龙祁峻目光扫视一圈，心不由得长叹，枕边之人竟心如蛇蝎。若不是沈茹芯亲口承认，他还真不相信她居然如此心狠！没看见也就罢了，若非念在夫妻一场，否则他绝不会就这样不了了之！

"太子，我这就吩咐厨房为您准备膳食！"王妃没有准备这可是第一次呢！

"不用了！我回房休息！你们也都下去吧！"龙祁峻转身，抬步离开了前厅，直奔自己的房间走去，路上却听到佛堂里传来的木鱼声，不由得心里好奇，顺着声音的方向走了过去！

刚到门口儿，他见是沈茹芯的背影，转身正欲离开。

"祁峻！我真的那么令你讨厌吗？已经走到这儿了，一句话儿也没有吗？"咚咚声戛然而止。沈茹芯轻放下木棒，翩然起身，款款走至龙祁峻的面前，白皙的脸上没有一点装饰，素颜相对！

"你觉得我应该和你说什么？"龙祁峻冷淡的双眸流转出一丝不屑。

"呵，就算我再怎么罪无可恕，可咱们毕竟夫妻一场。妾身多谢相公没秉公处理！你的恩德，茹芯铭记于心！"杏花眼流转出一片溢彩，眸间泛出水雾，声音带着颤抖！

"如果有下一次，我绝不会手下留情！"龙祁峻没有回头，但却停下了脚步。

"呵！自从嫁到太子府，我似乎从来没有跟你说过心里话，你也从来没关心过我。或许一开始，我的选择就是错的！"凄惨的嗓音透着无助的颤音。泪，滴落下来！

"选择？"龙祁峻一脸疑惑地看着沈茹芯。可在转身的那一刻，他才发现，素来浓妆艳抹的沈茹芯此时正一身青衣素裹地站在自己面前，不由得有些叹息。

"如果我当初委身嫁给六王爷，也许就不会发生今日的种种。可是，我放不下我的心，我也不能骗自己。在我的心里从头到尾就只有一个人，就是你龙祁峻！罢了，我再怎么说，你也不会相信！"沈茹芯一脸凄然，在龙祁峻目光扫向她的时候低眉顺眼。

"那就不要说了！"嘴上这么说，但龙祁峻还是有些愧疚。她说的没错，自己确实从未将沈茹芯放在心里，娶她只因为可怜她！

"你！呵，是啊，多说无益。如今，我已然看破红尘，只求在这太子府有个栖身之处，每日念佛敲钟，不仅给自己消除罪恶，也请求佛祖保佑你一生平安！"沈茹芯拂袖轻拭下眼角的湿泪。

"说完了？"龙祁峻黝黑的眸子闪出一抹狐疑，转而平静下来，轻声问道。有一句话龙祁峻记得很清楚，江山移改，禀性难移。他很怀疑沈茹芯现在的所说所做！

"嗯！您忙吧，我……我回屋了！"语毕，沈茹芯却没有转身，眼中无限期待……龙祁峻没有一丝留恋地转身离开。

"祁峻！我只想跟你说一句话。我所作的一切，都只是因为我爱你！"

龙祁峻只是顿了顿，终是迈步离开！

看着龙祁峻渐行渐远的脚步，沈茹芯双目突地迸发出两道冰冷的光芒，嘴角轻轻抿出一抹弧度，冷笑出声，浑身上下散发着让人冷入骨髓的寒气！龙祁峻，你真的以为我会为你烧香拜佛吗？呸！若不是为了解除你对我的防备，我会如此？本想等我当了女皇饶你一条贱命！现在看来，你龙祁峻就算死一千次也不过分！还有你们全家，我一个都不会放过。到时候就看你怎么跪下来求我了！哈哈！

回到佛堂，沈茹芯跪到蒲团之上，玉手拿起木棒儿，戏谑地把玩起来，眼中一抹嗜血的眸光落在上面！

靖王府

"秦管家，我没看错吧？"杏儿瞪大了眼睛，咔吧咔吧地看着百米之外的夏芊芊和龙祁轩。

"问我？我也正在思考这个问题！杏儿，咱们王妃够厉害的呀。原来眼

睛没事儿的时候和咱王爷斗，那叫旗鼓相当，怎么自从眼睛不好用之后，就占绝对优势了？看看王爷现在，从一只大灰狼一下子变成了小绵羊！"秦管家一双眯缝眼儿也睁到了极限，不可思议地看着远处二人！

"轻点儿！你想捶死我呀！"夏芊芊狠狠地瞟了龙祁轩一眼，一脸的不悦，可心里也不禁好奇这些天龙祁轩的变化。打不还手，骂不还口，指东不西，让立不坐！呵！真好像变了个人似的！是装的？又不像，脸上没有一点怨气！是真的？又好像不太可能！

"现在的力度怎么样？"温和的声音拂过夏芊芊的耳际，龙祁轩唇角一咧，露出一个大大的微笑！

"还行吧！"无可挑剔，夏芊芊只好眯着眼睛享受！

"芊芊，我说的那个事儿，你想的怎么样了？"龙祁轩不经意开口。

"什么事儿？"夏芊芊微睁开睡眼，柳眉轻挑。呢？他有说过什么事儿吗？

"就是关于咱俩的事儿？幸福的事儿？"眸光一亮，龙祁轩探头过来，盯着夏芊芊的落雁之容，等待着夏芊芊的回答！

"幸福？什么幸福?！咱们俩在一起还能谈上幸福！你可别逗了！不过呢，相对来说，你幸福，不如我幸福！你满足，不如我满足！所以呢，你快捶！"夏芊芊蹙了蹙眉头，指了指自己的后背！

"你还真现实！"龙祁轩极不情愿地回到夏芊芊的身后，继续工作！在外人眼里，二人还真像恩爱至极的小夫妻呢！

远处，杏儿和秦管家正看得出神，突然听到府门外有人敲门，忙跑了过去，开门一看，是一个家丁打扮的人。

"两位，我是镇天府的管家。这是我们将军的喜帖，到时还请靖王与王妃大驾光临！"那人伸手将帖子送了上来！

秦管家接过喜帖后恭敬还礼，待那人走后，方才转身走向龙祁轩："王爷！这是镇天府的喜帖。齐虎将军大婚，请您与王妃参加喜宴。"秦管家说话间将喜帖递向龙祁轩，却不想被夏芊芊接了过来。只见那对桃花眼闪着亮光，反复端详着喜帖上的名字。就在这一刻，夏芊芊突然意识到什么，脸色瞬间变色！

"小姐……你……你的眼睛？"

"啊——"夏芊芊急中生智，猛地起身指着手中的喜帖，张着大嘴，灵动的双眼睁到了极限，"杏儿！我能看到啦！谢天谢地，我能看到东西啦！杏儿！"一副久旱逢甘霖的喜悦在夏芊芊的脸上浮现出来。天知道，她装的有多累！眼珠子真的很酸呀！

夏芊芊还想再说点什么能让大家信以为真的话，却被龙祁轩揽了过去。只见龙祁轩剑眉紧蹙，眸光狐疑地盯着夏芊芊那双如琉璃般光彩照人的美目，唇有些颤动："你……你能看到这是几吗？"张开厚实的手掌，龙祁轩期待着夏芊芊的回答！

"这是你的熊掌！对不对？对不对！哈！我能看到啦！小轩子！"夏芊芊紧抓住龙祁轩伸出来的那只手，一脸兴奋地看着他！眼中尽显喜悦之意，可心里却七上八下的，也不知道他能不能相信！

"芊芊！你看到了？你眼睛好了！这……这太意外了！太好了！"龙祁轩眸光流转，闪出一片华彩，双臂突地将夏芊芊搂在怀中，力度大得让怀中的夏芊芊喘不上气儿来，心底一丝暖意划过！

"你……你……你放开！"感觉到龙祁轩温热的呼吸声拂过自己的耳际，夏芊芊的心突地抖动一下。从恍惚中清醒过来的夏芊芊忙推开龙祁轩！

看着夏芊芊一脸的绯红，龙祁轩唇起轻笑。他曾经想过如果夏芊芊失明一辈子，他便会一辈子做她的小轩子。现在，她的眼睛好了，可是这个想法却没有改变。他仍然愿意做她一辈子的小轩子！经过这些日子的相处，龙祁轩越来越确定夏芊芊在自己心里的位置！

第十七章　细布局运筹帷幄

第十八章　镇天府再生枝节

　　天朝镇天将军齐虎大婚，不只龙祁轩和夏芊芊，龙祁峻与沈茹芯亦来捧场。

　　自上次离开靖王府后，沈茹芯一直想找个机会接近龙祁轩。因为自己的关系，龙祁轩与龙祁峻一直是水火不容，因此她很想发展龙祁轩成为自己的人，就算毁了贞洁也在所不惜。反正她现在的目标已然不是正牌儿的太子妃！

　　当走进前厅的时候，沈茹芯的目光便锁定了坐在上座正在品茶的龙祁轩。在齐虎的安排下，沈茹芯不失时机地坐在了龙祁轩的身边！

　　"六弟，好久不见了！"倾城的面容上似有说不出的苦衷，沈茹芯淡淡地开口。

　　"大嫂！"就在沈茹芯出现在前厅的那一刻，龙祁轩便注意到了她。只是今非昔比。经过上次的事儿，龙祁轩彻底看清了沈茹芯的蛇蝎心肠，原本的爱慕之意全数消失。再见沈茹芯，龙祁轩的心中竟有些鄙夷！

　　一声大嫂让沈茹芯的心凉了半截。自打她嫁给龙祁峻到现在，这还是龙祁轩第一次叫自己大嫂！看来男人皆薄幸，以前的山盟海誓全是假的。沈茹芯心中微颤，一种莫明的凄凉在心中游荡！这么多年的经营，到头来居然一无所有！就连对自己痴心一片的龙祁轩都似变了个人！这一切都归功于那个夏芊芊！

　　"大哥，你可来晚了！一会儿得罚你酒！"龙祁轩启唇，扬起优雅而爽朗的笑容。龙祁峻大感意外，他的六弟可有好些年没跟他有说有笑了！

　　"自然！喝多少，凭六弟开口！"龙祁峻的眼底流露出无限释然的神情。多年的疙瘩，总算是解开了！

一旁，沈茹芯端起茶杯，径自举了起来，轻嚜一口。茶杯挡住了她双眸发出的彻骨的冰冷。她的心如撕扯一般的疼，就如当年亲眼看着自己的父亲被砍于菜市口一样！原来她沈茹芯一直都是皇室的玩偶，招之则来，挥之则去！仇恨的火种在沈茹芯的心里越烧越旺！

"对了，芊芊呢？怎么没看见人影？"沈茹芯放下茶杯，眉眼皆是淡淡的笑意。

"哦，她去看新娘子了，估计一会儿就能过来！"龙祁轩轻描淡写了两句，目光一直没有直视沈茹芯！不想看，亦不愿看！

"芊芊！这儿！"说的也巧，正在龙祁轩四处张望的时候，夏芊芊刚好走进前厅。她见龙祁轩朝自己摆手，便走了过去，自然也注意到了他身边儿的沈茹芯，心不由得下沉，眸光有些黯淡。毕竟是初恋，哪会那么容易忘呢！夏芊芊有些忐忑。对于龙祁轩，她自知已经种下情根，只盼不是孽缘吧！

"怎么才来？快坐！大哥他们都来了好一会儿了，正找你呢！"见夏芊芊走了过来，龙祁轩忙抬起屁股，笑脸相对，并将自己的座位让给了夏芊芊，自己则坐在了夏芊芊的身边儿。这个不起眼儿的动作，却让桌上的三人各起心思。夏芊芊自不用说，心里当然是美滋滋的。有些事儿是不用说的。对于龙祁轩的行为，她是相当满意啦！

龙祁峻则不同。他如何也没想到夏芊芊与龙祁轩的关系会好到这般地步。原本在见到夏芊芊那一刻眼底流露出的热度，硬是被他隐了回去。他在心底忍不住叹息，启唇，却说不出一句话。只要芊芊过得幸福，何必在乎这幸福是谁给的呢。笑，却带着些许的失落！

与龙祁峻不同，坐在夏芊芊身边的沈茹芯则是咬碎钢牙。且不说她与夏芊芊的过节，作为女人的虚荣心，已经让她无法承受这种被忽视的感觉了。原本对自己如痴如醉的龙祁轩，才几天的功夫，就对夏芊芊呵护有加，完全无视自己的存在。她不服，对夏芊芊的恨意又增至几分。早晚有一天，她会让所有人都后悔今日的所作所为！

"呀，大哥也来啦！还有大嫂！"参加喜宴，夏芊芊不想惹事儿。况且已经真相大白了，她也不想龙祁峻夹在中间左右为难！唉，谁让她心肠好呢！

"是呀，芊芊，以前的事儿……"沈茹芯秋水翦眸，欲语还休。

"以前的事儿别提了。今天齐将军大婚，咱说点儿高兴的吧！"夏芊芊不是傻子，这沈茹芯最会的就是表里不一。她想演戏，自己还懒得陪呢！索性岔开话题。

龙祁峻见沈茹芯也没出什么乱子，起身向大家招呼一声后，朝着齐虎走去！沈茹芯见龙祁峻离开，盈盈起身，端起桌子上的茶壶："芊芊，难得你不记前嫌，肯叫我一声大嫂。这杯茶，茹芯替你倒上，你且喝了这杯。以后我们以姐妹相称，岂不更显亲近！"没等夏芊芊搭腔，沈茹芯已然凑到了夏芊芊的面前。

"嫂子不必客气，还是芊芊自己来吧！"让她倒茶，谁知道会不会半道儿下药呢！

见夏芊芊伸手过来，沈茹芯暗自较劲儿，手稍稍那么一歪……

"哎呀！"如沈茹芯所愿，壶中的水溅到了夏芊芊的身上。夏芊芊惊叫一声，龙祁轩忙转身回来。

"芊芊，你没事儿吧？"一脸的紧张，看得沈茹芯妒火中烧！

"没事儿！嫂子也不是故意的。你先坐着，我去去就回！"夏芊芊是什么出身，刚才那壶茶，她若是想倒在沈茹芯身上，那是一如反掌。只是在洞察到沈茹芯的意图时，夏芊芊改变了主意。她倒要看看沈茹芯支走自己后，到底要做什么。更重要的是，她也想知道龙祁轩的心！

夏芊芊抖抖衣袖，起身离开了座位，盈盈几步离开了前厅。可谁也没料到，她刚出前厅，就转到厅后面的小门儿，从那里直穿回了前厅，躲在幔帐后面，距离上座的位置不远不近，刚好能听到他们的谈话！

"祁轩，你还在怪我，对吗？"沈茹芯见四下无人，低眉顺眼，白皙的玉手紧攥着丝帕。真情不在，全然假意。她的脸上盛载着些许柔情，眸光闪烁般望向龙祁轩！

"正如芊芊所言，以前的事儿，六弟不想再提。"龙祁轩一脸肃然，没有半点儿表情。

"是吗？就连你我之间的情谊也休要再提吗？祁轩，我这么做为的是什么，别人不知道，不理解，难道你还不知道吗！我……我舍不下你啊！"水眸漾过一丝微光，沈茹芯侧眼见龙祁轩竟没有一丝动容。

"今天的路是你自己选的，没有人逼你吧！"声音清冷，如珠落玉盘，龙祁轩第一次如此理性地质问沈茹芯。

"是！当初是我对不起你，撇下我们的誓言，嫁给了你的大哥。可是谁又能理解我。一个被抄家灭族的小女孩儿侥幸活了下来，她的人生就只剩下恐慌和无助！我的脑子里，除了害怕就是害怕。为了活下来，我不得不找到最好的保护伞！这是我的无奈，是我的悲哀。是我放弃了做你的王妃，试图成为太子妃！可是，在我的内心深处也有一片净土。那里只有你在！祁轩，我错了，我真的知道自己大错特错了。我放弃了这世上对我最好的男人！祁轩，如果可以，我们……我们从头再来，好吗?"哽咽的声音却透着丝丝让人心疼的脆弱。有那么一刻，龙祁轩真的想回身看她一眼，可最终他还是没有如此。

"事已至此，多说无益！大嫂，大哥能饶你一次已经是莫大的恩德了。你我的事儿就让它过去吧！"错过一次，龙祁轩不想再错过第二次。在他的心里也有一片净土。以前是有一个叫沈茹芯的姑娘住在那里；可是现在，那里只属于一个人，就是夏芊芊！

沈茹芯不甘心，仍想以巧言乱其心志："祁轩！只要你愿意，我可以放弃太子妃的位子，和你一起。不管到哪里都好，只要我们在一起！祁轩……"这只是句试探。就算龙祁轩答应，她沈茹芯也不会傻到离开太子府！她只是想知道，龙祁轩到底有没有招揽的可能！

"请恕祁轩直言，在我的心里是有过大嫂，可是那是以前的事儿了。现在到未来，我只想，也只会和一个女人在一起，那就是我的王妃！失陪，我想去看看芊芊弄好没有！"没有半点的犹豫，龙祁轩起身朝厅外走去。

看着龙祁轩的背影，沈茹芯的眼眸迸发出逼人的寒气。宁可我负天下人，不可天下人负我！

幔帐后面的夏芊芊睁着她琉璃般光华灿烂的美目，神色凝聚。她怎么都没有想到龙祁轩竟如此坚决地回决了沈茹芯。不止如此，他还如此直言不讳地道出对自己的真情！她的手中沁出湿汗，唇却绽放出幸福的笑靥！

他心里有她，亦如她心里有他一般！

在看到龙祁轩离座后，夏芊芊忙从后门儿蹿了出去。

走出前厅，龙祁轩不禁回头看了看厅内一人独斟的沈茹芯。不管是真是假，他与沈茹芯的缘分就此了结。此生，他只想对一个女人好！

"芊芊！"就在龙祁轩转回头的时候，却发现夏芊芊就站在自己的面前。她清澈的眸子宛若水晶，满头青丝倾斜，瑰丽的紫衣在日光下划过灿烂的惊鸿，风姿杨柳，倾国倾城！此时的夏芊芊比任何时候都美。龙祁轩只呆呆地看着自己的王妃，一言不发！

"你找我？"夏芊芊清浅一笑，眸中一抹诡异扫过，定定地看着龙祁轩！

"我……我哪有，只是里面太吵，出来透透气而已！你可别告诉我，你一直站在这儿，好让阳光把茶水弄湿的部分晒干。"

"是呀！你怎么知道？"黛眉轻挑，夏芊芊不打算否定龙祁轩的猜测！

"不是吧！你还真聪明！"龙祁轩哭笑不得。他真拿这个古灵精怪的夏芊芊一点儿办法也没有！唉，这辈子是让她吃定了！

"先别说这个，你是不是应该谢谢我呢？"夏芊芊启唇轻笑，眸光流转出一片霞光。

"谢你？为什么？"龙祁轩不解，说起来他照顾夏芊芊也有段日子了。虽然他从来没有奢求过夏芊芊的感谢，可总不能反过来让他说声谢谢吧！

"看来你是明知故问呐！刚刚我可是为你和那个沈茹芯打开了方便之门啦！怎么样？我算大方了吧！"清脆的声音中夹杂着一丝戏谑，夏芊芊倒要看看龙祁轩怎么回答！

"芊芊，你说什么呢！你……"他的眸光抹出一丝黯淡。难道夏芊芊真的不知道自己的一片痴心吗？是自己之前伤她太深？

"我怎么？你可别得了便宜卖乖啊！我夏芊芊可不是什么时候都这么大方的！还不快谢谢我！"

"芊芊，你这话我听出来了。你这是在嘲讽我呢！没错，之前不入洞房、乱入妓院、痴情茹芯、冤枉你的那些事儿都是我不对！可是自从你再回靖王府，我真的想和你重归于好！芊芊，我是认真的！说实话吧，我……我……我爱上你了！"龙祁轩舍下颜面，突地伸出双手，紧握住夏芊

芊的双臂，目光如湖水清澈，闪出一片华光！

"你……药可以乱吃，话可不能乱说！你这笑话儿可一点儿都不好笑！"一抹绯红窜到了夏芊芊的脸上。她还真没想到龙祁轩这么直截了当呢！原本的优势全无。此时的她，面对龙祁轩的告白，手足无措！

"如果我告诉你，我没有开玩笑呢！这是真的！我是真的爱你！因为以前的事儿，你可能不会那么容易相信我。但是我要说的是，以后不管再发生什么情况，我都会选择相信你！在你遇到危险的时候，我也会选择第一个冲出去帮助你！你，夏芊芊，已经住在了我这里！"拍了拍自己的胸膛，龙祁轩一口气将自己心里的话全都说了出来！

"你！你……说的可是认真的？"夏芊芊美目微抬，眸光柔情似水，心在这一刻软塌下来。在龙祁轩的目光里，她看到了真诚。她亦相信，这一次，龙祁轩没有骗她！

看着夏芊芊用狐疑的目光期待地看着自己，龙祁轩双手加重了力度，紧紧地将夏芊芊揽入怀中："认真的！没有什么时候比这一刻更认真。芊芊，给我一次机会，让我证明我所说的话，好吗？我保证不会再让你失望！"同样期待的目光闪现在龙祁轩的眼睛里。

"嗯！祁轩！让我们重新开始吧！来了这么久，也许我也应该有个属于自己的家了！既然上天要我入了你的洞房，就注定了我们此生有缘！应该是吧！"卧在龙祁轩怀里，夏芊芊第一次感觉到他的心，在强烈地跳动！很强烈！

后厅内，龙祁峻见四下无人，一双剑眉紧蹙而立。

"太子！您的意思是夜越国的奸细已经到了京城？"齐虎说什么都没想到会有这种事儿发生，薄唇张得老大，一副不可思议的样子！

"何止如此！他们已然渗透到了朝中各级别官员的府上。有的官员甚至已经背叛了天朝！"龙祁峻并不是胡乱猜测。根据郑谨天的情报，现在朝中必然有与夜越国奸细串通的官员！

"会有这么严重？"听了龙祁峻的话，齐虎大惊失色，原本的喜气全无，替代的却是一脸的肃然！

"嗯！现在敌在暗，我在明。我的一举一动估计完全在这些奸细的掌握之中，这也是我之所以选择在今天跟你说这些的原因。这些日子，我不想跟你交往甚密，引起奸细对你的注意！这样，你就有机会在暗处追查到底朝中哪些大臣与夜越国有来往！"满朝文武，龙祁峻只对少数几个推心置腹，坦言相对。这齐虎便是其中之一！

"属下领命！"齐虎神色一凛，手在袖中微微颤动！

"目前，摆在明面上的就只是郑谨天府上的丫鬟慕容雪。不过那个人郑谨天自会应付。一旦他们有所行动，你要第一时间配合郑谨天！"龙祁峻的眸光淡淡地扫向齐虎，束手而立。

看着一脸忧心的龙祁峻，齐虎定了定心神，缓缓走到了龙祁峻的面前："太子请放心！齐虎定会查出是谁背叛天朝！"眸光漫出一丝镇定和决绝，齐虎双拳紧握，信誓旦旦！

"若不信你，自不会与你说这些！时辰差不多了，咱们快出去。若误了时辰，纵然我是太子，也担待不起啊。"太子拍了拍齐虎的肩膀，薄唇轻抿宠溺般地看着自己的爱将！

"太子言重了！"齐虎深施礼。二人分别离开了暗地，回到了自己该呆的地方！

"祁峻！你怎么才回来？芊芊还问起你呢！"见龙祁峻从外面进来，沈茹芯眉眼间皆露着笑意，盈盈起身，搀着龙祁峻坐了下来！

"你们先聊！我离开一下！"见三人坐稳，沈茹芯离了座位，朝着门外走去。此时的她，全然没有必要观察那夏芊芊是如何勾引那龙家兄弟了。因为她还有一件更重要的事情要做。那便是柳青青！也是时候让柳青青出场了！

这时，听到外面三声锣响，伴随着外面的锣鼓喧天、鞭炮齐鸣，齐虎的婚礼在众人的瞩目中开始！

"怎么？羡慕了？放心吧，我认定了你，就会全心对你，自然也不会让你有任何的遗憾！你不需要羡慕任何人，因为我会让你成为这世上最让人羡慕的女人！过不了多久，我会给你一个惊喜！"见夏芊芊如痴如醉地看着新娘，眼中尽是羡慕，龙祁轩不禁在她耳边轻道。

闻此，夏芊芊转头。下一秒，晶澈的眸中，水雾漫出点点星光，不可

置信地看着龙祁轩。什么时候，面前的男人变得如此体贴温柔？如此善解人意？就连一旁默不作声的龙祁峻也因龙祁轩的话语感动了！看来这一次，夏芊芊是真的有了好的归宿了！

"怎么？你不信？我可以发誓！我龙祁轩会用一辈子的时间来完成这个愿望！芊芊……"龙祁轩认真起来，还真让人吓一跳呢！

夏芊芊忙捂住龙祁轩的嘴，而后抖了抖身上的衣襟。龙祁轩不解，狐疑地看着夏芊芊。

"你呀！什么时候变得这么肉麻啦！我这一身的鸡皮疙瘩得赶快抖下去呢！"清亮的眸子深情地看着眼前的男人。看来她是找到了一生的归宿了！心，无限释然！

新人拜堂之后，酒宴开始。众人均端杯畅饮。尤其是上座的龙祁轩与龙祁峻，兄弟之间多年的误会终于解开了，二人自然毫无隔阂，尽情对饮！一旁的夏芊芊也没闲着，一个劲儿地倒酒。看着两兄弟能冰释前嫌，她心里也有说不出的欣慰！

就在这时，夏芊芊突然瞄到了沈茹芯正鬼祟地看向自己。当自己的目光对上她时，她的关注却又忽然消失！

"你们先喝着！我去去就回！"秋水明眸染上复杂的神情，夏芊芊轻放下酒壶，朝着沈茹芯的方向大步而去！

夏芊芊果然朝着自己走了过来。沈茹芯翩然转身，嘴角噙着一抹诡异的笑容！

呃？在哪儿呢？明明在这儿看到的！来到沈茹芯刚刚出现的地方，却没有看到慕容雪的踪影，夏芊芊不由地双眉紧蹙。去哪儿了呢？就在这时，突然有人自夏芊芊的颈项猛敲了一下。带着惊讶，夏芊芊终是晕了过去！

镇天府

酒宴早就散得差不多了，前厅里的大小官员走了大半，齐虎也早进了洞房。只剩下一些嗜酒之人，还未尽兴，正对酒斟杯，好不热闹！

龙祁轩从未像今天般如此畅饮，此时的他早就晕晕乎乎的了！

"六弟，咱们是不是也应该撤啦！我送你回去！"龙祁峻走到龙祁轩的面前，扶着醉得一塌糊涂的龙祁轩，溺爱地看着自己的弟弟，久违的亲情全都涌上心头！

醉眼朦胧的龙祁轩笑眯眯地看着龙祁峻："我要在这儿等芊芊！"在提到夏芊芊的时候，龙祁轩眼中的温柔让龙祁峻着实羡慕。这眼中的温柔非祁轩一人所有。在看到夏芊芊的时候，祁峻的目光何尝不是如此。可现在，只有龙祁轩才有这种资格。而他，也只能默默地祝福夏芊芊此生幸福！

龙祁峻的眼底闪过一线暗淡，转身离去！

第十九章　一朝醉失足成恨

等了许久，龙祁轩仍不见夏芊芊回来，便离开镇天府。只是喝的太多，他每走一步都会晃上两晃。就在这时，一股香气扑鼻，龙祁轩咣当一声倒在地上！

一觉醒来，天已经大亮。龙祁轩只感觉头痛欲裂，耳边似听到女子啜泣的声音。芊芊？

"芊芊！"他猛然睁开双眼。眼前的一切让龙祁轩大惊失色！

被撕扯得不成样子的衣服零落地铺在地上。床角下，一女子正掩面轻泣，满头乌丝散在玉肩之上！

"青青！"

女子听到动静，稍一转身，一双幽怨的美眸含着湿润与龙祁轩四目相对！看着满地的狼藉，就算柳青青不开口，龙祁轩也猜到八九！

"你……别……别过来！"柳青青见龙祁轩起身，娇容失色，仓皇地爬到角落里，用力想将自己藏起来。她一脸恐惧地看着龙祁轩，怯懦的眼眸瞬间涌出热泪，失声痛哭！

"我……我是龙祁轩！青青！你……我当真对你……"他的声音带着前所未有的颤抖，眼眸流露出恐慌，等待着柳青青的回答！

看着龙祁轩的眼眸越发的湿热，地上的柳青青早已泣不成声！

"不……不可能！这怎么可能！我……我怎么对得起芊芊呐！"龙祁轩做梦都没想到会发生这种事儿。整个人呆傻地坐在床上！

就在这时，柳青青突然站了起来，拿起桌子上的匕首，朝着自己的右腕猛地割了下去！鲜血迸出。柳青青忍着剧痛，竟大笑起来，笑得花枝乱颤、梨花带雨。笑声中的哀怨震撼着龙祁轩的每根神经！

"青青!"顾不上多想,龙祁轩腾地从床上蹦了下来,握住柳青青流着血的右腕,不可置信地看着柳青青。

"青青!你……这是做什么!"在为柳青青止血包扎后,龙祁轩扶着柳青青坐在了床上。

床上女子身上染着星星点点的血迹,面容惨白一片,发丝蓬乱地纠结在一起,苍白的唇虽颤抖,却没有一语言语,泪如雨下!

"青青!我……对不起!我……喝太多了!你……"面对这样的柳青青,龙祁轩真的不知道说什么,该如何说!虽然外界传言自己包下柳青青,但龙祁轩再清楚不过,柳青青是怎样的洁身自好,出淤泥而不染!

"王爷,您不用说什么。我明白您的意思。您放心,青青什么也不会说。本是贱命一条,王爷又何必救呢!"凄惨的嗓音透着淡淡的自嘲,泪眸闪烁!

"青青!你误会了,我……我不是这个意思!只是……只是我喝的太多了,根本记不得到底发生了什么事情。"龙祁轩懊恼地开口,刚毅的俊容上写满了痛苦!

半晌,柳青青缓缓站了起来,赤着脚踩到了地面上。凉从脚底直窜到心里。她走到桌子边儿,抬眸看着龙祁轩,苦笑着启唇:"王爷当真不记得昨夜之事?"过度的悲伤,让柳青青全身战栗。摇曳的身体如柳枝般倒落下来。好在她及时撑住桌子。龙祁轩正欲上前搀扶,却让柳青青抬手止住!

"青青,我真的不知……这是哪里……你……不应该在醉仙楼的吗?"龙祁轩狐疑开口!

"我离开醉仙楼已经是很久的事了。王爷多日不来自是不知。青青只想从良。这里便是青青的居室,虽然小,却住得安心。昨日青青路过镇天府,见王爷晕倒在地,便将您扶回住处,却不想……"柳青青颓败地启唇,潸然泪下!

"青青!我……我昨夜真的侵犯了你?"龙祁轩颓废地蹲在了地上,一双鹰目迷蒙!

"青青与王爷相交多年,对王爷的为人知之甚深!若非酒后误事,王爷也不会做出这等糊涂之事。青青不怪王爷!此事青青权当没发生过。王爷

也不必介怀，还是早些回府，莫让王妃久等了！"柳青青抬首，玉手抹着眼角的泪痕，忍住啜泣，款款走到龙祁轩的面前，俯身搀起绝望中的龙祁轩！

看着双眸含泪的柳青青凄惨又可怜地站在自己的面前，龙祁轩低下了头。受了如此伤害的柳青青竟不计较自己对她的伤害，处处为自己着想。想着自己与沈茹芯分手的这几年，幸有柳青青在自己身边，听自己诉说苦楚，帮自己排解困惑。可自己给她带去了什么？多年友情？自己真的要一走了之吗？龙祁轩的心如撕裂般的疼，突地反手握住柳青青的玉手！

"青青！你把我龙祁轩当成什么人了！我绝不会一走了之的！跟我走吧！青青！"他薄唇轻颤，眸光坚定！

"可是……可是我……我怎么可能进得了靖王府。人言可畏……"柳青青想挣脱龙祁轩的束缚，哭得更加凄惨！

"青青！我怎么可能让你为奴为婢！我……我……我要纳你为妾！"事情到了这个地步，龙祁轩也是骑虎难下。除了娶柳青青之外，再也没有更好的办法了。心有如被撕扯般疼。在说出这句话的那一刻，他的眸中突的湿润起来。芊芊！他的脑中闪出夏芊芊醉人的笑容！龙祁轩深深吸了口气，硬是将眼泪全数逼了回去！

靖王府门口

当夏芊芊醒来的时候，自己已经在靖王府了。只是听秦管家说，龙祁轩竟一夜未归，而且亦不在镇天府。夏芊芊心急如焚，差了府上所有的下人去找，直到黄昏，仍没有龙祁轩的影子！

"小姐，您回去歇会儿吧！说不定一会儿姑爷就回来了！说不定……姑爷！"杏儿说话间，正看到龙祁轩自转角处出现！

猛地转身，夏芊芊终于看到了她担心一夜的龙祁轩。满载柔情的眸子望着朝自己走过来的龙祁轩，没有片刻的犹豫，她便朝着龙祁轩冲了上去！

"祁轩！"一双玉臂紧紧地搂在龙祁轩的脖子上，泪忍不住一滴滴地落在龙祁轩的衣领上，夏芊芊呜咽起来！

"芊芊，你怎么了？怎么哭了？"龙祁轩呼吸陡然一紧，双目黝黑！

"你去哪儿了嘛！让人担心死啦！干嘛不等我！干嘛不等我呀！干嘛要

丢下我！呜呜呜……"失而复得的珍惜，让夏芊芊突然感觉到龙祁轩对自己来说是多么重要！

"我……我这不是回来了！好了，别哭了，再也不会发生这样的事情了。我再也不会丢下你了，永远都不会！不会。"龙祁轩轻蹙着眉，手轻轻地拍着夏芊芊的背，唇来到夏芊芊的耳畔缓缓说道！上天跟他开了个多大的玩笑啊。他费尽心力才得到了夏芊芊的心，偏偏又多了一个柳青青！

"你去哪儿啦！害得我担了一夜的心！"冲动过后，夏芊芊松开了龙祁轩，玉手抹着脸上的眼泪，小嘴撅得老高！

"我……我……"龙祁轩启唇，却不知道怎么说。夏芊芊看着他欲言又止的样子，也不催促，拉过龙祁轩的手，紧紧地握在手里："走，回府吃饭！我早就准备好早膳啦！"夏芊芊看着龙祁轩的眼睛荡出无限温情，在听到自己的心声后，心反而有种释然的感觉！

让夏芊芊没有想到的是，龙祁轩并没有动步，被自己拽着的那只手也抽了回去！

"芊芊，我……我不是一个人回来的！"龙祁轩见夏芊芊一脸疑惑，转头，朝着相反的方向走去！

"祁轩，你去哪儿？"夏芊芊被龙祁轩弄得一头雾水，正要追上去问个清楚，却在柳青青出现的那一刻，呆立在原地。她全身的血液一瞬间凝固，全身如刀割般疼痛。自己所爱的男人竟拉着别的女人的手！

"柳青青叩见六王妃！"唯唯诺诺地俯身行礼，柳青青畏缩着低头，不敢抬眼迎上夏芊芊的目光！

"柳青青？"夏芊芊看清来者的面容，所有的回忆全都涌上了脑子。新婚之夜，龙祁轩便是在她那里过的夜。她怎么会出现在这儿？

"芊芊，是这样的，昨夜……"龙祁轩把心一横，索性想把昨夜的事儿向夏芊芊坦白。要他说谎，他做不到！

"王爷！"柳青青看了一眼龙祁轩，转而低头，"回王妃，青青昨日在路上碰到六王爷醉酒，且身边无一人伺候，本想将王爷送回王府，可王爷当时已经醉的一塌糊涂了，青青也只好将王爷扶回自己的寒舍。王爷心好，

清晨醒来见青青孤苦无依，便将青青带回靖王府做个下人，也好维持生计！"她的声音略微有些颤抖。自始至终，柳青青也没抬眸看一眼夏芊芊！

"你是说龙祁轩昨夜是在你那里过夜？"胸口像刀绞一般那样痛，抑制住就要掉下来的泪滴，夏芊芊挤出这几个字。为什么？为什么昨天才对自己说那么刻骨的话，却在转眼间倒在了别人的怀里！

"芊芊……我……"

没等龙祁轩说完，夏芊芊愤然转身走进靖王府！

"姑爷，我家小姐找了您一天一夜。您倒好。"一波未平，一波又起。沈茹芯的事儿刚过，又跳出了个柳青青。难道真的叫好事多磨吗？可这也太折磨人啦！杏儿无语地看了眼龙祁轩，转身离开。

城郊的破庙

端木尘瞥了眼身后的慕容雪："沈茹芯找的那个柳青青真的可靠吗？"

"回太子，绝对可靠。据沈茹芯说，龙祁轩与这位柳青青的关系本就非同一般，再加上前晚的一场戏，相信龙祁轩不会置柳青青于不顾！纵使他现在不肯纳柳青青为妾，等一个月后，他也别无选择！"慕容雪信誓旦旦地开口，一副胸有成竹的样子！

"呵！没想到龙祁轩还有这么段艳史！做的不错！那就将行动定为一个月后！"端木尘冷冷开口，唇角微扬。虽然还有一个月，但他仿佛已经看到了天朝众臣中毒而死的精彩场面！

一个月的时间匆匆而过。这一个月中，无论龙祁轩如何哀求，夏芊芊几乎没有离开房间半步。她的眼前经常会浮现出那幅画，那首诗：

"曾为你洗手做羹汤，细工女红，为你回文锦书，点灯旋墨，为你痴痴等，苦苦盼。弹指红颜，刹那芳华，不过是百年孤寂里的寂寞幽香！而我真的用这一生一世，只换你半点相思，风起，吹起衣衫。轻皱眉宇，薄愁微激。只是你一直没有出现！韶颜稚齿，终究饮恨而终！"

夏芊芊真的害怕了。她怕自己早晚有一天会变成画上的怨妇，她更怕让自己成为怨妇的就是面前这个男人！

为了不让自己活活憋死，夏芊芊在龙祁轩不注意的情况下溜出靖王府。

杏儿自是留守房间！漫无目的地走在大街上，一阵入骨的苍凉自夏芊芊的心中涌出。回想那一日，龙祁轩的誓言言犹在耳。可不到一夜的时间，他竟带着一个柳青青回来！说是没事发生，可那张脸分明写着欺骗二字！是要忍，还是放弃？夏芊芊的脑海里再次想到那张画中的女子。这一刻，她恍然。既然原来的夏芊芊在入洞房之前就已经死了，自不会洗手做羹汤也不会细工女红，更谈不上回文锦书、点灯旋墨了啊！毫无疑问，那画中的女子啊！

第二十章　沈茹芯阴谋继续

　　明知道结果，还要坚持吗？夏芊芊突然狠摇脑袋，仿佛要将所有的烦恼全都摇出去一般。就在这时，一抹身影倏地闪过。夏芊芊猛地一震，转眸望去，发现竟是沈茹芯。看她一副匆匆忙忙的样子，定是有什么见不得人的事儿！夏芊芊出于好奇，竟随后跟了上去！

　　到底是没练过功夫的，夏芊芊都快贴在她背后了，沈茹芯还是一点儿也没意识到。夏芊芊就这样跟着沈茹芯左拐右拐的，不知不觉已经出了闹市！

　　没有遮挡物，夏芊芊的速度自然放慢，远远地跟在沈茹芯的后面。这时，不远处出现了一个破庙，里面似乎有人！

　　"太子妃好像晚了半个时辰了！"回眸，慕容雪的眼睛定定地审视着面前的女子。虽然一身粗布衣裳，但却难掩沈茹芯的娇艳。而这娇艳之中隐隐透出的阴冷之气，倒让慕容雪另眼相看。如端木尘所言，此人还真是一身的阴郁之气！

　　"为什么要选在这儿？"沈茹芯没理会慕容雪的质问，反问道！要知道，她是费了多大的劲儿才偷跑出来。非常时期，她不能再有一点儿把柄落在龙祁峻的手上。现在自己的丫鬟正替自己跪在庙堂烧香礼佛，轻敲木鱼呢！

　　"上一次是不得已。主人一定要看到协议才会相信太子妃的诚意，雪儿才会冒险进到太子府。以后这里便是你我接头的地方！雪儿是想问，太子妃的好戏演得怎么样了！另外，我听闻天朝将军东方绝是太子妃父亲的旧部？如果能将他招揽过来，我们的胜算便又多了一成啊！"慕容雪依着端木尘的意思，欲将早对天朝有所不满的东方绝拉拢过来，为己所用！

　　"其实不用你们说，我已联系过东方绝了。虽然他说的很含糊，但我看

得出来，他有投诚的意思！不过要看你们能给他多少回报了！"要想拥有天朝三分之一的国土，沈茹芯就必须培养自己的势力。这点不用人教，她也会做！而东方绝则是她的首选。且不说他手中有二十万御林军，早对天朝不满，就凭当年她的父亲对东方绝有救命之恩，他投诚的机会也超过百分之五十了。最主要的是，就算他不愿意，也不会去揭发自己！

"只要他肯投诚，我们夜越国自不会吝啬。现在最主要的就是我们的计划！"什么回报？哼！他会得到什么回报不好说，毕竟是个将军；不过你有什么回报早就定下来了，就是死！慕容雪的眸子里突然闪过一丝寒光，不过须臾便恢复如初！

门外，夏芊芊听着二人的对话总觉得怪怪的。什么东方绝，什么投诚，还有什么协议，怎么一句也听不懂呢？不过有沈茹芯在，定不会谈什么好事儿！而且听起来好像在预谋什么大事儿一样！看来自己有活儿干啦！没想到在古代，还有这样的大案子让自己过瘾！

"雪儿姑娘还有别的事儿吗？"能说的她都已经说了，沈茹芯可不想耽误太久。要知道，现在的她不能再走错一步，说什么也不能让龙祁峻再握住一点儿把柄！

"没有了！茹芯姑娘先回吧，一路小心！"

"那就告辞了！还有，如果没有什么特别重要的事儿，还希望慕容姑娘不要轻易约我见面！"没待慕容雪应话，沈茹芯已然迈出了庙门！

这么傲慢！慕容雪暗自轻哼一声，鄙夷的目光注视着沈茹芯慢慢地消失！

夏芊芊在沈茹芯出庙门的前一刻，已经离开了破庙，欲回靖王府。一路上，夏芊芊都在想着刚刚听到话。虽然听出了端倪，可一时之间让她想通还是很难。这一路边走边想的倒也走得很快，一会儿功夫她已经到了靖王府门前。或是太过专注，夏芊芊忘记了自己是偷偷溜出来的，竟从正门走了进去！

刚一进门，她便看到柳青青与众丫鬟一起搬着什么似的！虽然很不情愿，但夏芊芊还是忍着走向柳青青："青青，进门是客。搬搬抬抬的活儿不用你做！"夏芊芊淡淡开口。不管柳青青与龙祁轩之间有什么关系，夏芊芊也不好撕破脸！

"多谢王妃。不过青青也只是丫鬟，自然应该做些事了。否则青青心里不安！"柳青青语带双关，眸光故意忽闪着避开夏芊芊，疾步离开！

原地，夏芊芊的心似被针猛地扎了一下。还需要追问吗？事实就摆在面前！

当夏芊芊神游一般回到房间之时，杏儿狠吁出一口寒气！

"小姐您可回来了！这一下午，姑爷不知敲了多少次门！快把我吓死了。"杏儿边说边摸着自己的心脏！一颗心直到现在还扑通扑通跳个不停呢！夏芊芊仿佛没有听到杏儿的话，呆呆坐在那里，一动不动，任杏儿舌灿莲花亦无动于衷！

就在杏儿意识到自家小姐哪里不对之时，夏芊芊突地站了起来，把正欲开口询问的杏儿吓了一跳！

"小姐，您没事儿吧？"杏儿狐疑开口。

"杏儿，你老实地呆在家里，不许惹事儿。我得出去一下！"留下这句话，夏芊芊再度推门离开！

太子府

龙祁峻没想到夏芊芊会主动来找他，在听到下人来报后，原本深锁的眉头不自觉地松开了很多。没等下人回传，他便亲自迎了出去！

"芊……弟妹，你怎么来了？"他深邃的眸光散发着连月光都望尘莫及的温柔，唇启，荡开笑容！

"叫芊芊就好，怎么，不欢迎吗？"夏芊芊挑眉，悻悻道。

"哪里！芊芊请进！"他岂会不欢迎啊！

"怎么没看见太子妃？"这是她此次来的目的。想来沈茹芯的事儿，他也未必知道！

"她在庙堂礼佛呢！怎么，你是来找她的？"龙祁峻的心底有一丝失落和疑惑。失落她找的不是自己，疑惑的是她怎么可能会找茹芯？

"没……没有随便问问的。"说，还是不说？这是个问题！

"芊芊，你是不是有什么心事？"看着夏芊芊神色异常，龙祁峻自是知

第二十章　沈茹芯阴谋继续

167

道其中玄机。只是关系到天朝的安危，他断不能现在告诉芊芊！但这其中，也有他一点点的自私。

"呃，没有！天气这么好，带我到碧湖转一圈儿吧。"夏芊芊顾左右而言他，轻笑着开口！

"呃，你不是怕水的吗？"

"有你在嘛！我不怕！"夏芊芊轻笑着开口，迈步走出正厅！她倒要看看，沈茹芯是不是真的在吃斋念佛！

当龙祁峻陪着夏芊芊来到后园的时候，突然传来一阵木鱼声！夏芊芊急走两步。声音越来越清晰。佛堂内，沈茹芯果然在那里轻敲木鱼！

衣服换的倒还真快！看着沈茹芯的背影，白天的一幕顿时浮现在夏芊芊的脑海里。夏芊芊柳眉不由得皱了起来！连串的问号浮现在夏芊芊脑袋里！一侧，龙祁峻将这一切尽收眼底。难道沈茹芯有什么问题？龙祁峻暗自揣摩。看来他应该再观察沈茹芯一段日子了！

夏芊芊在确定沈茹芯回到太子府后，满腹心思地离开太子府。看着夏芊芊离去的背景，龙祁峻自心底愧疚！芊芊，如果我做了什么对不起你的事，在整个事情平息之后，我定会负荆请罪！芊芊，别怪我。

镇天府

郑谨天一身素裳自府门而入。齐虎自是亲自迎了出来："郑大人请！"郑谨天的到来，齐虎心里有数。当天大婚之时，龙祁峻曾告诉过自己，郑谨天家中有夜越国的奸细。如今郑谨天来找他，定然是有重要情报！

"齐将军，我这可是不请自来呀！"露出淡淡的笑容，郑谨天随着齐虎进了镇天府。二人谈笑着走进了前厅。

"谨天兄，我近日打了一只雄鹰，甚是奇特。还请谨天兄帮齐虎鉴别一下！"说罢，齐虎起身，朝里屋走去。郑谨天随后也跟了上去！

后屋有一密室。二人进了密室后，齐虎反手关紧门，转身走到郑谨天的面前，眸光忧虑地看着郑谨天："你的事儿，太子已经跟我说了。夜越国真是越来越嚣张了！早知道如此，上一场仗真应该乘胜追击灭了他们！"齐虎愤愤不平。

"皇上仁慈，向来敌不犯我，我不犯敌。不过这一次，夜越国不知派了多少奸细到我朝廷内部！现在事态很严重了！"郑谨天的眸子闪出一丝凛冽，又看了眼齐虎，"你知不知道，连田岂南田大人都成了他们的人！"

此话一出，齐虎大惊失色，竟倒退了数步，心顿时不安起来："什么？田大人他……照你这么说，此事还真不能小视。连左侍郎都成了夜越国的内奸，真不知道还有多少人背叛了天朝！"齐虎感觉到前所未有的压力！

"不止如此！他们还想借着天朝皇室办喜宴之际，毒杀所有朝廷重臣！"郑谨天一言，齐虎更是惊愕非常！

"这……怎么可能？再说皇室哪有喜宴可办？"齐虎疑惑开口，剑眉紧皱！

"这就是我来的目的！也算是老天有眼！他们选定之人正是六王爷！六王爷曾在青楼有一红颜知己柳青青。慕容雪以重金收买柳青青，让她勾引六王爷，之后逼六王爷纳妾。幸尔这位柳姑娘深明大义，私下将此事告知太子！太子决定将计就计，到时候，将所有夜越国的奸细一网打尽！"郑谨天亦觉得这个计划堪称完美。只是委屈了六王爷和六王妃，但这也是情非得已！

"这样，那六王爷知道此事？"齐虎狐疑开口。

"还不知道。太子殿下的意思是，如果柳青青能说服六王爷，这件事还是越逼真越好！否则让慕容雪他们看出端倪，再想抓他们就难了！"郑谨天解释道。

"这样，倒是委屈了六王妃！"齐虎有些叹息开口。

"事已至此，我们别无选择！齐虎，这些日子你暗中调一队人马到皇城，以备不时之需！还有，太子要你这两天以狩猎之名到太子府找他。他有要事相商！"郑谨天眸光坚毅。不久的将来，定会有一场硬仗要打！

"好！"齐虎拍着胸脯，信誓旦旦。

自上次离开太子府，夏芊芊越想那日破庙之事越是放不下心，可又不能跟龙祁轩商量。那厮指不定和柳青青你侬我侬呢！翻来覆去地思量几日之后，夏芊芊终于再入太子府！

可也巧了，就在夏芊芊刚要走进太子府的时候，正遇到龙祁峻与齐虎

将军走了出来！

"芊芊？"龙祁峻眸光绽亮，柔声开口！

"呃，齐将军也在啊！"夏芊芊有禁挠头，本想和盘托出的，现在又多了个齐虎。糟糕，说还是不说，这又是个大问题！

"属下叩见六王妃！"齐虎恭敬施礼。

"免了，免了。那个，你们要去狩猎？"夏芊芊看到二人身侧一人一匹骏马。

"怎么，芊芊也有兴趣？"龙祁峻淡淡开口，眸光温柔！

"嗯，可以带我去吗？"看来现在说似乎不是很方便，那就到猎场再说了！

龙祁峻心中一怔，登时生出一丝惊喜！

"如果不嫌弃，就请上马！"龙祁峻微笑着看向夏芊芊。夏芊芊自不推辞。翻身上马后，三人驰骋猎场！

第二十一章　欲纳妾再施诡计

猎场

到了猎场，夏芊芊本以为龙祁峻与齐虎会下马，却不想二人竟商量起赛马的输赢！

"芊芊，想感受一下'赤雁'的速度吗?"龙祁峻轻声开口。既以狩猎为名，自然要做做样子。龙祁峻可不敢保证夜越国的奸细已经渗入到什么程度了！这一次，他绝不能掉以轻心！

"嗯。"夏芊芊还真是想兜风了！就算是驱散一下她内心的郁闷吧！

见夏芊芊同意，龙祁峻侧目看了眼齐虎！

"齐虎！若是赢了我，那把青玉剑就归你了！"

龙祁峻一语刚落，齐虎已经飞身出去："那微臣就不客气啦!"

见齐虎跑了出去，夏芊芊可急了："快跑呀，不要你的青玉剑啦！快呀！"龙祁峻微笑着低眸，宠溺地看着怀中的女人，心里无限满足！纵使不是自己的妻子，只有这一刻的相拥便足够了！

"没事儿。有你在，谁也不会赢我！"龙祁峻双手拉起缰绳，双脚一紧。赤雁咴咴嘶鸣，踏着前蹄，似听懂了龙祁峻的话一般，只待主人一声令下，便毫不犹豫地冲上前去一展雄风！

没过多时，龙祁峻的赤雁已然追上了齐虎！齐虎错愕："太子，你的赤雁今天有点儿发挥超常了吧!"按道理说自己的"白狐"就算不比"赤雁"厉害，但也不会这么快就追上了吧！

"齐虎，你可不要输得太惨了。"龙祁峻爽朗大笑，嗖地超过了齐虎！

夏芊芊头一次感觉到骑马是这么快乐的一件事儿，就好像真的坐在开

到最大迈的宝马车上一样，任凭风在自己的耳边嗖嗖而过！

看着怀中的夏芊芊，龙祁峻眸光闪烁，流转出一片色彩，唇启，带着魅惑的浅笑。夏芊芊飞起的秀发拂在龙祁峻的身上。一种说不出的悸动窜至他的全身！

"哈哈！我追上来啦！"齐虎铆着劲儿，好不容易追了个平手！

龙祁峻侧目，淡笑出声："是吗？驾！"他双腿用力，赤雁似接到指令一般，猛然爆发起来，嗖地冲到了前面！

"龙祁峻！你好棒！加油！"夏芊芊从来没有像今天这般放松过！她突然张开双手，整个身体迎着正面吹来的风，放肆地享受着这种冲击！

"啊！好刺激啊！"感受到夏芊芊的这份热情，龙祁峻有着说不出的窝心，真想这辈子就这样一直下去，永不落地！

"芊芊，我爱你！"这样的氛围中，龙祁峻不经意说出了自己心底的话！

"什么？龙祁峻，你说什么？大声一点儿，我听不清！好快啊！哈哈哈！"比过山车还要快。夏芊芊真的完全沉浸在畅快淋漓中。

龙祁峻惊讶自己刚刚的表白。好在夏芊芊没有听到，否则以后要如何面对她！

"没有，你坐稳点儿！"

"嗯，我不怕。有你在，我不怕！再快些！"眸间有一丝的酸涩，只有片刻便恢复如初。其实，她都听到了！

"对，我会保护你的！放心吧！"这便足够了，何必要求太多。上天对他已经不薄了。能与夏芊芊这样地纵横驰骋，对他已经是莫大的恩惠！龙祁峻别无他求，双腿再一次加大力度。赤雁似乎也感觉到主人的心境，于是使出了全身的力气，朝着前方直冲过去！

"太子！我是真服了你和你的赤雁啦！"齐虎喘着粗气，一脸颓败地看着正春风得意的龙祁峻！

"呵呵！你也不错！"龙祁峻也有些喘息。毕竟他也很久没这么倾尽全力地赛马了！可是心却从没这般热过！

"哈，太棒啦！你们都厉害！我都晕晕的啦！"夏芊芊带着灿烂的笑脸走了过来，两个手臂到现在还是张开的呢。

回到靖王府，夏芊芊还沉浸在刚刚的疯狂中。就在进门一刻，杏儿的话又将她打回原形！

"小姐！你怎么才回来呀！"杏儿忧心开口。

"很晚吗？看你急的！"她的嘴角轻松地扬起。她拉过杏儿的手，正想告诉她自己刚刚才感受到什么叫速度，却被杏儿抢了先："小姐，你也真是的，天天都往外跑，也不看着点儿！"杏儿嘟囔着嘴，苦着脸，极不开心的样子。

"怎么了嘛！杏儿，谁惹你生气啦！说出来，我给你报仇啊！"夏芊芊笑容依旧，心中却有一丝不好的预感！

"就是那个柳青青嘛！没事儿就往姑爷的书房跑，也不知道去干什么了！杏儿每次刚想去偷看，她就出来了！真是气死人了！小姐，你就不担心？"

"好了，好了！一回来就没好事儿！这样，我现在就去。要是捉奸在案，我就彻底解脱了！"夏芊芊赌气开口。尽管有些事她猜得到，可不亲眼看到，她还是不相信！在内心深处，她还是相信龙祁轩的。这一点毋庸置疑！

正在处理公文的龙祁轩正欲写奏章，门被轻轻推开了。

"王爷，您也该休息一下了！青青亲自下厨熬了参汤给您！"柳青青盈盈而入，浅笑嫣然！

"青青，不是说了，这些事儿就让府上的丫鬟做就好了！你是这靖王府的客人，怎么能让你动手呢！快放下！"对柳青青，龙祁轩一直心有愧疚，再看她整日为自己而忙碌，更是愧疚难当！

柳青青只是轻笑，端着参汤腰肢款款地绕过桌子，走到了龙祁轩的身边儿。听到外面由远及近的脚步声，她心生一计！

见柳青青走了过来，龙祁轩忙起身欲接过她手中的参汤。就在这个时候，柳青青一只脚故意绊到桌子脚儿上，整个身子顺势前倾，手中的参汤也跟着飞了出去。龙祁轩见此，一手揽住朝自己摔过来的柳青青，一手迅速接住那碗参汤！

门在这个时候被推开了，夏芊芊走进来，正看到龙祁轩搂着柳青青的场景，双眸顿时染上层怒火！

"芊芊！"龙祁轩双目停滞，片刻恢复过来。他立即将参汤放在桌上，双手扶开柳青青，"芊芊！青青刚才放参汤的时候不小心绊倒了。我……"龙祁轩的额头渗出汗来，明明此时没有做对不起夏芊芊的事儿，可却因为那晚，总觉得对不起她！

"打扰你们的好事了！告辞！"夏芊芊愤怒了！她一直坚持的信任在瞬间崩溃！眼看着夏芊芊摔门而去，龙祁轩猛地推开柳青青，冲了出去！

书房内，柳青青不禁苦笑。她何尝愿意如此啊。只是慕容雪无时无刻不在监视她的一举一动。如果不做些事情，又何以取得沈茹芯他们的信任！祁轩、芊芊，对不起了。只有委屈你们了。

房间外，任由龙祁轩敲破门板，夏芊芊亦没有开门的意思！

"芊芊！那是误会！我们真的什么都没有！真的！"龙祁轩解释着！可无论他怎么说，夏芊芊都没有回应！差不多一个时辰的时间过去了，龙祁轩依旧没有放弃，仍在解释！一侧，杏儿有些不忍，走到自家小姐身侧："小姐，或许……那不是真的呢。"杏儿畏缩着开口。她从没看过自家小姐的脸色这般骇人过。

夏芊芊走到门前，冷冷开口："我只问你，那夜你们到底有没有发生关系！我只要听真话！龙祁轩，如果这一次你说谎，我这辈子都不会原谅你！"在听到夏芊芊这句话后，龙祁轩的声音突然戛然而止！

泪自眼角悄无声息地滑落。夏芊芊早该知道是这样的结果，可却没想到当猜测得到证实的这一刻，心会如此的痛，仿佛万蚁啃噬一般！

"芊芊，相信我。我会处理好这件事。相信我，这个世上，我只爱你一人。"龙祁轩的脚步声渐渐消失。夏芊芊终于忍不住放声大哭。

一连几日，夏芊芊都没有离开房间。或许她对龙祁轩尚存有一丝希望，才会没有离开靖王府！而龙祁轩亦在千般思量之后有所决定！这辈子就算他欠柳青青的。总之，他不能娶青青为妾！

就在龙祁轩推开柳青青房门之时，正看到柳青青倚在墙边干呕！

"青青，你没事儿吧？是不是有哪里不舒服？"龙祁轩忙走上前去。

"青青没事。王爷不必担心。青青……呕……呕……"没等说完，柳青

青忙扶着边儿上的墙，作干呕状！

"青青，你这到底是怎么回事儿嘛！不行，我一定要找御医帮你看看！"龙祁轩转身正要喊秦政过来，却感觉到手被硬生拽住，便忍不住回头。柳青青居然半跪向龙祁轩！

"青青，你这是做什么？快起来！有什么事儿，你跟我说！你这是怎么了啊！"龙祁轩慌了手脚，看着柳青青梨花带雨的表情，手足无措！

"王爷！青青求你，千万不要去请御医！青青求你！"她微动的睫毛闪出晶莹的眼泪，滴滴成串！

"你……你先起来！我不去，我谁也不叫！青青，你告诉我，到底发生了什么事儿？为什么？你总应该告诉我，让我心里有数吧！"龙祁轩隐约有种不好的预感！

"王爷……"柳青青慢慢站了起来，身子还是一副柔柔弱弱的样子，眸光闪烁着，想说却又不知如何开口！

"青青！你来！"龙祁轩扶着柳青青坐回床榻，反身紧关上房门。远处，秦管家将刚刚发生的一切尽收眼底，长叹一声。唉，怕是要出大事了。他转身，无奈地离开！

书房内，龙祁轩将柳青青扶到椅子上，微微蹙眉："青青，现在就咱们两个人。有什么话，我希望你能告诉我！"龙祁轩认识柳青青不是一天两天了，印象中的她从来都不是这般犹豫的人。龙祁轩很清楚，若不是大事，她不会如此吞吞吐吐！

"王爷！我……"低弱的声音，暗藏一份苦楚。柳青青抬眸只一瞬间又低了下去，泪悄然而下，手似有些颤抖！

"青青，我在等……"温柔厚实的手掌扶在柳青青的肩上，看着柳青青痛苦的表情，龙祁轩实在于心不忍！

低眸间，柳青青的眼中泛着寒光，转瞬恢复如初。她含泪抬眸，看着龙祁轩期待的目光，心中暗忖，她一开口，便预示着龙祁轩和夏芊芊痛苦日子的开始！

"王爷……我……我……有了您的骨肉了！"她的声音极低极小，却有如五雷轰顶般炸响在龙祁轩的耳边。他放在柳青青肩上的手脱落下来，整个人陷入极大的痛苦之中！

看到龙祁轩痛苦的表情，柳青青垂眸。她也不想。可是沈茹芯催促过了，如果自己再不能成功，沈茹芯便会派人接替她。已经走到这一步了，她也只能硬着头皮走下去！祁轩，对不起……

"王爷，青青绝不会做让王爷为难的事儿。若非如此，我刚刚也不会拼死不让您叫御医过来！青青知道该如何做！请王爷放心！"语毕，柳青青转身，欲离开书房，却被龙祁轩拉了回来！

"青青，这件事太突然了。我……我真不知道应该怎么办才好。你给我点儿时间考虑。只是求你不要走，好吗？我一定会给你一个交待！"龙祁轩的手有些颤抖。他完全可以想象夏芊芊知道这件事的样子！要失去夏芊芊吗？不！决不！可是柳青青又是那样无辜！

"可是……王妃那里……"柳青青的身子有些发抖，眸光狐疑地看着龙祁轩。

"没有可是！青青，我只求你别离开！给我些时间，我会处理好的！我不会让自己的孩子流落在外！至于芊芊，我会想办法！"原本坚定的眸子已然恍惚。他有什么办法？夏芊芊怎么可能容忍这一切！

"还有，青青，这件事儿先别告诉芊芊，我……我怕她受不了！好吗？"龙祁轩似是哀求地等着柳青青的回答！

"青青从来就没想过告诉任何人！王爷放心，青青一直都是那个醉仙楼的青青。只要是对王爷好的，青青都知道如何去做！"她的手慢慢抓住龙祁轩的袖子，眸光渐渐平静下来！不能回头了，青青！

"谢谢你！青青！"看着柳青青坚定的表情，龙祁轩竟有一丝心疼。这样的女子，自从认识她以来，她便处处为自己着想，直到……直到失了身，怀了孕，还是为自己着想。伤她，他不忍也不舍啊！

回到书房，龙祁轩呆坐在椅子上，目光呆滞。他拼命地想找出两全其美的办法，可是没有结果！他的芊芊，无论如何也不会容下青青和她肚子里的孩子的！如果可以，他愿意用命换回夏芊芊的原谅，也带给柳青青和孩子一个名分！他的心底有了个破釜沉舟的念头！

这世上没有不透风的墙。更何况为了让任务顺利进行，柳青青必须要

让夏芊芊知道自己怀孕的事！

于是，在柳青青的精心安排下，一个自府外请来的大夫与夏芊芊在府门口不期而遇！

"站住！这府里有人生病吗？"经过上次之后，夏芊芊终于明白一个道理。这女人，就应该对自己好一点。你不对自己好，没有人会对你好。所以这两日，她便带着杏儿四处逛街。当然，如果能再遇到沈茹芯也算是收获。对于沈茹芯，夏芊芊还是自心底怀疑！

"您是？"大夫狐疑地看向夏芊芊！

"她是我们家小姐！这王府的王妃！"杏儿开口道。

"原来是靖王妃，失礼了！"大夫恭敬施礼，一副文质彬彬的模样。

"免了！我是问你，这府里有人生病吗？"夏芊芊再度开口。

"回王妃，府上的柳姑娘身体不适。小人只是来为柳姑娘号脉。还好母子平安！"大夫回应道。

"你……你说什么？母子平安？什么意思！"在听到这四个字的时候，夏芊芊的脑袋嗡的一声，整个身子轻颤，几欲摔倒，还好有杏儿搀扶方才稳了下来！

"回……回六王妃，小人是说柳姑娘母子平安。"未等大夫说完，夏芊芊已然冲向柳青青的房间。

此时，龙祁轩正在柳青青的房间安慰！就在这时，门啪的一声被夏芊芊踹开。所见的场面再度让她心如刀绞。

"芊芊……"

"啪"的一声，未等龙祁轩开口，夏芊芊的巴掌便落在了他的脸上。这巴掌打在龙祁轩的脸上，也落在夏芊芊的心里！

"龙祁轩！我在等你解释！"阴冷的声音没有任何的温度，夏芊芊明眸含泪。可是满身的骨气让她硬将所有的眼泪忍了回去！

"我……我们先出去。我自会跟你解释。"看着夏芊芊愤怒的表情，龙祁轩已然猜到夏芊芊知道了真相！

没有给龙祁轩机会，夏芊芊愤然回到自己的房间，开始收拾自己的东西。这一回，她说什么都不会再回来！

"小姐……"杏儿怯懦地看着自家小姐。这样的打击换作是谁也承受不住。她不敢开口，只心疼地看着夏芊芊泪流满面、泣不成声！

"杏儿，帮我收拾东西。我们要回家了！"哽咽的声音自夏芊芊的口中溢出。眼泪似断了线的珠子般摔落下来，碎成一地破碎的琉璃。

"回家？这里不就是咱们的家吗？"杏儿不想自家小姐与姑爷就这么结束了。杏儿看得出，自家小姐喜欢姑爷，而姑爷的心里也有自家小姐！

"不是！宰相府才是我的家。这里不是，从来都不是！"夏芊芊倔强地抹去眼角的眼泪！

"轰隆！"一道闪电划过后，天空中传来一声巨响。霎时，雨点连成了线。"哗"的一声，大雨就像天塌了似的铺天盖地从天空中倾泻下来。狂风卷着暴雨像无数条鞭子似的狠命地抽打着窗户。杏儿忙走上前去，准备关上门窗。这时，龙祁轩出现在了门口。

"小姐，姑爷来了！"杏儿转头，等待夏芊芊的指示。

"关门！"

"芊芊，我有话要说！只需要一会儿时间，求你！"双手挡着门板，龙祁轩乞求地看着杏儿！杏儿知道小姐的心里有姑爷，索性让开了条路，转身离开，到了后面的小屋。不过她可没那么笨，就站在帘子的后面偷听！

"好！我听你解释！我倒要看看你怎么解释！"夏芊芊砰地摔掉手上的东西，转身怒视着满身湿漉漉的龙祁轩！

"芊芊，我……那一夜，我……我的确做了对不起你的事儿！"龙祁轩紧张地将手攥成了拳头。由于过于用力，手背迸出了青筋，骨节泛起了白色。他不敢看夏芊芊的表情，只低着头等待着夏芊芊的宣判！

夏芊芊不可置信地看着龙祁轩，猛然扯过他的手臂，眸中流出眼泪，滴滴而落，有如外面的雨点般敲打着地面。她模糊地看着眼前的男人，心脏如被攥紧般疼，甚至连呼吸都觉得困难！

"你真的是做了对不起我的事了！"她的声音颤抖着，却字字清晰！

"是……是我的错。那天我喝多了，突然见到青青一晃而过，我便跟了出去，可是怎么也找不到，还迷了路。后来我的意识越来越模糊，感觉有个人在拉我。我以为是你，就跟着她一直走了去。之后的事儿我全然不知。

直到我第二天醒过来，看到满地的狼藉，还有柳青青衣衫凌乱，才知道发生了什么事儿！芊芊，我不是故意的。我真的喝多了，根本不知道自己在做什么，又做过什么！"龙祁轩反握住夏芊芊的手，眸中闪出一片华光！

第二十一章　欲纳妾再施诡计

第二十二章　怎奈何情深缘浅

龙祁轩乞求地看着夏芊芊，希望可以在她的眼里找到一线生机！

"那你一开始怎么不说！"夏芊芊有些失声，脸色苍白如纸！

"我不敢，我不敢说。我怕你离开我。因为我知道，你是我这世上唯一喜欢的女人。我真的爱你！没有你，我不知道活下去的意义是什么！所以……所以我没有和你说真话。而对于青青，我也只能给她更多的物质帮助，再给她找个好的人家。"龙祁轩不想瞒了，也瞒不住了。他想全都说出来，然后不管付出什么样的代价，都要求得夏芊芊的原谅！

"她怀孕的事情你是什么时候知道的？"慢慢冷静下来的夏芊芊甩开龙祁轩的手，冷眸以对。

"就在昨天，青青告诉我，她有了我的骨肉。"他的声音虽小，却让夏芊芊痛不欲生。芊芊的身子不由得颤了几下，终是无力地坐在了椅子上，空洞的眼里没有一滴泪流下来。她很想哭。可是不知道为什么，一下子眼泪都没有了，好像什么都空了一样。眼泪空了，心空了，脑子也空了，什么都是空空的。她只看到龙祁轩不停地在自己的面前说些什么！

一声惊天巨雷响过，夏芊芊猛地回神，看着眼前的龙祁轩如何泪如雨下，如何不停地忏悔！

"不要说了！"冷冷的几个字，没有任何情绪。夏芊芊推开眼前的龙祁轩！

"芊芊……"被她推开的龙祁轩怔怔地看着夏芊芊。她走到床边继续收拾着行李，准备离开。

"芊芊，你不能给我一次机会吗？我的心里只有你啊。那是意外。我完全不是有意的！芊芊！我……"

"你出去！我不想看到你！"夏芊芊转身，用尽全身的力气将龙祁轩推到门外，猛地关上门！

"芊芊！芊芊……"龙祁轩不死心，在外面不停地拍打着门窗！

雨越下越大，很快就像瓢泼的一样。看那空中的雨真像一面大瀑布！一阵风吹来，这密如瀑布的雨就被风吹得如烟、如雾、如尘。

杏儿从后面走了出来。她很想安慰夏芊芊，可又不知如何开口。风大雨大。杏儿走到窗边，正想将窗户关得严些，手碰触窗户的那一刻，双眼突然放大："小姐！你快看，姑爷他……"杏儿小手指着跪在风雨中的龙祁轩！

夏芊芊本不想再看到龙祁轩这个人。在她的心里，还无法接受柳青青有了身孕的事实。可见杏儿如此神色，她不由得走到了窗口，抬眸，看到龙祁轩跪在门外的时候，心微微地颤了一下。他居然给自己下跪？他是王爷啊，是那个人人敬仰的大英雄，如今却跪在自己的门前！

风愈见大了起来，夹杂着雨点猛烈地拍打着窗户，发出啪啪的声音，似要爆裂一般。夏芊芊抬眸，努力想看清门外的男子，只是双目已然模糊。眼眶聚满泪水，她能看到的只是一个淡淡的轮廓。她的心中弥漫着淡淡的疼，越来越深。

"杏儿，关紧窗户！"夏芊芊背过身，慢慢闭上眸子，眼泪簌簌而下，身子不由得轻颤，无力地倚靠在床边，心乱如麻！

"嗯！"看着姑爷在雨中下跪，杏儿的心登时软塌下来，对柳青青的恨却越来越浓。若不是她横在中间，小姐和姑爷早就比翼双飞了！坏女人！

"小姐！真的让姑爷就这么跪在外面呀。风大雨急的。"杏儿小心试探着夏芊芊的反应。

"杏儿，我累了，很想睡。你先下去吧！"淡淡的音调没有一丝的情绪在里面。她起身，慢慢走回床铺！

"可是……"

"下去吧！"

杏儿看了看小姐，又朝窗外看了看，无奈地转身离开！

夏芊芊躺在床上，眼泪有如外面的大雨般流了下来。夏芊芊哭着，却

不敢出声。大滴大滴的眼泪落到碧色锦线绣成的方枕上，留下了一片冰冷！

屋子很静。杏儿虽然站在后面，却清晰地听到夏芊芊啜泣的声音是那样凄苦悲凉！

闪电雷鸣，暴雨像天河决了口似的凶猛地往下泄。外面的雨越来越大，床上的夏芊芊哭得虚脱，竟睡了过去！

"杏儿！杏儿！"不知睡了多久，突然一个大雷，将夏芊芊从睡梦中惊醒！

"小姐，怎么了？"杏儿闻声忙从后面跑了出来，一脸担忧地看着床上恍惚的夏芊芊！

"没……没什么！刚刚那个雷……没事！"夏芊芊抹了一把头上的汗，心猛地一惊，不顾杏儿的搀扶，跑下床，疾步走到窗口！

她的眼泪再一次无声地滴了下来。滂沱的大雨不停地击打在龙祁轩的身上。龙祁轩已经低下头，身子也开始摇晃着，只是不肯起身离开！

"小姐！"眼见着夏芊芊打开门，冲了出去，杏儿忙叫了声，正想送上雨伞。可这个时候，他们应该不希望被人打扰才对吧！

"芊芊！"龙祁轩的声音低沉极了，好似一阵风就能吹散一般。他的身子摇晃着，脸色苍白如纸！

"起来吧。"夏芊芊带着浓重哭腔的声音响了起来，泪水掺杂着雨水下落，双手拉起龙祁轩。

"芊芊，原谅我好不好？我不是故意的！真的是喝多了，什么都不知道了！我的心里只有你！不要走，不要离开我！芊芊……"声音越来越轻，龙祁轩的视线开始模糊。在夏芊芊没说原谅之前，他仍不肯起来！

"我不怪你！"夏芊芊的心已经空了，她不知道自己该如何面对龙祁轩，如何面对柳青青和她肚子里的孩子！或许离开才是最好的选择！夏芊芊扶起虚弱的龙祁轩，将他紧紧地搂在怀中，唇边露出一丝笑容，眼泪却更加汹涌！这或许是最后一次拥抱吧。

"谢谢你！谢谢你，芊芊，我爱你！真的好……爱……你……"他的嘴角抹出一个笑容。伴随着虚弱的声音，龙祁轩慢慢闭上了眼睛，整个身子倾斜到了夏芊芊的身上！

"祁轩！祁轩！你别吓我！杏儿，快来帮忙！快来啊。"撕心裂肺的哭声自夏芊芊的嘴中断断续续喊出。她突然感觉到好怕失去他。他若有事，她真的不知道要怎么办才好！她的心里嘴上都不停呼唤着龙祁轩的名字！

"杏儿！快去让秦管家找御医！"

杏儿哪敢怠慢，打着雨伞冲了出去。夏芊芊不由分说，将龙祁轩湿漉漉的衣服褪尽，然后用被子将他紧紧捂了起来，用拭巾擦去龙祁轩头发上的雨水！

"芊芊！不要走……不……要……"

看着床上呢喃的龙祁轩，夏芊芊长叹一口气。我不走，难道让我眼睁睁地看着柳青青诞下你的孩子，看着你和她出双人对吗？我可以不恨你，却不能不怨你。感情这种事，从古至今都是自私的。让我宽容到如此，说什么都做不到！

"祁轩，你没事儿吧?"轻轻地启唇，夏芊芊握起龙祁轩的手，一股冰冷窜至四骸，"你怎么这么傻呢！何必呢!"看着昏迷中的龙祁轩，夏芊芊的心丝丝暖意入怀。

外面的雨渐渐停了下来，一缕阳光射了进来。若不是满地的湿漉，根本看不出刚才经历了那样一场暴风骤雨。

夏芊芊走到窗口，轻轻打开窗。风雨真的过去了吗？她要如何面对接下来的风雨？去意已决！她不再留恋！

"小姐！张御医到了!"杏儿拎着雨伞跑了回来，后面紧跟着秦管家和张御医！三人进屋后，张御医不敢怠慢，忙为龙祁轩诊治。过了半晌，他走到夏芊芊的面前："回王妃，王爷并无大碍，只是被风寒所侵，吃几副驱寒的药便可康复！下官这就开药!"

"老秦，麻烦你再跑一趟吧!"夏芊芊看了眼秦管家，转身回到床边，"杏儿，去厨房熬些姜汤!"

屋子瞬间又只剩下夏芊芊和龙祁轩了，看着龙祁轩喃喃自语中仍念着自己的名字，夏芊芊泪如雨下！

这时，柳青青不知何时已然站在门口！

后园中，雨后的空气总是那么清新！

"有什么话就直说吧！"夏芊芊冷冷开口，眸光望着那雨后池塘上娇艳欲滴的荷花，却毫无心思欣赏！

"对不起。"这是柳青青开口的第一句话。见夏芊芊没有回应，柳青青继续道，"没有人会希望是这样的结果。如果不是为了肚子里的孩子，我不会厚颜留下来。但身为母亲，我必须为孩子着想。王妃或许知道我的出身。不错，我是在青楼长大，却也洁身自好。王爷……是我的第一个男人，也是我生命中的唯一！我从没想过要争什么，只要有个安逸的家。我不在乎名分，但孩子不可以。青青不觊觎王妃的宝座，只想以妾室的身份侍奉在祁轩左右。求王妃成全！"说话间，柳青青委身下跪，却在下一秒，被夏芊芊轻扶起来！

"既然有孕在身，不可行此大礼！青青，我只问你，你真的爱祁轩吗？"夏芊芊淡淡开口，心如刀割！

"爱，可以用生命去爱！"这是柳青青第一次近距离地看夏芊芊。那是一种怎样的美，超凡脱俗，淡雅清绝。这般女子难怪龙祁轩爱得这么疯狂！只是好事多磨。芊芊啊，这一关你们一定要挺过去。过不了多久，就会真相大白。到时候，青青自会负荆请罪！

"那就好好照顾祁轩吧。"这一刻，夏芊芊不再犹豫！离开，是她唯一的路！

第二十三章　沈茹芯密谋造反

太子府

"小兰，这几天王妃一直都在佛堂念经吗?"太子用深冷的声音问着地上早已吓得颤巍巍的丫鬟!

"回……回太子……是……是的!"

"最后给你一次机会。若敢说假话，一条欺主的狗留来何用!"龙祁峻的话有如一阵阴冷的寒风直吹到小兰的身上，吓得她的身子猛地抽搐:"回……回太子……王妃她……她……我若说了……也是……"王妃的话犹在耳边，小兰颤抖着开口，眸子紧紧盯着地上的大石板，不敢抬起半分!

"说了，至少你现在是活着的;不说，立刻就会见阎王! 就算你不说，我也一样会知道。机会不是天天有! 来人!"龙祁峻似乎失了耐性，叫了外面的侍卫!

"我说! 太子饶命，小兰什么都说!"小兰哭喊着匍匐到龙祁峻的脚下! 龙祁峻见此，冰冷的眼神扫过小兰，手一抬，命令进来的侍卫全数退下!

"说吧!"龙祁峻坐了下来，拿起茶杯，余光停在小兰颤抖的身上!

"回太子，王妃每隔一段时间就会出去，而且总是挑太子和小六子不在的时候。然后她让奴婢替她跪在佛堂里敲木鱼，而且还警告奴婢，若敢说出去就杀了小兰全家! 太子，小兰只知道这些了!"

"她都去哪儿? 多长时间?"看来他怀疑的没错。这个沈茹芯果然有问题。从夏芊芊来府上那一次，龙祁峻就对沈茹芯起了疑心。看来她真的值得怀疑!

"这个小兰真的不知道。时间不一，有长有短。奴婢真的只知道这些

185

了!"小兰低着头,大气也不敢喘一下,心脏怦怦直跳!

"嗯!你下去吧,以后若有什么发现就来禀报!今天的事儿王妃不会知道。你放心好了!至于你的小命,就要看你以后的表现了!下去吧!"龙祁峻遣退了小兰,放下茶杯。他怎么也想不通,沈茹芯到底能有什么把戏。不过有一个人应该能知道。想起这个人,龙祁峻的心一下子暖了起来,可也止于心暖。

"小六子!"

"主子什么事?"小六子闻声跑了进来!

"去靖王府,请六王妃过来一趟!还有,不要惊动靖王!"

小六子得令,却在转身之际正看到夏芊芊走进正厅!

"太子殿下,六王妃她……"小六子惊讶地看着夏芊芊,一脸愕然!

"芊芊?"龙祁峻诧异地看着夏芊芊,不可思议地开口!

"我可不可以借你的别苑住几天?"夏芊芊不想回宰相府,不想让父母担心。放眼皇城,她能投奔的就只有龙祁峻!

"先坐下!小六子!带杏儿到别苑!"

小六子自是心领神会,忙接过杏儿手中的包裹,带其离开!

正厅内,就只剩下龙祁峻和夏芊芊两人!

"芊芊,你怎么了?和祁轩吵架了?"龙祁峻明知故问。毋庸置疑,柳青青成功了!只是,在看到夏芊芊憔悴不堪的面容时,他差点想将所有的事情告诉她,但最终还是忍下了!

"请别在我面前提起这个人!算我求你!"夏芊芊眼底瞬间氤氲出一片雾气!

"好,我不提!我这就带你到别苑!好吗?"龙祁峻眸底闪过一丝愧疚。对不起,芊芊。

"刚刚你让小六子找我,什么事?"夏芊芊淡淡开口。刚刚龙祁峻对小六子的话,她都听到了!

"呃,我想知道,你是不是知道一些茹芯的事儿,而这些事儿是我不知道的?"龙祁峻确定她知道。问题就在于她想不想说!

"为什么这么问?"夏芊芊猛地一激灵,转眸看向龙祁峻!

"有人要造反！朝廷里有奸细！"如果不说这些，恐怕夏芊芊也不会对自己说真话！以诚相待应该就是这个意思吧！

"原来是真的……"夏芊芊柳眉紧蹙，眼前浮现出那日看到的画面！

"你应该知道的，对吗？"龙祁峻追问。

"嗯，那天，我无意中在大街上碰到沈茹芯，出于好奇便跟了上去，一直跟到西郊破庙，发现她在跟一个叫慕容雪的女人谈一些很奇怪的话。什么协议啊，东方绝啊，还有投诚。不过我也不明白这是什么意思！"夏芊芊凭着记忆如实开口！

龙祁峻猜到沈茹芯一定有问题，却没想到她居然会勾结夜越国的奸细来反天朝这么大胆！他的手不由自主地握成了拳头，骨节因为过于用力而泛起了白色，脸色也好不到哪儿去！

"东方绝？"龙祁峻想起来了。当年举报沈茹芯的父亲沈剑的人就是东方绝。这个人能出卖视己如子的沈剑，也不是什么好人。不过念在他当年举报沈剑有功，便封了他的官职。看来沈茹芯还不知道这点，要不然也不会打东方绝的主意了！

"芊芊，我今天跟你说的话，还有你跟我说的话一定不可以告诉任何人！可以吗？"龙祁峻一脸肃然。关乎社稷，龙祁峻玩笑不得！

"有什么不可以，我就要搬到你的别苑了！就算想说也见不着人呵！"夏芊芊苦笑！

靖王府

床榻上，龙祁轩清醒后的第一件事便是寻找夏芊芊。他清楚地记得，在自己昏迷之前，芊芊说已经原谅他了！是她亲口说的！

"王爷！"柳青青进门时，正看到龙祁轩欲挣扎着下床，"王爷您别这样。御医说了，您郁火攻心，需要静养！"柳青青放下药汤，盈盈两步走到床榻边缘！

"青青，看到芊芊了吗？她说原谅我们了！她不再计较了！"看着龙祁轩眼中的光彩，柳青青心底闪过一丝亏欠。这般伤害两个相爱的人，该是多残忍的事啊。早知道他们爱得那么深，自己便不会答应太子硬要充当这个角色。只是她并不后悔。如果换作别人，或许给他们带来的伤害会更深！

"王爷，你先喝药。王妃既然原谅你了，便不会再生你气了！"柳青青转身将药碗轻递到龙祁轩的手里。

"可……我想见她。"龙祁轩声音略轻。他亦知道当着柳青青的面，说这些不太合适！可他当真一刻也不想等！

"先喝了药吧。"柳青青柔声道。

太子府

"小六子！收拾一下，我们去猎场！"太子命令道。已经过了几天了，沈茹芯居然一点动静都没有。看来她倒真是小心呢！

"是！"小六子听命行事。所有一切都已准备齐全。

龙祁峻带着小六子走出门外，叹了口气，若有所思地看了看门口，翻身上马直奔猎场而去！

"小兰，太子和小六子都走了？"沈茹芯闭眼敲着木鱼，一副漠然于世的样子，等待着小兰的回话！

"回主子，他们都走了！"小兰低眸，心怦怦直跳！

"你知道怎么做了！"沈茹芯慢慢睁开双眼，眼中划过一抹阴冷的寒意，瞄了下身边儿的丫鬟。早晚有一天，得除了她！

沈茹芯起身，朝着佛堂的一个暗口处走去！小兰则跪在刚刚沈茹芯跪着的地方，轻敲起木鱼："佛祖饶恕我违背誓言，出卖了王妃。小兰逼不得已的。"

换了套衣裳的沈茹芯从太子府的后门走了出来，见四下无人，直接朝着骠骑府走去！

拐角处，龙祁峻剑眉冷竖，冰冷的眸子看着沈茹芯的背影。什么事儿他都可以念在夫妻之情宽恕她，只是叛国这件事不行！沈茹芯，天作孽犹可恕；自作孽，不可活！

原来夏芊芊说的没错。沈茹芯的目标果然是东方绝。而现在，龙祁峻正从骠骑府的外面眼看着沈茹芯走了进去！

"微臣叩见太子妃！"东方绝恭敬地迎了上来，可心里却慌了起来。他

不确定沈茹芯到底知不知道当年的事儿，知道多少；不过转念一想，又猜测她并不知道。如果知道，早就来兴师问罪了，怎么可能现在才来。东方绝稳了稳心神，淡笑着向沈茹芯请安。

"何必客气！算起来我应该叫你声师兄！毕竟你曾与我父亲师徒相称过！"沈茹芯眉眼含笑，流水的眸子染上一层情绪，是对亡父的思念，也是对东方绝的暗送秋波！

"微臣不敢！"在沈茹芯的手碰触到他的胳膊上的时候，东方绝明显感觉到那种不大不小的力度夹杂着那么一点点的挑逗！不过他可不想死得那么早。虽然当年他真的很喜欢她，不过现在人家是太子妃，他东方绝就是再大胆也不敢有什么想法！

"师兄起来再说！"沈茹芯将东方绝从地上拉了起来。鉴于有很多外人，沈茹芯松开手，淡淡几句，"师兄，我这次来就是想和你聊聊家常。有这些下人在，怕是不方便吧？"秋水明眸瞟向东方绝的一刻，送出无数光电！

"你们都下去！没有我的命令谁也不许进来！"美人当前，东方绝也按捺不住，忙遣退了所有下人！

"不知师妹有何家常要与我这个师兄聊呢？"东方绝腻到沈茹芯身边儿，手不安分地撩起沈茹芯的一缕秀发！

"是关于家父的事儿！"沈茹芯说的几个字却吓得东方绝完全没了兴致，手规矩地抽了回来，心脏扑通扑通跳个不停，脸色也有些发白！

"这个……"东方绝躲了沈茹芯的眸光，慢慢坐在了椅子上，一副欲言又止的样子！

"我明白，家父犯的是谋逆之罪，在朝廷中禁忌的字眼儿。师兄是怕了？那茹芯便是来错了。"沈茹芯眸光闪出一抹凄悲，紧捏着双手，漠然转身，欲离开骠骑府！

"太子妃，您误会了！沈老将军对微臣有知遇之恩。不管什么时候，他都是微臣心中最尊敬的人！"反正四下无人，就算他说什么，也不会传出去；乱说一通还能哄美人开心，何乐而不为呢！更何况，沈茹芯很有可能是未来的皇后，得罪不起的！

"师兄如此说，那茹芯就放心了！"沈茹芯转身，走到椅子边儿上，盈盈而坐，秋水明眸看向东方绝，心里盘算着若是说出谋逆之事，他会有何反应！

"多谢太子妃！"东方绝似乎清醒了许多，刚才的冲动慢慢被理智压了下去。他可不想惹祸上身！

"师兄何必拘礼，叫我茹芯就好！茹芯今日到访确有要事与师兄商量！"沈茹芯决定赌一把，就算不成，料他东方绝也不至于告密！

"微臣洗耳恭听！"无事不登三宝殿。东方绝倒也想看看沈茹芯到底要说什么，让她一个太子妃不顾身份叫自己一声师兄！

"我想学我父亲！"沈茹芯没有明说。学沈剑，那就是学什么都可以了。她看到东方绝神色微变，但却没有惊慌。看来有的谈！

"学师傅？不知太子妃想学哪方面？"东方绝心猛地一惊，不会吧？想造反？没必要啊！她将来十有八九是皇后，已经是一个一人之下万人之上的人了！

"当然是我认为最自豪的一面！茹芯没把师兄当外人。实不相瞒，茹芯想改朝换代！想坐坐那高高在上的龙椅！不知师兄是怎么想的？"沈茹芯的眸子紧紧地盯着东方绝的反应，眸底深处一片冰凉。是敌是友即将分晓！

"啊！"东方绝突然感到浑身僵硬，猛地起身！

"太子妃还请回府！今日权当微臣没见过太子妃。今日之事，微臣也不会向外人透露半句，算是对师傅有个交待！"东方绝起身，一个请的姿势，示意沈茹芯离开！

"师兄真的一点儿意思也没有？茹芯能说到，就能做到。今日师兄不愿与茹芯为伍，他日别怪我这个做师妹的心狠！"沈茹芯字字透着寒意，冷冷地看了眼东方绝，起身，正欲离去！

"不知师妹有何部署？"脑子飞快地旋转过后，东方绝心中打定主意，低声问道。

"自然再周密不过！师兄可有兴趣？"沈茹芯早就知道东方绝会问这句。当年他可是为父亲做了很多事儿呢！若他无二心，当年也不会那么积极！

东方绝并没应声，悄悄地走到门前，突然打开门，见无人后紧闭门窗，转身，一脸肃然地看着沈茹芯："不知师妹是如何打算的？！"要是真能成

功，自己也算得上是开朝功臣了，待遇自然不错。反正他现在的地位高不高低不低的。所有的朝臣表面上都还过得去，实际上根本看不起他！如果不成，他也可以像当年一样，举报有功，或许还能升个一两级！

"这个师兄不必多问。茹芯能说出来，自然是有一定的把握。只希望师兄在适当的时候能派手下的部将助茹芯一臂之力！事成之后，这天下兵马大元帅就是你的了！"沈茹芯毫不犹豫地迎上东方绝狐疑的眸子，抹出一个浅笑，进而补充了一句，"还有我。"

"那如果不成呢?"好色也得有个限度。想到当年，沈剑部署了三年，到头来还不是功败垂成。若不是他早看一步，怕是也受到牵连了！当年的龙弈峰能洞悉沈剑的企图，想来现在的龙祁峻也不是省油的灯！

"没有如果！怎么师兄觉得茹芯会拿自己的生命开玩笑吗?"她的手缓缓地放在东方绝的背上，力度适中，嘴轻扬，露出一个自信而坚定的笑容！

东方绝的身子猛的一个激灵。沈茹芯是何等人，他自然明了。能在满门抄斩的圣旨下逃生，并一跃成为太子妃的，古今也只有此一人吧！若非看她是女儿身，东方绝怕早就下定决心了！

"东方绝一切都依师妹便是！"东方绝的手反握着沈茹芯，心神荡漾，正欲采取下一步措施，却被沈茹芯拦了下来。

"时候不早了，茹芯再不回去怕会引人生疑！师兄稍安勿躁。适当的时候，茹芯自然会通知师兄如何动手！"抹去了东方绝的手，沈茹芯留下一抹媚笑转身离开骠骑府！

送走沈茹芯之后，东方绝怔怔地坐在椅子上，细细思量沈茹芯刚刚的那些话，反复琢磨成功的可能性。就在这时，突然一人站在他的面前。他抬眼一看，不禁大惊失色！

"龙祁峻参见天下兵马大元帅！"一双冷如冰山的眸光正盯着东方绝。这样的目光足以让东方绝窒息而死！

"扑通"一声，东方绝屁滚尿流地跪倒在地上，不停地向龙祁峻磕头，脸色早惨白无比！要知道，只要龙祁峻的一句话，他现在就可以回老家了！

"呦！我龙祁峻何德何能，可受不起天下兵马大元帅如此跪拜！"嘴上的笑意却敌不过眼中的冰寒！贪权也要有个限度。龙祁峻没想到沈茹芯居然这么大胆，居然想当女皇。看来她是真疯了！

"微臣绝无反意。是太子妃她找的微臣。微臣……"东方绝紧咽唾沫，嗓子像是被什么噎住了一般，说不出一个字儿。刚才他真的叩拜沈茹芯为女皇了！惨了！他的脑子飞速旋转，"微臣只是想稳住太子妃，再伺机向太子禀报！我东方绝对天发誓，对天朝绝无二心，否则天打雷劈！"他把心一横。该死的沈茹芯差点儿害死他！

"真的?"好一个东方绝，不说别的，就他这种两面三刀的做法，龙祁峻也不能再留他！只不过现在还不到杀他的时候！

"东方绝对天朝一片忠心，还请太子明鉴！"东方绝隐隐觉得自己这关怕是难过了！

"既然如此，我信你一次。不过你给我听好了，今天我来找你的事儿，不许和任何人提起。沈茹芯再来找你，你应该知道怎么做了！"极轻的话语却暗藏着极重的警告。东方绝如捣蒜般点头！

"东方绝明白，一定会及时与太子您联系。"他偷偷抬眸，发现眼前已空无一人。东方绝双手撑地，踉跄着起来，一个没扎稳又摔倒在地，心里将沈茹芯骂了一千次不止。若不是她，自己也不会无端扯进这场是非之中。至于接下来的路，也只能听天由命啦！脑子里突然浮现沈剑的身影，东方绝一怔，"莫不是这老家伙让他女儿来整我的吧！唉！"

龙祁峻从骠骑府的侧墙跳跃而出，一双眼睛正紧紧地盯着沈茹芯离开的背影，眸光中的冰冷令周围的空气骤然凝固！

且说龙祁峻离开骠骑府之后，按着沈茹芯来时的路跟了回去，希望再有所发现。果不其然，就在景华街的中间，龙祁峻分明看到有个八九岁的小孩儿撞了沈茹芯一下，沈茹芯便掉转了方向，朝着夏芊芊所说的破庙的方向走去！

看来今天的收获果然不小。龙祁峻没有犹豫，悄悄跟了上去。不过多时，龙祁峻已然到了西郊破庙。就在沈茹芯进庙的瞬间，龙祁峻一跃跳到了破庙的顶上！

"今天我已经出来太久了，有事快说！"看着背对着自己的女子，沈茹芯的口吻似有不屑。

"既然来了，就不差这一时半刻。东方绝的事儿办的怎么样？还有柳青青那里，你敢保证龙祁轩会纳她为妾？"慕容雪回眸转身面向沈茹芯！

"东方绝那边没有问题，柳青青那边也指日可待！"沈茹芯眸色无波！

"所有夜越国的细作都已准备妥当。只要柳青青那边儿一有消息，我们便会配合行动！这其间，最好不要出现什么差错啊！"慕容雪提醒着！

"用人不疑，疑人不用！你们既然不相信我，又何必找我？"沈茹芯冷冷开口！

"太子妃误会了！我们岂会不信你！只是事关重大，雪儿不能拿所有夜越国细作的命来赌！"慕容淡声解释。

"可茹芯却是拿命在赌！既然雪儿姑娘没有别的事，那茹芯告辞了！"沈茹芯已经出来很久了。她可不想打草惊蛇！

慕容雪没有阻拦，而是目送沈茹芯离开！看着那抹背景淡出自己的视线，慕容雪不禁嗤笑。这天下还有这般蠢的女子。天朝的三分之一？哈！

见沈茹芯走远，慕容雪腾地蹿到房顶，却发现空无一人！怎么会？刚刚明明听到了响动！

"雪儿，下来吧！"清冷的声音暗含着一丝怒气，端木尘不知何时已经站在庙堂里了！

"主人……"

"龙祁峻已经走了！"忍着怒气的端木尘长嘘出一口气，狠绝的目光落在慕容雪的身上。因为过于激动，他紧握的拳头发出咯咯的响声！

"主人……我……真的不知道沈茹芯的身份暴露了！"慕容雪感觉到从端木尘身上散发出来的杀气，颤抖的声音中掺杂着一丝畏惧和无辜！

"你不知道？那龙祁峻怎么会跟踪起沈茹芯了？"此时的端木尘眼中一片猩红！

在听到端木尘的质问后，慕容雪的身体开始发抖，脸色泛出惨白，指尖冰凉，嘴唇颤抖着。她勉强挤出几个字来："属下……属下真的不知，我……我想在此之前……她……她已经被……发现了吧？"

端木尘心情沉重地看着地上吓坏了的慕容雪。若不是缺人手，他绝不会留她！

"起来吧！事已至此，怪谁都没有用！现在看来，除了沈茹芯，你也暴露了！我现在担心田岜南是不是也暴露了！如果是这样，我在想要不要杀了他！因为他知道我们太多事情了！"端木尘没想到龙祁峻这么厉害，一出手便拔了自己安插在天朝的三个钉子！

"不……不会吧！"慕容雪狐疑开口！

"罢了！相信龙祁峻也是只知其一不知其二！已经到了这个时候，我不能就这么算了！从现在开始，这次行动不要再通知沈茹芯和田岜南了。我们自己干！还有，你也不要再回去了，先找个地方躲起来！"

"是！那沈茹芯……杀了她？"慕容雪真是恨死沈茹芯了。要不是因为她，自己也不可能差点儿死在主人的手里。慕容雪心里有数，端木尘现在不处置她，怕是等待秋后一起算账呢！

"不！留着她！反正她已经是招死棋了。那咱们就在决一死战的时候用上她！现在，咱们的行动能不能成功就靠青青了！"

"刚才沈茹芯说东方绝……"

"沈茹芯已经是条死鱼了，东方绝还会是活的吗？若不是我想看看东方绝的动静，也不会看到沈茹芯被龙祁峻跟踪！东方绝再傻，也不会投靠一个已经成为众矢之的的女人！下棋不在乎你剩多少棋子，要看你的棋子在什么位置，扮演什么角色！"端木尘脸色一寒！

"属下遵命！"低眸接命的慕容雪眼中一丝阴霾划过！

第二十四章　为大义被逼绝境

别苑

当龙祁峻到达别苑的时候，却没有在房间里找到夏芊芊，心不由一震，猛地冲出去四处寻找！

直到看到那抹身影伫立在竹林时，他的心才安了下来："原来你在这里！"龙祁峻暗自吁出一口长绵的气息，淡淡开口。

"没想到，你这里还有这么美的地方！上一次住了好几天却从来没有发现过。可惜……"淡淡的声音没有一点儿波澜。夏芊芊静静地看着这百里竹林，心突然宽了许多。

"我还以为你走了呢。"心慢慢放了下来，龙祁峻走到夏芊芊的身边，目光随着夏芊芊的方向望了出去。

夏芊芊转身："走？呵，我真的不知道还能去哪里！你不是要赶我走吧！"淡淡的眸子没有一点儿光芒。

"怎么会！如果你愿意，呆多久都可以。"深情的眸子闪过一丝异彩，须臾之间恢复如初！

夏芊芊有那么一刻的惊讶，下一秒，眼睑低垂，嘴边凄然而笑："如果心还在，离开有用吗？"夏芊芊垂眸，心伤！如果早知道会是今日的局面，她当初还会选择龙祁轩吗？怨妇呵！那画中之人，果真就是自己。

风过，夏芊芊突然觉得很冷，转身时，身体不经意间倒进了龙祁峻的怀里！

"芊芊！"龙祁峻忧心开口。这一刻，他才看清，夏芊芊的脸已经如此

憔悴了!

"我……我没事!"夏芊芊羞涩地逃离龙祁峻的怀抱。还是抗拒啊。她的心里不能再有别人了。因为没有"如果",再也回不到从前了,再没有重新选择的机会了!

太子府

郑谨天本有最新情报要向龙祁峻汇报,却不想潜入太子府的书房时,看到的却是沈茹芯!

郑谨天透过窗上的小洞,看到沈茹芯似在翻些什么。就在这时,他突然感到自己的背后有人轻碰了一下。郑谨天迅速回头,正想动手,在看清来者后,嘴角抹出一个淡淡的弧度!二人先后离开书房,任由沈茹芯在那里急不可耐地寻找!

密室内

"你怎么会这个时候来?"龙祁峻轻掀薄唇,等着郑谨天的回答。如果没有重要的事儿,他是不会冒这个险的!

"属下正有最新情报要向您禀报!最近慕容雪似乎在接触一位陌生女子,看样子好像是要替代柳青青!如果六王爷再不纳妾,那咱们的计划可就功亏一篑了!现在,至少柳青青是咱们的人!可一旦换成别的女人,事情就复杂了!"郑谨天忧心开口。事情已经进行到这一步,是时候让六王爷知道这件事了。如果他再抗拒,很可能会误了大事!

"谨天呐,你这是给我出了个难题啊!你的意思是让祁轩知道我们所有的事情,对他晓以大义,对吧?"因为龙祁轩的性格再加上二人之前的误会,所以龙祁峻从没想过要将这么大的事儿告诉龙祁轩,免得他弄砸了。可现在也唯有如此了。

"不过微臣想过,此事绝不能告诉六王妃!以六王妃的性格,六王爷要纳妾,她一定会大闹一番。如果她事前知道,怕不会有令人信服的效果!为了国家,也只能委屈六王妃了!"郑谨天可不想因为一个人的过失而毁了他们的大计!

"这点我知道。若非如此，我也不会隐瞒他们这么久了！"龙祁峻面露难色！如果祁轩知道这一切都是假的，他会同意吗？

龙祁峻思索片刻，眼中一片凝重，半晌后终是开口："嗯！就按你的意思办！我明天就会去找祁轩！到时候我们三人再细安排当天的部署！"这样的话不好开口啊！龙祁峻看得出，自己的六弟对夏芊芊是动了心的！

"微臣告退，呆的时间长了，怕引起他们的注意。对了，刚才太子妃……"郑谨似有提醒之意！

"或许你想象不到，夜越国的奸细已经将触须伸到我的太子府了！不过你放心，此事我自有安排！"龙祁峻想好好利用这次机会！

"那微臣告退！"郑谨天虽然惊讶，却也相信太子的处事能力，于是转身离开。

靖王府

当龙祁轩知道夏芊芊负气离开的消息之后，便吩咐府中所有人去找夏芊芊。一连几日，都没有她的消息。已经第五天了，龙祁轩完全坐不住了，正欲出门亲自去找夏芊芊的时候，却在府门遇到龙祁峻！

"皇兄？"

当看到龙祁轩变得如此憔悴时，龙祁峻心中不忍，却又无可奈何："六弟，你这是要出门吧？如果不急，皇兄想跟你说件事儿！"龙祁峻很清楚龙祁轩是要出去找夏芊芊，可现在他亦没有选择！

"呃……好！皇兄请！"虽然着急，但是龙祁轩也知道如果不是重要的事儿，龙祁峻也不会亲自来。

两兄弟进了书房。龙祁峻叫所有人守在外面，不许任何人靠近！

书房内，龙祁轩看着龙祁峻一脸肃然，却只是神色复杂的看着他，并不言语，便开口道："皇兄不是有事要说吗？"淡淡的语气没有一点儿戾气，反倒有一些忧心之感。

"听说六弟府上来了叫柳青青的人，而且还怀上了六弟的孩子，对吗？"龙祁轩没有说话，只是在揣测龙祁峻此次的来意。是芊芊告诉他的？芊芊在太子府？他是来为芊芊抱不平的？所有的猜测全都涌了上来。一时间，龙祁轩真的不知道如何开口！

"六弟，如果我告诉你，青青是我派到你府上的呢？她没有怀孕。那一夜，你们什么事都没发生！你会信吗？"龙祁峻声音沙哑，神色凝重！

龙祁轩不可思议地抬起头，眸光带着混乱，手掌用力握在一起，完全不相信龙祁峻所说的话！

"你不信，对不对？但是我必须告诉你，这一切全都是真的！不止如此，你知道吗？夜越国已经有很多奸细混了进了朝廷，也有一些朝廷的官员经不起诱惑，背叛了天朝。田岂南就是其中之一！"龙祁峻已经做好将所有的事情和盘托出的准备。因为龙祁轩是关键的一步！

"这怎么可能？怎么我之前一点儿消息都没听到？"龙祁轩仍然难以相信龙祁峻所言，神情惊骇无比！

"还有，沈茹芯也是他们的人。还有东方绝，如果不是我发现的早，怕也成了他们的爪牙。他们此次来的目的除了打探军事情报之外，还预谋将朝中大臣一网打尽。而这个预谋的关键就是你六王爷纳妾！六弟，我没有骗你。之前没告诉你，是因为知道的人越少越好，而且一切也在我的掌控之中。可是现在不一样了。他们随时准备换掉青青！"龙祁峻犀利的眸光，落在了龙祁轩的身上！

"真的？这都是真的？"此时的龙祁轩脑子一片混乱。如果柳青青没有怀孕，那一夜什么都没有发生，那芊芊一定会回来的！一定会！龙祁轩想也没想就要夺门而出，却被龙祁峻挡在了门口！

"六弟就不想想国家大事吗？现在已经到了剑拔弩张的时候了。如果你出去找芊芊，那我们这么长时间所做的一切都白费了。不止如此，我们根本不知道到底有多少夜越国的奸细混了进来。如果就此揭开那几个人的面具，后患不是你我能承担得了的！六弟，我言尽于此。你还要去找弟妹吗？"祁峻凛冽的声音夹杂着一丝不忍。他看得出龙祁轩对夏芊芊用情有多深。可是这是唯一的路！他与他都没的选择！

"皇兄的意思是……不……不可以！"漆黑的眸子燃着熊熊烈火，龙祁轩不可置信地看着龙祁峻！

龙祁轩看着龙祁峻的眸子一片慌乱，血色从脸上尽数褪去。半晌，他

方才开口："皇兄，我不会做对不起芊芊的事！绝不会！"

龙祁峻看着自己的六弟。祁轩还是那么聪明，自己还没有开口，便知道自己的来意。可是，他拒绝了。如果今天换作是祁峻，他也不敢保证会为了天朝伤了夏芊芊！

"六弟，我明白你对弟妹的感情有多深。可是现在，作为皇室的一员，你就真的忍心让整个天朝处于风雨飘摇的境地吗？你最清楚夜越国的野心。他们每时每刻都在想着如何侵蚀我们的国土。你真的要置之不理吗？"龙祁峻一字一句就像扎入龙祁轩的心脏一般！

"皇兄！我可以带兵！我可以上战场！就算战死，我也无怨无悔！求你了，我不想伤了芊芊的心。我已经伤了她一次，不想再伤一次了。皇兄，我是真的爱上芊芊了！如果可以，我宁可牺牲自己，也不想再让她受一点伤害了！"看着龙祁轩悲怆的眼神，泪在眼眶里打转却不肯流下来，龙祁峻知道，祁轩真的爱上芊芊了。可是祁峻又何尝不是！如果有的选，他又怎么会让夏芊芊受这样的苦呵！

龙祁峻浑身僵硬地站在龙祁轩的面前，眼神木然地看着自己的六弟。怎么办？

龙祁轩抬眸，看到龙祁峻脸上那层漠然。自己的皇兄从来没求过自己，从来没有。真的要拒绝吗？真的要不顾整个天朝的安危吗？真要再起战火吗？要怎么办？他真的可以这样自私吗？

"算了，我走了！"龙祁峻最终作了自己都没想到的决定。为了亲情，为了爱情，他放弃了最周密的计划，他选择冒险！

"我同意！"几乎是同一时间，龙祁轩慢慢站回到桌边，无力地扶着桌面，看向龙祁峻的眸子毫无波澜。是啊，作为皇室族人，他不应该那么自私。打击夜越国的奸细，原本也是他的责任。皇兄已经为自己做了不少了。他不能让自己的亲哥哥独自去承受这么大的压力！

抬起的脚步慢慢放了下来，龙祁峻没想到龙祁轩会同意，双眸深深地看着自己的六弟。难道他不知道，这三个字将会给他和夏芊芊带来多大的痛苦吗？

"六弟！"声音有些微颤，龙祁峻慢慢走近龙祁轩，用力地握着他的肩膊，想开口，却又不知道说什么！

"事情结束后，我会向夏芊芊请罪的。不管她是原谅还是不原谅我，我都会用接下来的一生补偿她！"泪水终是忍不住滴落下来。龙祁轩抬手轻抹了一下，嘴角抹出一个弧度，露出苦涩而无奈的笑容！

"谢谢你，六弟！"从来没见六弟哭过，龙祁峻知道他的心里定如针扎般难受。可是这是他的决定。既然如此，他只能更好地计划下一步的谋略，才不辜负龙祁轩所做的牺牲！

"刚才皇兄好像提到了沈茹芯。她……也是夜越国的奸细吗？"龙祁轩收了心神。这场暗战他一定要胜，否则就更对不起夏芊芊了！

"不错！她跟夜越国的奸细签订协议。这是我亲眼看到的，不会错！除了她还有一个叫慕容雪的女人。不过，这一切都在我们掌控之中！"龙祁峻淡淡开口！

"那青青……"

"你别怪她！是沈茹芯找到了她。在她应下沈茹芯的请求之后，便将整件事告诉了我。是我求她帮我演这场戏的！不管她做什么，都只是为了完成任务！因为沈茹芯和夜越国的奸细时刻盯着她，她必须做些事情来挑拨你和芊芊的关系！即便如此，慕容雪仍然不相信她，正在接触别的女人来代替她！若非如此，我今天也不会来找你！"龙祁峻将所有的事情全数告诉龙祁轩！

"这件事……不可以让芊芊知道吗？"龙祁轩有些不甘。

"以你对芊芊的了解，如果她知道这件事，这戏，还演的下去吗？你别忘了，看戏的人都是戏骨！稍有差池，他们都会看出来！"龙祁峻也不想如此伤害夏芊芊。可此时此刻，他没有更好的办法！

这时，柳青青自外面走了进来："既然太子将整件事跟王爷说了，青青再无隐瞒的必要！王爷放心，此事一了，青青自会向六王妃道明一切！"柳青青眸光清润，淡淡开口。

"青青你别这么说。这件事让你受委屈了！女子名节重要！是天朝亏欠你的！事后，我自会还你清白！"龙祁轩不怪柳青青，也从没怪过！这般大义女子，世间少有啊！

"王爷言重了。青青一介草民，能为国效力已是荣幸!"柳青青微微领首。

"事不宜迟。我们还是商量一下喜宴那日的部署!"龙祁峻自怀中掏出图纸摆到桌上! 三人围坐起来，议到天明。

第二十五章　惊人举王府纳妾

翌日清晨，龙祁轩将秦政叫到自己的书房："老秦，咱们府上好像很久没办过喜事了吧？"淡淡的声音没有一丝的情绪在里面。秦政被这莫名的一问给蒙住了："回王爷，自从上次娶王妃过门儿之后便没什么大的喜事了！"秦政如实回答。现在他根本猜不透自家王爷到底什么想法。明明是爱着王妃的，可为什么任由她离开呢？现在还问这些八杆子打不着的事儿！

"嗯！快了。你找人选个纳妾的好日子！就在这个月！去吧！"龙祁轩脑子一片混乱，眸子闪出一丝绝望。他甚至不知道现在应该做什么，只是木讷地吩咐着龙祁峻交给自己的事情！

"纳妾？谁纳妾？"虽然心里已然猜到大半，但秦政还是不相信王爷会纳柳青青为妾，尤其是在王妃出走的时候！

"我纳青青为妾。一切都由你安排准备吧。包括青青那边需要什么，你都一并安排了吧！"黑眸中一丝无奈萦绕，龙祁轩无力地靠在了椅子上，冲着秦管家摆摆手后闭上了双眼。

秦政没再言语，慢慢撤了出来，可心里却像被什么东西压住一样喘不过气来。虽然娶亲纳妾是主子的事儿，但秦政看得出王爷并不高兴，应该是因为王妃吧。何苦啊！

离开书房后的秦管家召集了所有家丁，一是让他们各司其职，布置靖王府。虽是纳妾，但也马虎不得！二来也让他们留意一下王妃的行踪。一旦见到王妃，一定要把此事告知给王妃！至于最后是什么样的结局，就只能看他们的造化了！秦政也只能努力到此！

靖王纳妾的消息不胫而走！

别苑内，夏芊芊正坐在摇椅上顶着太阳沉思，杏儿自外面气喘吁吁地

跑了进来!

"小姐!不……不好了!姑爷要纳柳青青为妾!"一句话,让夏芊芊刚刚平静下来的心瞬间如掉进深水寒潭!整个人惊在那里!

"小姐……"杏儿喘息着走到夏芊芊的身边,小心翼翼地开口!

"你……刚才说什么?"夏芊芊皓齿暗咬,明眸生波!

"姑爷……要纳柳青青为妾。"杏儿的声音越来越小。她真是后悔。早知小姐会伤心难过,为何还要说呢!她真是该打啊!

"纳妾?为什么?连一句解释都没有吗?为什么?"泪如决堤的洪水自夏芊芊的眼眶汹涌下滑,心在这一刻凝结成冰!她不甘心!她要当面向龙祁轩问清楚!这就是他最后的决定吗?她一定要得到一个明确的答案!

"小姐!"杏儿见夏芊芊起身奔出别苑,忙追了出去!

这条路虽短,可在夏芊芊的心里,却从未走过这么长的路。心那么累,累到她每迈一步都显得那样无力。见了面要说什么?要怎么开口?质问他吗?说什么?问他为什么纳妾?为什么违背自己的誓言?此时的夏芊芊脑子里一片空白!

"小姐,真的要进去吗?"杏儿忧心开口。

靖王府的门外已然挂上了红幔。看来杏儿说的全是真的,龙祁轩真的要纳妾了。夏芊芊的身子不由地摇晃一下。杏儿忙扶紧了夏芊芊,眼中尽是不忍!

"可以不进吗?"尽管秋水明眸染上一层冰冷,但杏儿看得出她眼中蕴藏的畏惧。她在害怕吗?这还是杏儿第一次看到夏芊芊表现得那样无助和惨凉。

夏芊芊轻拨开杏儿的手,一个人迈进了靖王府的大门。越是逃避的就越来得快。刚进府的夏芊芊便看到龙祁轩与柳青青并肩嬉笑。真的很开心吗?从来都没想过我的感受吧!

"芊芊?"龙祁轩抬眸间看到了自己日思夜想的人,真恨不得马上拥住她,再也不让她离开,可刚抬起的脚终是落了下来,手慢慢地揽在了柳青青的身上!一个小小的动作却让两个人的心溃不成堤。

"王妃?您回来就好!"柳青青知道龙祁轩这么做是要气走夏芊芊。他在害怕啊。他怕面对夏芊芊，他会失掉所有的理智，破坏整个计划！

"龙祁轩，你是不是应该有什么要说的？"夏芊芊的桃花眼没有了昔日的炫彩，眸光犀利。他已经用行动说明了一切。可是她要龙祁轩亲口说出来，他要纳妾，他要娶柳青青！

"我……无话可说！"眸光闪烁，龙祁轩淡淡几个字却有如冰刀一样插在夏芊芊的心上。不仅疼还寒冷无比！

泪在眼中打转。倔强如她，绝不会让眼泪在这种场合流下来。她的冷眸紧盯着面前这个曾和自己矢志不渝的男人。此时的他却搂着另一个女人。是自己的错，错信了龙祁轩的假情假意。夏芊芊的眸子突然变得狠绝起来！

"如果我不同意呢？"漆黑的眸子燃烧着。夏芊芊向前逼近一步，等待着龙祁轩的回答！

"我……心意已决。就算你告到父皇母后那里也不会改变什么。"低沉的声音竟显得有些无力。他不知道自己的话是怎么说出去的，又怎么忍心说的，眸子低得更加厉害。他不敢看夏芊芊的眼睛。他怕只一眼便让他改变所有的主意，顾不得什么计划，将夏芊芊狠狠地搂在怀里，再也不放开！

"你……心意已决？好，我只问你，你之前和我说过的话是骗我的吗？全都是假的？"他说他爱她的，是假的吗？关心是假的，心疼是假的，爱也是假的吗？

"如果你这么想，我也没办法。"龙祁轩暗咬钢牙，手也不由地紧握着。除了忍，他没有别的办法。答应了皇兄，他不能后悔的。只是再面对夏芊芊，他真的会发疯的！

"青青，我身体不舒服。我们回房吧！"转身，他再也忍受不住和夏芊芊这样的对峙！

看着背过身去的龙祁轩，夏芊芊怒极反笑，笑得花枝乱颤，梨花带雨，眼泪愈流愈快，几乎看不清眼前男子的模样！

听着夏芊芊的狂笑，龙祁轩的心如针扎，痛入骨髓。可是他没的选择。泪在眼眶里打转，却终没有流下来。

夏芊芊止住了笑。惨白的面容上，一双冷眸薄凉如冰；喉咙哽咽着要说什么，可终究没有开口；任眼泪汹涌而下，没有再看他们一眼，只慢慢

转身朝府门走去。她走的很慢，似乎每步都耗尽她全部力气一般！

"芊芊……"不舍。眼看着夏芊芊离开自己的视线，龙祁轩猛然回头。他想说一切都是假的，他只爱她一人，可是却怎么也说不出口。对于天朝，他有这样的责任。要怎么才能留住夏芊芊？他不想她离开！

夏芊芊的身子突地一颤，再回头，只是带着一丝苦涩的笑，默然开口："龙祁轩，没想到我们的缘分竟然这么短！"只是一句话却让龙祁轩的脑子轰的一声，一片空白，心中突然升起一种恐慌，这么短？什么意思？她要离开吗？不行，不可以！龙祁轩撇下柳青青，冲到夏芊芊的面前，紧握着她的双肩，一双鹰眸氤氲一片，泪水在眼角处悄然而落！

他想开口，他想解释所有的一切。突然有一个声音在他耳边回荡："不顾龙祁峻的信任了吗？不顾天朝的安危了吗？"

夏芊芊停了下来，一动不动，睁大了眼睛，似是有所期待地看着龙祁轩，可是却没听到任何声音。她茫然地看着眼前的男子，连眼泪都流不出来了。半晌之后，夏芊芊拨开龙祁轩的双手，冷声道："遇到你，是我夏芊芊的劫！如果可以选择，我情愿从未来到这个世上！"转身离开。

呆呆地站在那里，龙祁轩似乎听到自己的心在滴血。他已经感觉不到疼了，脑中晃过夏芊芊凄惨的容颜，身子突地摇晃一下。柳青青见此忙跑了过去，扶住龙祁轩："王爷，这是最后的时刻，也是最关键的时刻了。"

"只是累了。我回房休息了。辛苦你了。"淡淡一笑，忍去所有哀伤，龙祁轩迈着步子朝着自己的房间走去。他很困，什么都不要想了，只想睡去，再也不要醒过来！

屋内，龙祁轩关紧房门，脚下如踩着尖刀般走近桌子，心口撕心裂肺般的痛。他猛地狂拍了下桌子，仰头："啊！"他绝望地怒喊着，声音在耳边不断地徘徊，却挥不去心头惨烈的苦楚。他的身子绊在了椅子上，不小心摔倒在地。龙祁轩像是死了一般靠在椅子上，眸中缓缓流出两行清泪。自己真的爱夏芊芊吗？如果爱，为什么要让她那么伤心难过？为什么眼看着她孤独地离开，却没有阻止？皇兄啊，你到底给了我一个什么任务啊！你可知道这对我来说有多难吗？

第二十五章 惊人举王府纳妾

破庙内

"禀报主人，日子已经选在下月初八！这一次绝无差错，定会将天朝众臣一网打尽！"慕容雪唇角闪过一丝狠绝！

"嗯！这次你做的不错！"端木尘赞许着开口，一切按着计划进行，告诉田岂南具体日子，让他们也早作准备。到时候咱们就给龙祁轩送份大礼！当天靖王府的厨子肯定不够，定会在外面找一些下手。你便随我们的人混在其中，到时候把毒药掺在喜酒里，一切就都结束了。完成任务后，你便可以回夜越国与你父母团聚！你去准备吧！"犀利的眸光微颤了一下，瞬间恢复平静。他朝着慕容雪摆了摆手。

"雪儿定当全力以赴，绝不辱命！"终于可以回夜越国了，慕容雪自心里高兴！

太子府

"进来！"听到外面的动静，龙祁峻淡声开口。

"应该有消息了吧?"龙祁峻放下手中的兵书，起身绕过案桌走到郑谨天的面前，双目期待地看着郑谨天！

"下月初八，他们会混到靖王府的厨房，在酒里下毒，企图将所有去祝贺的大臣一网打尽！"郑谨天一脸肃然！

龙轩峻轻抹出一个冰寒的弧度，眼神飘至窗外。该是行动的时候了："谨天，你是如何打算的?"龙祁峻转身，二人坐了下来，开始策谋。

"回太子，微臣想过，在六王爷的宴席上出现的肯定不会是大人物。估计事成之后，慕容雪定会与那个幕后之人会合。到时候让齐将军带着一班精锐暗中跟踪慕容雪，将那个幕后之人一举擒获！"这是郑谨天想到的最好的办法。龙祁峻也觉得十分合理。

"如此甚好。齐虎那边我会亲自去一趟。不过还有一件事儿需要谨天你配合一下！"龙祁峻轻抿薄唇。事情到了这里，是时候让她的太子妃浮出水面了。不止是沈茹芯，还有一个摇摆不定的东方绝！这会儿，他要和郑谨天配合演一出好戏给沈茹芯看了！

龙祁峻带着郑谨天走过庙堂："谨天，六弟的喜宴真的有什么不妥吗？我不信！"龙祁峻声音中透着愠怒，眸光却瞥向庙堂里一直敲着木鱼的沈茹芯。

　　"我是有可靠消息的！太子，你一定要相信我。要不然，咱们朝中的大臣都会很危险的！"郑谨天配合着开口！

　　"你不要再危言耸听了！我不会信的！再敢乱说，别怪我不顾情谊治你的罪！退下！"龙祁峻的声音越发凛冽！

　　"可是……"

　　"退下！"龙祁峻再次拂袖！郑谨天无奈地离开太子府！

　　庙堂内，沈茹芯将这一切听得真真切切。这些日子，她应该准备的都准备了。可那个叫慕容雪的女人一直没有找她。本就有些按捺不住的沈茹芯又听到了郑谨天和龙祁峻的对话，更加起了疑心，莫非夜越国出尔反尔？否则怎么会不联系她！

　　"兰儿，我要出去一下。你知道怎么做了！"清越的声音却有着不容反驳的决绝。

　　"可是，太子并没有离府，兰儿怕……"

　　"怕什么！他不会找我的！你照着我的意思做就行了！"留下犹豫不绝的兰儿，沈茹芯已然从密道换了衣服，离开了太子府！

　　看着沈茹芯朝着骠骑府走去，龙祁峻抹唇一丝苦笑。夫妻一场，他却不知自己的枕边人竟有如此野心。沈茹芯啊沈茹芯，你可知就算我想留你一命也不可能了！龙祁峻跟着沈茹芯的步子来到了骠骑府！

　　"太子妃，你怎么又来啦？"自从上次沈茹芯来了自己府上之后，东方绝这些日子没有一天睡好过。不为别的，就是不明白太子为何明知沈茹芯是奸细，却不下手呢？是念及夫妻之情，还是另有目的？要是念及夫妻之情，那沈茹芯他是得罪不起的；若另有目的，那就更不得了了！对于他来说，唯一希望的就是再也别见着沈茹芯！只可惜偏偏天不从人愿啊！

　　一见沈茹芯进来，东方绝忙支退所有的下人。前厅内，就只有东方绝和沈茹芯两人！

　　东方绝一双小眼不停地四处窥视。说不定龙祁峻就在什么地方听着呢！

"师兄，你在做什么？"沈茹芯对东方绝的行为有些不解。好听点儿，那是胆大心细；不好听的，那就是贼眉鼠眼。这里可是他自己的府邸！

"没……没什么。太子妃，您怎么有空到我这儿走动，就不怕太子找不着您着急？"东方绝本想提醒沈茹芯顾忌一下。有些话最好不要讲出来，免得自己左右为难。

"别在我面前提他！东方绝，你今天可不太一样了。怎么，才几日光景就忘了咱们上次的协议了？我可是记得一清二楚呢！我的兵马大元帅！"沈茹芯淡淡启唇，口中一抹嘲讽，却带着些许警告之意，犀利的眸子直盯着东方绝，柳眉似蹙非蹙。

"协议？太子妃您开玩笑了。我是外臣，怎么可能跟内室有什么协议呢。呵……呵呵……"东方绝越笑越虚，到最后甚至没了声音。屋子内一片寂静，甚至可以听到双方的呼吸声。

"看来师兄还真是健忘。乙丑年七月初十，某人欺上瞒下吞了国库里的黄金一百万两，事后将相关人等除之而后快；申酉年，某人强抢民女不成，杀其全家泄愤，事后以钱摆平此事；戊戌……"沈茹芯慢声细语，款款道来，听得东方绝满头大汗！

"我想起来了。呵呵……不知太……师妹今日来所为何事？"听到沈茹芯嘴里的一条条、一件件，东方绝的脸色骤变。这其中的每一项都足以要了他的命！看来沈茹芯是早有准备要拉自己下水了！此时，东方绝更怕的是暗中的龙祁峻会不会听到这些！尽管他不敢肯定龙祁峻就在某个角落。

东方绝直感觉自己手指冰凉，眸光时尔瞄向沈茹芯，时而转向房顶或是柱后，根本没听沈茹芯在讲些什么。他也打定主意了，不管沈茹芯怎么说，自己都先应着。至于接下来嘛，自己是按兵不动。只要他够本分，就不会让太子有任何的借口罢官，甚至是索命！至于沈茹芯，关键时刻，他宁可冒险杀了她，也不会让她有指证自己的机会！

"师兄？师兄？东方绝！"沈茹芯见东方绝心不在焉，狠拽了他的衣角一下，方才将东方绝拽回神儿来！

"呃……那师妹想怎么做？"东方绝暗暗稳了心神，一脸凝重地看着沈茹芯，希望她不要让自己做什么过格的事儿啊！

"你的任务很简单，在龙祁轩纳妾的那天，准备兵马包围靖王府，不让任何一个进去的人出来！"沈茹芯只是淡淡开口，并无任何动作，只是双手紧握成拳，似是有些发抖，关节处泛起青白色！

"师兄听得不真？要不要茹芯再说一次？"见东方绝没有回应，沈茹芯冷哼一声，眸子猛然瞪向东方绝。其间的眸光绝不允许有人拒绝！

"不……不用了！属下照作就是！"再说一次？真不知道她有几个脑袋够砍。东方绝额头虚汗渐渐渗了出来。只是现在他也只能在沈茹芯和龙祁峻之间周旋了。沈茹芯断然不会成功。只是他现在还摸不清龙祁峻的心思，也不敢贸然动她，否则早就像当年一样，抓她去朝堂了！

"不用最好！师兄，成败在此一举。对了，茹芯差点儿忘了告诉师兄一件事儿。你的那些个事儿，我已经全数写了下来，交给了一个信得过的人。如果当天，你没有按着预定的计划出现，那等待你的就只有死路一条。去了或许会死；可若是成功，便是一人之下，万人之上。师兄是聪明人。茹芯相信师兄应该知道如何选了！"沈茹芯淡淡一笑，血红的唇抹出一个诡异的弧度。

东方绝听得是心惊肉跳。他没想到眼前这个女人要比她父亲狠上百倍。当初沈剑可是全心全意相信他的。这个沈茹芯如此说，摆明了是不相信他。这样一来，东方绝还真不知道接下来要如何行动了。

"太子妃多虑了。现在你我同坐一条船，东方绝自然明白其中利害！"

"如此甚好！我还有事。师兄就等着我的消息吧！"沈茹芯瞥了一眼东方绝，转身离开骠骑府！

看着沈茹芯离开，东方绝在前厅等了许久，却不见龙祁峻出现，心中正在疑惑。突然一只飞镖射了进来，东方绝疾步走到柱前，发现飞镖下面插着一张字条，忙拔出飞镖，取下字条一看。上面写着：

"若想将功补过，就按太子妃意图行事——龙"

拿着手里的字条，东方绝犹豫起来。落款写着一个龙字，这到底是不是龙祁峻啊！可看字面上的意思又必是无疑。龙祁峻的字体他见过两次。这字又似像非像的，真是不太好辨认啊！

东方绝拿着字条来回踱步，终是下定决心按着字条的意思行事。这也是龙祁峻意料中事!

跟着离开骠骑府的沈茹芯,龙祁峻来到了田岂南的府邸。

"太子妃大驾光临,不知有何贵干?"对于沈茹芯的出现,田岂南并没有太大的惊讶。毕竟慕容雪曾讲过沈茹芯投诚的事情。今天她的到访肯定是有原因的。

"算了,明人不说暗话。现在这屋里没人,田大人何必演戏呢!"阴冷的嗓音没有一丝温度。沈茹芯直盯着田岂南。尽管她知道下月初八靖王府会发生事情,可却不知道夜越国的人到底想做什么。所谓知己知彼,百战不殆。这也是她此行的目的!

"太子妃这是何意?微臣是真的不知道太子妃今日到访所为何事?"田岂南不慌不忙,启唇而言。

"我想知道下月初八,你们要如何对付那些个朝中大臣!"话说到这个份上,沈茹芯也不想拐弯抹角。

"下月初八?田某不知太子妃何意。下月初八不是靖王爷纳妾之日吗?有什么不妥?"田岂南听得一头雾水。

"田大人何必演戏呢?难道你不知道夜越国的奸细要在那一天将天朝众臣全数毒死的吗?"对于田岂南的反应,沈茹芯很是不满意,用一双冷眸瞥了田岂南一眼,转身冷冷地站在那里。

"什么?不会吧?他们有行动?怎么我没接到消息呢?"由于过于激动,田岂南的嗓子有些变音,全身也有些颤抖。看着面无血色的田岂南,沈茹芯暗自吃惊。没想到夜越国的奸细做的够狠的。卸磨杀驴是不是太早了点儿!

"看来你也好不到哪儿去!他们应该也没告诉你吧!"沈茹芯的眸子一片死寂,阴沉沉的没有一丝光芒。沈茹芯慢慢转身,看着田岂南一副愕然的表情。

"太子妃是什么意思?"田岂南疑惑地看着沈茹芯。怎么他不知道那个柳青青也是夜越国的奸细?不知道下月初八要行动?

"什么意思?呵,田大人不是天真地以为他们真的会把咱们当成自己人吧。在他们的眼里,咱们到底是外人,怎么可能什么事儿都说呢?换句话说，咱们现在已经没有利用价值了，所以……"沈茹芯故意留给田岂南一些想象的空间。

"他们竟然没有通知咱们，那不是想连咱们也毒死吗？这也太狠了吧。怎么说我也为他们做了不少的事儿。真是……"田岂南如何也没想到端木尘竟会如此背信弃义，居然会连自己也不放过！

"多说无益！我来只是想告知田大人，夜越国已经不可信了！如果田大人想保命的话，可以与我合作！茹芯保你无事！"沈茹芯信誓旦旦道！

"合作？"田岂南狐疑开口。

"不错！这夜越国的奸细不止一个。到时候，只需田大人将你所知道的夜越国奸细给我揪出来即可！"沈茹芯淡淡道！既然夜越国不仁，便休怪她不义了！

"这个田某人一定办到！"虽然不知道沈茹芯葫芦里卖的什么药，但田岂南似乎也无路可走！

第二十六章　鸣不平怒闯王府

别苑内

夏芊芊静静地倚在床栏边，泪顺着眼角流淌下来，晶莹、冰凉！这泪模糊了整个世界，也模糊了她的心。唯一清晰的却是龙祁轩护住柳青青的那一幕，令她心如针扎，痛入骨髓。不久之前，她还认为自己的人生有多圆满。可是现在，一切都如镜花水月、昙花一现。开口，却不知说什么，和谁说。心像是空了一般。这就是哀默大于心死的感觉吧！她真有幸，竟会尝到这种滋味！

她的眼前突然闪出那幅画。是博物馆的那幅画！画中女子那样凄凉地笑着。是啊，那分明就是她。原来她口中的弃妇从来都不是别人！

夏芊芊凭着仅有的一点力气走下床，坐到了梳妆台前，看着模糊不清的铜镜。她的影像在里面。心为之一震。一模一样！呵，天意难违啊。明知道会有今天的结局，可为什么还是爱上了呢！难道就这样痛苦下去吗？因为龙祁轩的错误就要这般惩罚自己吗？他在那边欢天喜地地迎亲纳妾，自己就在这里愁眉苦脸凄凄惨惨？

她看着铜镜里的自己，眼神那样寂寥，那样空洞。这是自己么？夏芊芊突然顿悟一般。不可以，她不应该这样伤害自己的。让龙祁轩和柳青青看笑话吗？她做不到！她不是画中的女人，她是夏芊芊，从来都不是弱者的夏芊芊！她猛地挥手将铜镜甩在地上，打成碎片；眼眸一片温润，看着地上破碎的铜镜。破镜难圆，这也许就是上天的预示吧。蹲在地上，夏芊芊想将它们悉数收了扔出去。就在这时，门口传来哗啦的响声。

"小姐！"

芊芊抬眸，对上杏儿惊恐的目光，唇勉强绽出一丝笑意。她该不会以为自己要自杀吧！傻丫头！

"小姐！您别这样！为那种人，值不值得啊！"杏儿只怔了一下，扔下手中所有的食物跑到夏芊芊的面前，一把将她拉了起来，紧紧地握着她的双手，眸中尽是悲痛！

"杏儿……"夏芊芊心中一暖。还好有杏儿！还好啊！

"杏儿，你不会以为我要自杀吧？"清润的眸子抹过一丝嘲讽。在他人的眼里，自己果真成了弃妇了吗？不行！她绝不能认输。就算是走，她也要潇洒地离开！

"难道不是吗？"杏儿看了看地上的破碎的铜镜，又看了看夏芊芊。

"怎么会?! 我以前听人讲过，身体发肤，受之父母。自杀的人下了地狱是最惨的！你认识我这么久，我有没有那么笨啊！"她轻启唇，淡然而笑！

闻此言，杏儿方才安心。

"你能这么想，我就放心了。小姐，你饿了吧。我再去帮你弄些吃的。刚才……"

看着门口儿洒落一地的饭菜，夏芊芊了然地点了点头。杏儿的一片苦心，她很清楚。

"你这么一说，还真觉得饿了。我带你出去吃！"夏芊芊看向杏儿，星点光芒，淡淡笑道。

"呃……"现在大街小巷都在传龙祁轩纳妾的事，杏儿真怕夏芊芊会受不了这个刺激！

"嗯！走吧！"她的唇抿出一个极轻的弧度，微微一笑，拉起杏儿的手离开别苑！

一路上，夏芊芊听到的最多的声音就是龙祁轩纳妾，虽然心里极不是滋味，可脸上却依旧保持着笑容，她不可以伤心，更不能流泪。这不是她的错！为什么要她受罪？

"小姐，你确定要在这儿吃？"坐在醉食斋的杏儿发现很多双眼睛自他们进来的时候就看向这里。他们嘴里说的也就是龙祁轩喜新厌旧的事儿。

"当然，都已经来了！再说我也饿了！小二，上菜！"夏芊芊淡淡笑着看向杏儿。她知道杏儿的担心，只是她必须经得起这些流言蜚语。难道就因为这些，自己连出门的权力都没有了吗！可是她的心里真的很难过。

看到夏芊芊的笑容，杏儿点头。饭菜上来后，二人一通风卷残云消灭了所有的食物。夏芊芊抹了抹嘴，吃饱之后果然舒服许多，心情也没刚刚那么低落。

"吃好了！结账！"夏芊芊摆手叫来小二！

"谢谢，一共十两！"小二边等着杏儿掏银子，边偷瞄着夏芊芊。

"你老看着我干嘛？我脸上有写字儿吗？"越是想忽略身边异样的眼光，就越是有人在她面前晃来晃去。

"不……不是。六王妃，你还不知道吧？宰相和宰相夫人去了靖王府了！"夏芊芊可是醉食斋的常客，这里的上上下下谁不认识她啊。刚才这小二看到宰相和宰相夫人怒气冲冲地路过，而六王妃却在这儿胡吃海喝，所以才好心提醒一句。

夏芊芊一听这话，心猛然一惊。看来要出大事了。自己去了尚且没占着一丝便宜，更何况是自己的父母。说什么她也不会让自己的父母再去受这个屈辱！

"杏儿，我们走！"夏芊芊二话没说，抬腿跑出了醉食斋，希望能拦下夏辰和碧瑶！

夏芊芊一路追来都没看到父母的影子，眼看就要到靖王府了。他们应该是已经进去了。看来她不得不踏入这个门了！

夏芊芊预料的没错。此时靖王府的前厅内，四个人已成对立之势。夏辰一双鹰目狠盯着龙祁轩，似要将他吃了一般。碧瑶在看向柳青青的时候，眼中也是充满了不屑。

"虽然你是六王爷，但是你与我女儿的婚事是皇上赐婚。如果我女儿不同意，你也不可以纳这个女人为妾！"夏辰一字一句响当当地砸在龙祁轩的面前，没有半分商量的余地！

"不错！我们家芊芊已经被你气得下落不明，很显然她是不同意了。你最好断了纳妾的念想。我们虽然位低权轻，可也不是任人宰割的！"碧瑶爱女心切，完全没了平时端庄贤淑的样子，怒视着龙祁轩！

"你们别怪祁轩，这都是我不好。"柳青青知道龙祁轩无法面对二老，便将他们的矛头引向自己！

"当然是你不好，一个女儿家不知廉耻，勾引别人的相公，此罪其一；没经得正室同意便想进家门，这般不知礼仪，此罪其二；我们现在是在质问龙祁轩，而你却插嘴进来，此罪其三！"碧瑶一步步逼向柳青青，严辞激烈！

就在碧瑶伸手要掴柳青青的时候，龙祁轩倏地将柳青青拉到身后，硬生生挨了碧瑶一掌，众人皆惊！

夏辰怕龙祁轩还手，将自己的夫人拉了过来，挡在了碧瑶的前面，直视龙祁轩。出乎意料的是，龙祁轩并没有任何反应，只是直直地立在那里，脸上泛起一个巴掌印。

"王爷！"柳青青心酸地看着龙祁轩！何苦要挨这一掌呵！

"我没事。岳母大人做的对。是我龙祁轩对不起芊芊。不管怎么样，青青我是一定要纳进门的。至于之后芊芊要怎么惩罚我，我都无怨！"柳青青只是计划的一部分，她是无辜的！而且，自己伤害芊芊至此，这一掌，他理应承受！

"龙祁轩，你不要以为这么说，我们就会不怪你。这件事，我明日必将上奏。你执意如此，我们便求皇上为我们芊芊讨回公道！哼！"一向讲究礼仪、注重尊卑的夏辰被气到了极点！

"不管二老如何，柳青青我是娶定了！"平淡的声音没有一丝波澜，龙祁轩黯然道。

"你……"夏辰气极，身子不由地一晃，往后退了数步，好在让碧瑶扶住。

"爹、娘！"清悦的声音有些变声。夏芊芊忙跑进前厅，扶住夏辰，眸间一片氤氲。

"芊芊！芊芊你回来了！让你受苦了，孩子！"碧瑶见到夏芊芊，本就红了的眼眶顿时泪如泉涌，抓着夏芊芊的手，拉到自己的身边。夏辰更是老泪纵横："芊芊呐，都是为父不好，让你嫁给这么个禽兽。早知如此，为父说什么也不会答应这门亲事，就算是全家抄斩又如何啊。"看着二老在自己面前忏悔，夏芊芊终是按捺不住，流下眼泪。说好不哭的，说好不会再让龙祁轩和柳青青看到她的脆弱的！

夏芊芊伸手扯出丝帕，帮夏辰和碧瑶擦干了眼泪，唇起抹出一丝浅笑。看着自己的父母这般伤心，夏芊芊心里极不是滋味："爹，娘，你们放心，我没事的！"淡淡开口，夏芊芊拉着二老坐了下来，低眉敛眸，隐了所有的情绪。

"孩子，苦了你了！你放心，爹绝不会让你白白地受委屈，明日一定在金銮殿上给你讨回公道！"夏辰斜睨一眼龙祁轩，愤愤道。

"爹，女儿知道二老心疼芊芊。不过芊芊自有处理的办法，二老就放心回府吧！"自己已经占了他们女儿的身体，若要他们再为自己丢了性命就真的罪无可恕了。当今天子毕竟是龙祁轩的父皇，又怎么可能向着夏家呢。夏芊芊不会让夏辰冒险的！

"女儿啊，你别傻了。他现在要纳妾，你以后还有什么幸福可言啊。听娘的话，这件事儿就让你爹做主。他想纳妾，死都别想！"碧瑶心疼女儿，也同意夏辰的说法。

"爹，娘，你们不要为芊芊的事情费心了。不就是纳妾吗，芊芊同意的！他没什么错，又何须讨回公道呢？"夏芊芊如此说，只是想让夏辰打消告御状的念头。她同意？那才叫见鬼呢！

"芊芊，你说什么？娘没听错吧？"碧瑶怎么都没想到自己的女儿会说这样的话。有谁愿意将自己的相公分给别人呢！

"娘，是真的。女儿嫁过来一无所出，为免人闲话，所以给夫君纳妾以传子嗣，也没什么不妥的。其实祁轩他起初也是不想的！"夏芊芊顾不上龙祁轩在场，编着自己的谎话。

"芊芊呐，你不要怕。虽然我们是臣，但也要讲个理字。你不要因为害怕什么就乱说！为了你，爹什么都能豁出去的！"夏辰也急了。明明很有理的事情，可经夏芊芊这么一说，反倒觉得没理了。

"爹，我没乱说。事实如此，我知道外面有很多人传了一些乱七八糟的闲话。你别听那些。我一切都好！真的！"夏芊芊勉强地笑着，看了眼龙祁轩，强忍着没让眼泪掉下来。

龙祁轩自然明白夏芊芊的意思，忙上前两步，规规矩矩地站在夏辰面前："芊芊说的是真的。"龙祁轩感激地看着夏芊芊，可却没收到任何回应。他真的很怕夏辰上奏给父皇。到时候，所有的一切都功亏一篑了。那自己的牺牲和夏芊芊所受的委屈岂不全都白费了！

碧瑶见女儿如此说，紧拉过夏芊芊："女儿啊，你别傻了。同意？这男人……"

"娘，你放心吧。我一切都好。你和爹回去吧。外面已经是风言风语了。你们要在这儿呆久了，外面还不知道传出什么了呢！女儿真的很好，是真的！"夏芊芊轻启樱唇，眸子抹出一丝忧虑，她自己眼瞎爱上龙祁轩，可不想连累父母受罪！

"芊芊，你说的都是真的？"夏辰狐疑地看着自己的女儿。

"千真万确！"唇角轻轻扬起，夏芊芊定定直言。

夏辰看了看自己的妻子，转身又看了看龙祁轩："罢了。既然芊芊同意，我也就不管你们的家事了。瑶儿，走吧！我们要相信女儿！"拉起不甘愿的妻子，夏辰欲离开靖王府，转身间看着自己的女儿，"芊芊，如果受了欺负，一定告诉为父。做父亲的绝不会让你吃亏的！"简单的一句话，让夏芊芊暖到心里。是啊，为什么要萎靡不振呢？自己有这么好的父母，还有关心她的人。为了他们，自己也要好起来！

"请爹娘放心，芊芊自有分寸！"深深施礼后，夏芊芊目送两位老人离开，转身唤来杏儿，"杏儿，我们也该走了！"

"芊芊，我……"龙祁轩双眼露出浓浓情意，他想留下芊芊。

"你别误会，我是不想让二老伤心，所以才如此说！"秋水明眸微微眯起，夏芊芊的眸中闪过一丝决绝！

"芊芊，如果……如果我说……我……我爱你……你会不会留下来……"龙祁轩皱了皱眉，心很疼，可是眸中却有着一丝期待。

"爱我？呵呵，我没听错吧？"夏芊芊猛然回头，轻声笑着。泪从她的绝世容颜上蜿蜒而下。

"爱我会和别的女人一夜缠绵？爱我会无视我的存在，将别的女人带回府里？龙祁轩，你这么说愧不愧疚啊！"夏芊芊一步步逼近龙祁轩，双眸狠盯着他，眼中充满了怨恨！

"我……我知道是我的错。我娶青青是因为……是因为我要负责。这不代表我不爱你啊！芊芊……"龙祁轩终是没说出真相。事到如今，他不能说。可是他更不想夏芊芊离开。这一走，怕是千山万水再难回头了！

"龙祁轩！"夏芊芊怒吼一声打断了龙祁轩的表白，双眸更染上骇人的恨意！夏芊芊愤愤地看着龙祁轩，脸上的怒意表露无疑，"你爱我？从头到尾，由始至终，你从来都没相信过我！我说是沈茹芯推我下水，你不相信！我说过我没有推沈茹芯下水，你还是不相信。为了她，你竟然将我推倒在地！在你的心里，每个人都比我可信，都比我重要。说到底，在你龙祁轩的心里，我根本就不重要！"由于过分激动，夏芊芊有些失声。

"我……"她说的没错，龙祁轩无言以对。

"你现在却说你爱我？你觉得我会信吗！呵，我的王爷，这个爱字，你对错人了吧？你爱的人在你的后面，就是你欲新纳之妾。啊不，我不在了，她就是你的妻了！杏儿，我们走！"看着哑口无言的龙祁轩，夏芊芊转身拉起杏儿就要离开。

"芊芊，你不为我想也要为父皇母后或是岳父岳母大人想想啊！他们都那么大年纪了，你这一走……"龙祁轩砰的一声跪在了地上，眼中充满乞求。只要能留下芊芊，只要她不走，让他做什么都可以。龙祁轩真的不想等一切都结束了、真相大白的时候，却不知道跟谁解释！

"祁轩！"柳青青没想到堂堂王爷会当着这么多人的面给夏芊芊跪下！这样的爱，该有多浓、多重、多入骨！

"芊芊，我求你别走！"龙祁轩的眸子紧紧锁住夏芊芊。今天让她走了，他怕自己真的会后悔一辈子啊！

"求我？"夏芊芊回头，看着地上的龙祁轩，"你有什么资格求我？留下？看你和柳姑娘是如何鸳鸯戏水吗？龙祁轩，你给不了我幸福，就要抹杀我追求幸福的权利吗？我夏芊芊今生别无所求，只求能得到自己夫君全部的爱，不被分享的爱！余愿足矣！我要的东西，你给不起！后会无期！"到最后，龙祁轩也没有放弃纳妾的念头，这让夏芊芊突然觉得心冰凉一片。或许她和龙祁轩之间真的是段孽缘！夏芊芊毫无眷恋地离开了！

就在龙祁轩要不顾一切地冲出去的时候，手臂却被柳青青缠住了。

"最后关头，王爷想放弃吗?"柳青青的声音显得有些无力，抓着龙祁轩的双手慢慢松了下来，双眸低垂下来!

走出靖王府，夏芊芊抿唇轻笑。只是这笑越发显得苍白。杏儿没有言语，只任夏芊芊发泄心中的情绪。半晌，夏芊芊终是停了笑，眸中滚出泪来。

"我是不是很好笑? 明明想留下，却硬撑着逞强。"夏芊芊的眼眸深处闪过一丝悲凉。心，就这样死了。

日子一天一天地过去。夏芊芊每天都呆在别苑里，无聊的时候就到竹林里闲走几步。还好龙祁峻只要不忙的时候就会来看她，让她不至于太过伤心! 与此同时，龙祁峻亦与郑谨天、齐虎紧锣密鼓地安排婚宴当天的应对之策。而龙祁轩则是陪着柳青青挑选大婚的必备之物，掩人耳目。沈茹芯、东方绝策划着初八那一天的具体方案! 除了夏芊芊，几乎所有的人都对龙祁轩的婚宴翘首以盼。

第二十七章　喜堂上断情绝爱

　　六月初八终于到了。这个日子对每个人来说都有着非凡的意义。过了今天，有的人可以放下包袱，不顾一切的寻找自己所爱；有的人可以完成保家卫国的重任；有的人可以达成自己的目的。所有的一切都会在这一天改变！

　　清晨的阳光透过竹窗星星点点地洒进了竹间小筑。

　　"祁峻，过了今天，我想离开皇城。你可以帮我准备吗？"经过这些日子的沉寂，夏芊芊的娇容憔悴许多。鲜少开口的她，突然看着走进来龙祁峻开口，眸子洒下一地破碎的珠光。

　　"好，只要过了今天就好。"龙祁峻知道，过了今天，一切都结束了！他最在乎的女人便不会这般伤心难过了！

　　"嗯！谢谢你。"她对他笑，没有任何的温度，只有无尽的悲凉。眼看着眼泪又要掉落下来，夏芊芊移了身子走到铜盆前，撩起水洗去所有的情绪。

　　"嗯！芊芊，我得回去一趟，你好好睡一觉。一觉醒来，所有的烦恼都会结束的。"龙祁峻黯淡的眸子终于有了光彩。这几天看心爱的女人为情所困，龙祁峻的心也好过不到哪儿去。不过，他知道这是暂时的。只要过了今天，她定会展露笑颜。一定会！

　　"好！"夏芊芊用拭巾擦干脸后，朝着龙祁峻淡然而笑，"你先去忙吧。我会照顾好自己的！"在龙祁峻离开的那一刻，夏芊芊的脑海里浮现出那日马背上的一幕！这个男人，曾经说过爱自己的。

　　大婚前一日，柳青青便被送到醉食斋的客房内，所以喜轿也停在醉食斋！

"姑娘，外面的轿子到了。咱们是时候出发啦！"喜娘小心翼翼地搀扶着柳青青。在一片锣鼓喧嚣中，柳青青进了轿子。

一时间鼓乐齐鸣，炮竹声响，一片喜气融合之态。六王爷纳妾，全城轰动。

"新娘子，您坐好啦！咱们可要走啦！"除了喜娘，抬轿子的人都是慕容雪事先安排好的，一旦打起来也好有个照应！

没有应声。轿内，柳青青略有紧张。今日到底会发生什么，她亦不知！

另一面，慕容雪乔装打扮，带着一群手下已然混进了靖王府的厨房。

"你们干什么呐！快进去啊！"秦政见新请来的厨子一个个站在外面东张西望的，急得跑了过来，推搡着将慕容雪等人送进了厨房。

慕容雪连忙点头，招呼所有人进了厨房。让她没有想到的是，原本靖王府的厨子竟没有一个留在厨房。这倒奇了！正在她思量是不是有异变之际，秦政拉着府上的人路过厨房门口儿："你们快着点啊！今天便宜你们啦，不用炒菜，只端端盘子！还不知足？"老秦狠点着一个中年男子的头。慕容雪看那背影倒有几分熟悉，却怎么也想不起来在哪儿见过！

"为什么要让厨子端盘子？我不懂！"中年男子嘟囔着，只是口音有点怪，像是南方人。慕容雪竖起耳朵。这也是她想知道的！她所有的希望全都在今天了，不容有失！

"你不懂了吧！这可是王爷说的。新进来的手艺虽然不错，但大多没见过什么大官，怕到时候怯场，再有失礼的地方就不好啦！这是给你们认识大官的机会啦！还不知足！快去换衣服！"老秦故意提高了嗓门儿！

听了秦政的话，慕容雪暗自欣喜。真是天助我也。没想到龙祁轩竟然没有一点儿的戒备之心！

外面，中年男子又开口："干嘛要换衣服嘛！"似有一丝不耐烦。

"在前厅端菜，自然要穿得体面一点儿啦。要不然人家会以为咱们靖王府有多寒酸呢！哎呀！我真是老糊涂啦，居然跟你说这些。你快去换吧，我还得看看新娘子到没到呢。可别误了吉时！"看着秦政推着中年男子离开，慕容雪的唇角抹出一个弧度，眸光朝着身边的人闪了一下。大家心领神会，全都"忙活"起来。

221

厨房外，秦政推着中年男子到了背角处，抬手猛擦了额头上的虚汗，颤抖着双唇："郑大人，我……我刚才表演的怎么样啊？没露馅儿吧？"

中年男子左右看了看，而后稍抬了抬头上的毡巾，冲着秦政挑了下大拇指："咱们的人都换好了衣服？一会儿动起手来，你就负责以最快的速度将所有的家丁撤走，没问题吧？"郑谨天一脸肃然。

"保证没问题！"秦政拍拍胸脯。没想到王妃的集合哨声倒是派上用场了。吹三下哨子，只要是靖王府的家丁，就都明白什么意思。所以这件事儿对他来说不难！

"好！各自行动！"郑谨天撩下这句话，飞身跳出靖王府，朝着旁边的民居而去。

看到人影晃动，龙祁峻忙迎了上去："谨天，里面的情况如何？"他剑眉紧蹙。今天对龙祁峻来说尤为重要。如果不成功，他不但对不起天朝，对不起几位因此事受累的重臣，更对不起龙祁轩和夏芊芊！

"回太子，里面一切正常。所有的事情都安排好了。齐将军那里……"郑谨天倒不担心靖王府，他更关心那条"大鱼"！要知道真正的"大鱼"并不会出现在靖王府！

"放心！我让齐虎带齐人马去了那里埋伏。不过这里会有一个小插曲。我要借这个机会铲除东方绝，还有我的'好'王妃！"龙祁峻的眸子微眯，其间闪出一丝狠绝。这一次，他发誓不会再给沈茹芯任何机会！

若非借助沈茹芯，他还真难给东方绝定罪呢！龙祁峻拍了拍郑谨天的肩膀："谨天，你在这里坐阵。这场喜宴，我不可以不在场。我这就回太子府！"龙祁峻看了看背后的重重埋伏，点了点头后，从后门离开！

骠骑府内，东方绝看着手中的纸条，反复研究那个龙字代表的到底是谁？而自己要不要听沈茹芯的命令。事关生死，东方绝在前厅来回踱步，终是决定不下来。因为就在昨天，沈茹芯又来找自己，竟然要自己在喜宴快要结束的时候带兵冲进靖王府，绑了里面所有的人！不管职位高低，不管是敌是友！

东方绝很清楚，这么做无疑就是造反。如果没有这张纸条，他说什么也不会按着沈茹芯的意思做。可现在，他是进退维谷啊！

罢了！东方绝猛地攥起纸条，这纸条必然是龙祁峻写的。而龙祁峻又知道他太多的秘密。如果不按他的意思办，就算自己不出兵，也是死路一条。说不定龙祁峻让自己这么做是有用意的。到时候戴罪立功，不但无罪反而有功也不一定呢。事到如今，也只能赌一把了！东方绝狠了狠心，走出前厅，叫来所有兵将……

除了东方绝，田岜南也是左右为难。去，夜越国没有将行动的内容告知他，分明是想卸磨杀驴，趁着这个机会将他也毒死；不去，光灿灿的请柬在手，所有的大臣都去了，而且都会出事，唯独自己不去，事后必成为众矢之的。而且上次沈茹芯来了之后，田岜南也知道这个女人必定也会搞出一些事端。看来靖王的这场喜宴真是百年难得一见啊！

看着手中的请柬，田岜南终是决定铤而走险。不入虎穴焉得虎子。他一定要亲自看清当时的形势才能决定自己的去向。三方势力，不管哪一方得胜，他都有投靠的理由。如果天朝胜，他便假装昏迷，蒙混过关；如果夜越国胜，他便找机会再邀一功，就算不得功名，至少也可以保一命；如果那么不幸，是沈茹芯胜，那他也算是和沈茹芯是同一路上的人。沈茹芯自然也不会对他赶尽杀绝！

想到此，田岜南放下请柬，到内室更换朝服，准备赶往靖王府。

太子府内，沈茹芯端起铜镜，看着镜中的自己，淡淡地笑了，眸中闪过一丝嗜血的光芒。多年来的隐忍，终于在今天画上一个圆满的句号。今天一过，她便是这天朝第一位女皇。所有对不起她的人都会因此而丧命。

砰的一声，手中的镜滑落在地上，竟成了两半。沈茹芯陡然一惊，心中升起一丝恐慌，须臾便恢复如初。不管成败，她已经没有退路了！

"祁峻！"眸子抬起的时候，却看到龙祁峻不知何时已然站在了门口儿，沈茹芯启唇，抹出一个弧度，"再等一下，我马上就好了！"

看得出沈茹芯的不安，龙祁峻双手握成拳头，微微地颤抖，却浅笑道："不着急，茹芯，如果你不愿意去，便在佛堂念经吧。我想他们不会怪你的，而且……"

"不行！我……六弟难得娶到自己真正喜欢的人，我怎么能不去祝福他呢。你先出去吧，我马上就好！"意识到自己过于激动，沈茹芯尽力抚平自己的语气，淡然开口。

"是吗，好吧！快些！"龙祁峻默然转身，眸间闪过一丝凄凉。毕竟是夫妻一场，所谓一日夫妻百日恩。刚刚自己已经给她指了条活路。只要她不去，便不会有杀身之祸。只可惜她冥顽不灵。自己也算是仁至义尽了。龙祁峻黯然离开，留下沈茹芯一人揣摩着龙祁峻话中的意思，终是没明白他的苦心！

没过多时，沈茹芯盛装走出了屋门，到了龙祁峻的近前："我们走吧，别误了时辰！"

龙祁峻没有再言语，拉着沈茹芯一起离开了太子府，直奔靖王府而去！

小筑内，夏芊芊对着桌子上的铜镜。镜中的她越发的苍白。突然，镜中出现了龙祁轩的"身影"。

他说："芊芊，只要你想，我龙祁轩愿意为你做任何事情，直到你双眼放明为止。"

他说："从现在开始，我龙祁轩绝不会对你夏芊芊失信！"

他说："芊芊，我是认真的！说实话吧！我……我……我爱上你了！"

他说："我认定了你，就会全心对你，自然也不会让你有任何的遗憾！你不需要羡慕任何人，因为我会让你成为这世上最让人羡慕的女人！"

他说："我不敢，我不敢说，我怕你离开我，因为我知道，你是我这世上唯一喜欢的女人。我真的爱你！没有你，我不知道活下去的意义是什么！"

他说："芊芊，我好累，真的好累。我想你了……好想……芊芊……我爱你……"

他说："芊芊，我求你别走！"

泪，汹涌而下。她的眼前掠过一幕幕与龙祁轩在一起的场景。她根本忘不了龙祁轩。原本以为只要离开这里，离开他便可以忘记之前的种种。可此时，夏芊芊知道自己做不到！

夏芊芊擦了擦脸上的泪水，抬眸间，眼中抹上一层期待。她不想这么轻易地就放弃自己的幸福。她决定再给龙祁轩一次机会，也再给自己一个希望。想到这里，夏芊芊夺门而出，只希望一切还来得及。

靖王府的卧房内，龙祁轩任由侍候的下人帮自己换上新郎的衣装，没

有一丝表情，眼神空洞，表情呆滞。龙祁轩此时如一具行尸走肉般任人摆布！

"王爷！一切准备就绪，就等着花轿到门口儿了！"下人们准备妥当后，纷纷撤了下去，只留龙祁轩一个人愣愣地站在那里。

当日与夏芊芊成亲的场景还历历在目。若非父皇母后在场，他甚至不会和她拜堂。一路走来，他从之前对夏芊芊的不屑一顾，到现在爱得欲罢不能。他庆幸夏芊芊会接受他的爱。可是现在，也是他亲手毁了这一切。不管有什么样的借口，夏芊芊也不会再原谅他了。他的眼泪在眶中打转。

突然，外面锣鼓喧天，鞭炮齐鸣。门外有人急促地敲门。

"王爷！新娘子来啦！喜娘让您快些出去呢！"听到外面下人的催促，龙祁轩抽泣了几下，抹干脸上的眼泪。不管怎么样，只要过了今天，天涯海角他都会追夏芊芊回来。

推门，龙祁轩在众人的簇拥下走向府门。一路上，他注意到有许多生面孔，眼神一瞥，嘴角不经意地抹出一个弧度。

府门外，大红轿子已经到了门外，所有的宾客也已经聚在府门。大家都很想一睹六王爷侧妃的风采。这时，龙祁轩已在众人的簇拥下到了门外。喜娘忙迎了上来，一脸的胭脂水粉，嘴一笑，扑扑下落，让人觉得极为恶心："新郎官来啦！快，踢下轿门，好把咱们的美娇娘领回府上！"龙祁轩按着喜娘的指引，抬脚轻踢了下轿门。恍惚中，他似看到夏芊芊顶着红巾从轿子中走了出来。整个人都怔住了，一动不动！

"新郎官儿！"

被喜娘推了一下，龙祁轩方才晃过神儿来。将柳青青从喜娘的手中接了过来。两人慢慢走进府门，向前厅走去！暗处，端木尘看着龙祁轩一步步地走进前厅，所有文武百官的脸上都挂着喜气洋洋的笑容，眸光一闪，唇角抹出一个凛冽的弯度。只需要片刻时间，这里所有的人都会中毒而死！

站在里面的龙祁峻和沈茹芯看着一对新人走了进来，各自都捏了一把汗。尤其是沈茹芯，不时地望着府门，思忖着东方绝到底带了多少兵，什么时间能到！

龙祁轩拉着柳青青到了前厅。喜娘向前走了一步，稳住二位新人，正对着龙祁轩，高声喊道："吉时已到，两位新人一拜天地！"伴随着喜娘的声音，龙祁轩与柳青青顺从照做。

"二拜高堂！"由于是纳妾，所以他们并没有请皇上、皇后。二人便向龙祁峻和沈茹芯下拜。长兄如父，也算是尽了礼节了！

"夫妻对拜！"眼看礼数一一周全，二人就要结成夫妻了，突然从外面传来一声清脆的喊声！

众人朝着声音的方向看去，只见一袭盛装的夏芊芊出现在前厅！这让所有人都大吃一惊！龙祁轩说什么也没想到夏芊芊会来到这里，心中不禁捏了一把汗。但有一点是肯定的。就算冒再大的险，他也不会让夏芊芊受到伤害！坐在上位的龙祁峻也没想到夏芊芊会出现，不由得站了起来，双眉蹙在一起。她的出现完全在意料之外。沈茹芯的眸子闪过一丝诡异。来的正好，省得她找了！

正欲对拜的龙祁轩一听到声音便知道是夏芊芊，身子猛然一震，抬头，眸光直看向走过来的夏芊芊。柳青青也顾不上什么礼数，将头上的红巾摘了下来，生怕在这样关键的场合再出乱子！

"芊芊！"龙祁轩诧异地看着夏芊芊，眸中一片氤氲之气，脚步不由自主地朝着夏芊芊走去！

"祁轩，我突然好想告诉你一件事。"她的声音平静如水，却蕴藏着太多的情愫。夏芊芊慢慢止了脚步，静静地看着近在咫尺、触手可及的龙祁轩。

"芊芊……"眼前的人，可触，可摸，是他红尘中唯一的伴侣。龙祁轩多想揽她入怀，一辈子再也不放开。可在感触到所有人的目光的刹那，他终是直直地站在那里，没有任何的动作。

前厅突然变得一片宁静，所有的目光都聚集在夏芊芊的身上。

"我爱你！龙祁轩！"终是说了出来。夏芊芊的目光柔情似水。这三个字她想说很久了，可是总会因为这些那些的事而没有说出口。只是今天，她知道，自己不能不说，也不得不说。她不想眼见着幸福从自己的手中溜走。不为别的，只为一个机会！

所有人的都被这三个字震到了。不知情的人，心里迷惑；知情的人，

心里痛苦。龙祁峻无力地坐到椅子上。他再也没有把握了。他不确定龙祁轩在听完这些后，会不会不顾一切地拉着夏芊芊离开。这场喜宴开与不开已经成了问题！因为如果换成自己，夏芊芊这三个字会让他用生命去换！龙祁峻无力地靠在前厅的柱子上。她终是放不下他啊。就算带她离开，又有何用？

"我爱你"这三个字在龙祁轩的耳边蔓延开来，令他的心突然软塌下来。龙祁轩不顾一切地冲上去抱住夏芊芊，手掌猛地收紧，带着泪意的眸子闪动着华光，唇颤抖着，声音哽咽着说不清楚话，只是一味地叫着夏芊芊的名字："芊芊……芊芊……我……也爱你……一直未变……芊芊……"

感受到龙祁轩的真心，夏芊芊的手环在龙祁轩的腰际，眸角流出泪来，眼前已是模糊一片。有些爱，不说出口，便没有机会了。夏芊芊不想自己后悔，不管结局如何，她已经尽力了！

在场之人虽被这一场景所感动，却不知接下来要如何收场。这时柳青青拉过喜娘。拜堂必须继续！否则怎么喝得了喜酒！

"继续！"尽管柳青青极不情愿！

"我说新郎官，这堂还拜不拜啦？过了吉时可不吉利！"

听到喜娘的话，龙祁轩全身一震，要怎么办？拜下去？如何对得起芊芊；不拜，又如何对得起皇兄啊！

感觉到龙祁轩微颤的身子，夏芊芊慢慢地从龙祁轩的怀中走了出来，低眸间将眼泪拭干，再抬眸时，已如湖水般平静无波。

整个前厅再一次寂静无声，视线又一次凝聚，夏芊芊淡然开口："祁轩，我来，是想给我们最后一次机会。如果你取消今天的婚礼，我便忘记之前种种，与你做一对恩爱夫妻，以后夫唱妇随，百年缠绵！如果你执意要纳妾，你我便恩断义绝。你给我一纸休书，以后见面形同陌路！"清冷的声音中却是无尽的企盼。她分明感觉到龙祁轩的心是在她这里的。在环住她的那一刻，他的心跳的那样强烈，那样有力！

夏芊芊的话将所有人的心提到了最高点。端木尘、龙祁峻、沈茹芯、柳青青，以及在暗处的慕容雪、田岂南个个紧了心神，等待龙祁轩的回答。他的答案决定了太多人的生死成败！

听到夏芊芊的话后，龙祁轩摇晃着身子倒退几步，终在柳青青的搀扶下稳了下来，可面色却瞬间苍白无色，眼神再一次空洞无光，脑子里不停地闪着和夏芊芊的过往，耳边却是龙祁峻和郑谨天所言的事实。龙祁轩如中雷击，怔怔地看着面前的夏芊芊，仿佛时光静止一般。他不知道要如何开口，要如何抉择！

龙祁轩的默不作声，将所有人的心都揪起来。一时间，整个前厅变得鸦雀无声。就在这时，龙祁峻慢慢起身，走下上座。在他的内心深处一直都希望自己所爱的女人幸福。之前逼迫龙祁轩答应他纳妾已经让他很内疚了。如今他只想成全这对有情人！

龙祁峻有力的步伐成了厅内唯一的声音。轻拍着自己的皇弟，龙祁峻刚要开口却被夏芊芊制止："太子，我希望任何人都不要干扰他的决定。因为事关芊芊一生的幸福。我要听的，并非只是一句话，而是他的真心！"

龙祁峻的手停滞在半空之中，轻启的唇终是合了起来，没发出半点声音，扭头看了眼龙祁轩后，退到了后面。

"祁轩，我在等！"夏芊芊脸色一片柔和，脸上带着淡淡的笑容，可是心却比任何时候都焦躁不安！

龙祁轩深深地看着夏芊芊，闭了眼，缓缓念道："纳妾是我对青青该有的责任，不会取消。但我龙祁轩保证在纳妾之后向你负荆请罪，任杀任剐，绝无怨言！"此言一出，厅内很多人的心算是平静下来。只是在端木尘和龙祁峻的眼里都露出不可思议的光芒，目光齐集在夏芊芊的身上！

心底扯过钻心的疼痛，夏芊芊突然绽出一抹浅笑，梨花带泪、嫣然而笑，冰凉的指尖微微颤抖。

"好，好，好！龙祁轩，你是非要纳妾不可了。很简单，休了我！我只求一纸休书，否则作为靖王妃的我在此，柳青青休想进门！"水眸中，星光折碎。就像她说的，原来她和龙祁轩的这段缘分竟然这么短，短到自己还没来得及记清！

"芊芊，你……不要逼我……"虚弱无力的声音响起，彻底粉碎了夏芊芊最后的一丝希望。夏芊芊紧盯着龙祁轩的视线变得模糊不清。夏芊芊踉跄地后退几步，终是凭着一身的倔强站稳了身子。冷，从心底蔓延开来，

直到指尖！

"我逼你？好，就算是我逼你。想要柳青青进门，就拿一纸休书换！"同样清越的声音却有如一把利刃将龙祁轩的心撕裂一般，很痛，很疼。悲凉铺天盖地地漫上心头！

"准备纸笔！"柳青青知道不能再拖了！只要拜了堂，喜宴就开始了。到时候就大功告成了！之后再向夏芊芊解释一定来得及！

拿起下人准备好的纸笔，龙祁轩的手指明显颤抖。要他休妻？要他休了自己最爱的女人，他如何也写不下去！做不到，他真的已是极限了！龙祁轩猛地将笔甩了出去！

"你并未犯七出之条，我龙祁轩虽为王爷，却也不能无端休你！芊芊，我不会写休书的！喜娘！继续！"龙祁轩转身，正欲将这最后一拜了结。只需要半个时辰。过了之后，一切都会真相大白了！他也只求上天留夏芊芊这半个时辰！

喜娘也没了主意，见龙祁轩转身走了过来，忙扯起了嗓子："夫妻对拜！"

"慢！你不写，我写！"夏芊芊的眸子迸发出凛冽的寒意，脸色虽然惨白，但却透着神圣不可侵犯的傲气。她弯腰捡起地上的笔，走向桌上那张白纸面前！

"芊芊！何必呢。等拜了堂，六弟一定会给你一个满意的交待！看在我的份上，你就给六弟一个机会吧！"龙祁峻再也坐不住了，直冲到夏芊芊的面前。看着心爱的女人如此伤心，就连他也忍不住要说出真相了。

"宁为玉碎，不为瓦全。我夏芊芊的要求只是作为女人应该得到的。既然他给不了，又留着这夫妻的名分何用！太子不必多言！"唇轻启，断断续续说下这些话，声音虽轻，却清晰无比。夏芊芊颤抖写下休书，泪滴滴落在休书之上。封笔之后，她拿起桌上的休书，绕过龙祁峻，慢慢走到龙祁轩的面前。氤氲的眸子直盯着龙祁轩，手轻轻扬起，将休书送至龙祁轩的面前。

"你签字之后，你我之间再无瓜葛。莫说纳妾，就是娶妻，也与我夏芊芊无关！"冰冷的声音有如千年寒潭里的冷水，字字句句击打在龙祁轩的心上。再无瓜葛？不！就算是死，他也要和眼前的女人纠缠在一起！

龙祁轩抬眸，看着夏芊芊的眸子，唇轻颤着开启，却没发出半点声音。他的手没有去接休书，反而背到了身后。不会，他无论如何都不会去接这份休书！

"在场所有的人都可以证明，今日我夏芊芊写下此休书。从此以后，我与龙祁轩形同陌路，生死不相干！"夏芊芊猛然抬手，休书自手中飘然而起。她的眸光自龙祁轩的身上移开，一股苍凉之意陡然升起！

抬脚，她一步一步地迈向门口，锥心之痛传遍四骸！

"芊芊！"龙祁轩转身，看着夏芊芊苍凉的背影慢慢离开前厅，眸角滚落出泪，砸在他的手臂上。他多想跑过去，拉起夏芊芊一起跑出去，离开这个满是机关的靖王府，寻找属于他们的天空。可是不行，他自有他的责任！

一声'芊芊'在耳边响起。夏芊芊突然感到悲从中来，泪如雨下。往事历历在目，而如今，她便与这个男人再无关系！一种前所未有的恐惧感围绕在周围，夏芊芊踉跄地走出前厅，走出靖王府！

第二十八章 锄奸祛害一网尽

王府内，所有人都将目光聚在了龙祁轩的身上，龙祁轩慢慢弯下腰，将地上的休书捡了起来，折叠起来，放进自己的怀中，抬眸，看了眼喜娘，空洞的眸子微眯。

"继续。"虚弱的嗓音将他的悲哀表露无疑。柳青青扶着近似倒下的龙祁轩，走到行礼处。伴随着喜娘的一声"夫妻对拜"，二人终是完成了所有的礼仪。柳青青在喜娘的陪伴下离开前厅，朝着自己的新房走去。

前厅内，所有的宾客均已落座。家丁已然将酒菜摆好。龙祁轩强忍着内心的撕痛，面带笑容地向众人敬酒！

"今日是我龙祁轩纳妾之日，多谢诸位光临。这一杯，我先干为敬。大家随意！"仰头，龙祁轩将杯中酒一饮而尽。众人见此，皆将杯中酒饮入喉中！沈茹芯却放下酒杯，假装轻咳不止。龙祁峻余光扫了眼沈茹芯，嘴角抹出一个弧度，将杯中酒饮入腹中！

一杯酒后，众人开始随意饮酒夹菜，畅谈开来。就在这时，突然有一人怦然倒地。四座哗然，众人皆惊。就在大家还没有缓过神儿来的时候，却不想又有人倒了下来。接下来则是一个、两个、三个地倒地。片刻功夫，屋内所有的人都横七竖八地倒在了地上或是桌子上。前一秒还热闹非凡的喜宴，此时已是一片死寂！

暗处，慕容雪看到此景，朝着身后的十几名"厨子"摆手后，自信万无一失，便离开前厅。要知道，端木尘派给她一个更为重要的任务。离开前厅的慕容雪直朝着柳青青的新房而去。她必须要杀人灭口！

屋内，就在那些"厨子"欲出手杀人的时候，沈茹芯突然起身，怒喝一声："住手！你们好大的胆子！且不知螳螂捕蝉，黄雀在后！来人！将一

干人等，全都给我拿下！"一声令下，前厅外突然闯进一票人马。见来人，沈茹芯的心终是放了下来，眼中抹出一丝凌厉的光芒。嗜血的杀意从她的眼中溢出！

经过一阵厮杀，所有的"厨子"全都毙命。这时，从前厅外走进一人，见沈茹芯后匆匆下跪："太子妃还有何吩咐？"东方绝没想到一切竟然与沈茹芯说的完全一样。所有的朝廷官员竟无一人清醒，而夜越国的奸细也全数歼灭。难不成那张纸条是沈茹芯给自己的一个定心丸？

"太子妃？古有牝鸡司晨之说。天地万物，阴阳自有其职责，不可越雷池半步。就好像公鸡打鸣，母鸡下蛋。可我沈茹芯偏偏逆天而行，要成为天朝史无前例的女皇！"不可一世的沈茹芯心中万千情绪如波涛汹涌，眸中闪出一丝精光。面对突如其来的一切，她欣喜得已然忘乎所以！

"是！属下叩见女皇陛下！"东方绝看到倒在地上的龙祁峻和龙祁轩，心中大骇，以为沈茹芯大计得逞，自然是顺着她说！后面的士兵见东方绝跪下，不明所以，也跟着跪了下来，大呼女皇万岁！

"好，好，好！"沈茹芯得意忘形，哈哈大笑，眸角闪出泪光。多年的筹谋，今日终于获得最好的回报！

"来人！将这些乱臣贼子全都给我绑起来！顺我者昌，逆我者亡！"沈茹芯冰寒的声音响起，却发现东方绝没有半点反应，"东方绝，你没听到本皇的话吗？我让你将这里一干人等全都绑起来！"她感觉到东方绝僵硬的身子，眸中满是恐惧，但并不是望向自己。沈茹芯有些诧异，可放眼望去，又没发现什么异状。

"微臣叩见太子。"东方绝愣了许久，才启唇嗫嚅道。颤抖的声音里充满了惧怕的音调。

"太子"两个字如惊雷在她的脑中炸响一般。沈茹芯的肩膀不停地颤抖。她咬住唇，慢慢转身，眼神却在瞬间凝固。沈茹芯不可思议地看着背后直直挺立的龙祁峻，神情惊骇无比。只是须臾，她颤抖着抬起青葱玉手，怒指着龙祁峻，眸光闪过一片杀意。昏睡也罢，清醒也罢，结果也只有一个！

"你没喝酒？"阴冷的声音蕴含着丝丝怒气。沈茹芯蹙眉着等待着龙祁峻的回答。

"酒中有毒，我自然不会喝！"清冷的声音中没有一丝丝的情绪。龙祁峻淡淡地看着眼前的女子。终是一场夫妻，如今却走到这样的结果，他似有哀伤，更感凄凉！

"那他们……"沈茹芯没想到龙祁峻会知道酒中有毒的事情。作为天朝的太子，他定然不会袖手旁观。指着地上的众臣，沈茹芯的神色有些慌张！

"你放心，我没喝不代表他们没喝！茹芯，你太让我失望了！我已经给过你不只一次机会。可惜你没有珍惜，现在还……"

"哈哈哈！"沈茹芯一阵狂笑，打断了龙祁峻的话，"龙祁峻，你别在这儿装伟大了！给我机会？若是给我机会，我到现在就不是一个人人看不起的太子侧妃！我也给过你不少的机会！你也一样没有珍惜。事情到了今天，我不会再给你任何反抗的余地了！"

沈茹芯边说边走到东方绝的身边，玉手直指龙祁峻，眸光凛然："来人，给我绑了他！"命令虽下，却无人敢动。沈茹芯扭头，怒视着东方绝，"还不快去！难道你以为他会放过你吗？刚刚是谁一口一声女皇的？"沈茹芯看出东方绝的犹豫，狠推了他一下。

"东方绝斗胆敢问太子殿下，是否有出示纸条给微臣指引？"东方绝已经到了进退维谷的地步。如今只要龙祁峻承认纸条的出处，他便会靠到龙祁峻一边，就算有天大的罪也会换个将功补过；如果龙祁峻不承认，他也只能来个鱼死网破了。事已至此，他也别无选择！

剔透的冷眸抹出一丝鄙夷，龙祁峻玩味地拿起桌上的酒杯，看着下面一脸期待的东方绝。此时，他的一句话便可让东方绝上得天堂，也下得地狱！若非此人心术不正，他怎么也不会动这个小人！

龙祁峻淡然开口："纸条？本殿下不知道你在说什么！"语气中的不屑让东方绝恍然大悟。看来他是上当了。龙祁峻本有除他之意。若今日，他没有出现在这里，就算龙祁峻是太子，也没有理由动他分毫。可是现在，情形完全不一样了！东方绝的双掌不由地紧握成拳，眸中闪过一丝绝决的杀气！

"东方绝，你还不动手！"沈茹芯看到东方绝的犹豫，整个心都跟着纠结起来。要知道，她所有的赌注全都放在东方绝的身上了！

"太子殿下，既然是你不义在先，那我东方绝今天就做件顺应天意之

233

事！绑了你，灭了天朝。风水轮流转。也该到我东方绝改天换地的时候了！"东方绝此言一出，惊讶的不是龙祁峻而是沈茹芯！

沈茹芯一把拽住东方绝，眼神中闪过一丝震惊和恐惧。她千算万算也没想到这一点，东方绝会在这么关键的时候自立！

"东方绝！你什么意思？你要自立为王？那我呢！"脸色骤然苍白一片，沈茹芯神色骤凝，不可置信地看着东方绝！

"你？自然和你爹一样，死无全尸了！我的好师妹，既然想反，怎么可能让你捡这个便宜呢！女皇？哈哈哈！我看你和你爹一样，都是蠢货！"东方绝已打算鱼死网破，说话自然也大胆许多。

"你敢这么对我说话！"沈茹芯的手紧紧地扯着东方绝的袖子，眼中尽是杀意。她自然明白，只因一步错，她满盘皆输。如今，别说是当女皇，就是保命都成问题！

"我为什么不敢？你以为你是谁？还是太子妃吗？就算你是太子妃，我连太子都不放在眼里，你算个什么东西！喔！忘了告诉你，当年若不是我大义灭亲告发你爹，或许现在你真成了公主也不一定呢！哈哈哈！"当一个人彻底没有畏惧的时候，便口无遮拦起来。只见东方绝放纵大笑，丝毫没注意到沈茹芯眸中迸发出来的阴寒！

龙祁峻没有动弹半分，只是静静地站在那里听着东方绝和沈茹芯的对话。他知道，沈茹芯今日是难逃此劫。让她临死之前能知道事情的真相，也算是他作为夫君为她做的最后一件事了！若非如此，龙祁峻早就摔下手中的酒杯，将外面的埋伏调进来了！

"你说的都是真的？我爹真的是你告发的？"沈茹芯一直在暗中查访当年坏事的真正原因，直到今天，方才明白个中原因！

"是又怎么样？"东方绝一脸傲然地看着沈茹芯，右手猛地将其推开，扭头怒视着龙祁峻，"来人！将此人给我拿下！"厅内一干人等正欲拥上去对付龙祁峻，却突然出现变故。只听"啊"的一声后，众人皆惊！

东方绝不可思议地看着肚子上的匕首，眼中尽是愕然。原来，就在他大意推倒沈茹芯转向龙祁峻的时候，沈茹芯突然冲上来，将手中的匕首狠狠地插在了东方绝的身上！

东方绝双眉紧皱，因为剧烈的疼痛，全身已然开始发抖，乌紫色的唇颤抖着张开，可却因为疼痛无法开口，一双手紧握着肚子上的匕首。

"哈哈哈！爹！女儿为你报仇啦！东方绝！你去死吧！"沈茹芯的手更猛地将手中的匕首搅了进去。顿时鲜血四溅，喷到沈茹芯的脸上，更显出那副狰狞！

"沈……你……"东方绝瞪大了眼珠，眸中太多的不甘，双手突然松开了腹中的匕首，猛地朝着沈茹芯的脖子掐了过去！

距离那么近，沈茹芯避无可避。况且，她也没有避开的打算。事情到了这个地步，她已经没有退路了。不过能在死之前为父亲报仇，是她唯一值得欣慰的事情！

眼看着沈茹芯就要被东方绝掐死，龙祁峻猛然将手中的酒杯摔在地上。

"啪"的响声过后，久候在外面的郑谨天以迅雷之速夺门而进。手下的兵士将整个前厅包围得水泄不通。郑谨天忙跑到龙祁峻的身边，扭头看到沈茹芯和东方绝的时候，嘴角抹出一个弧度！

看到这一切，厮杀中的沈茹芯和东方绝少了几许挣扎。原来所有的一切都只是水月镜花。如今机关算尽，却落得个黑吃黑的下场。到头来，他们只不过是龙祁峻的棋子罢了！

眼看着沈茹芯就要被东方绝所剩无几的力气掐断气，龙祁峻突地拔起郑谨天腰间的配刀，直刺进东方绝的心脏！

带着愤怒和不甘，东方绝绝望地闭上了眼睛。东方绝的倒下将沈茹芯从垂死中拽了出来，也让她完全失衡地跌倒。看着地上硬挺挺的东方绝，沈茹芯脑子一片空白。龙祁峻"噗嗤"一下拔出剑来，任滴滴鲜血下落……

"怎么不动手？"冷冷的声音却没有一点儿的后悔，沈茹芯紧盯着剑尖的鲜血。成王败寇。她别无选择！

"为什么？"龙祁峻浑厚的嗓音却夹杂着太多的无奈。当真要自己亲手杀了妻子吗？他不是她，终是不忍！

"哼！为什么？"沈茹芯慢慢地抬起头，眸子里嗜血的杀气依旧。是怜悯吗？碰触到龙祁峻的目光的那一刻，沈茹芯感到了莫大的耻辱！她不需要同情，从来都不需要。愤恨的泪顺着眼角慢慢滑落，沈茹芯强起身，晃悠着立在龙祁峻的面前！

她要与龙祁峻平视而谈，她从来都没低他一等！

"我今天走到这一步，都是拜你所赐。龙祁峻，如果当初你没有娶我，就不会带给我希望；如果你娶我的时候不封我为侧妃，就不会叫我失望；如果你真心待我，就会让我放弃为父报仇的信念。若非你绝情绝义，就不会让我出手反抗！龙祁峻，我全家，包括我自己，全都是你们龙家杀的！就算我沈茹芯做鬼，也要和你们纠缠到底！"

"你是罪臣之女。娶你，只为救你一命。没想到一念之仁竟埋下如此祸患。茹芯，我言尽于此，你……"他的身子猛然一震。龙祁峻话音未落，沈茹芯已然冲了过来。他手中的剑已然穿过她的身体！

她狠绝的眼神直盯着龙祁峻，嗜血的眼神越来越涣散，可其中的杀气却越发的浓重。

"茹芯……你何苦呢……"沙哑的声音掺杂着太多的凄凉。龙祁峻无力地松开手中的剑，剑眉敛紧，眸光黯淡。同床共枕的妻子就死在自己的剑下，这样的场景，他又如何释怀！沈茹芯错就错在太执著！执著到是非不分、善恶不明。是权力蒙蔽了她的双眼！

"龙……祁峻……呵……我用我的命诅咒夏芊芊绝情绝爱，生不如死……你……你们兄弟都是爱她的吧……哈哈……呃……"沈茹芯顾不得鲜血汩汩流出，顾不得疼痛传入四骸，眸子死盯着龙祁峻。她用自己的鲜血起誓，用自己的生命诅咒。看到龙祁峻恐惧的目光，她知道自己终于在临死的那一刻赢了一局。龙祁峻的目光告诉她，他怕了，从来没有这样怕过！

带着一丝诡异的笑容，沈茹芯慢慢倒在了龙祁峻的面前。

"死不悔改！"定神后的龙祁峻冷冷的留下这四个字，转身看也不看沈茹芯，回到了郑谨天的面前！

"太子殿下，一切处理妥当！所有大臣都只喝了少许蒙汗药，不碍事的！这主要是不想弄得天朝人人自危！只是……"郑谨天的目光瞄到了柱角处的田岂南！

龙祁峻点了点头，转身离开。沈茹芯的话让他越发地紧张。他要马上找到夏芊芊，不管付出什么代价，他都不会让她出事。绝情绝爱？"如果沈

茹芯的诅咒应验，那就应验在我的身上吧！"龙祁峻边走边祈祷着！

与龙祁峻相比，龙祁轩早在他动手的那一秒，便再也按捺不住，从前厅的后门跑了出去！

走出靖王府，龙祁轩茫然一片，一颗心纠结着疼。想到刚刚夏芊芊所受的委屈，他恨不得将自己大卸八块！只是现在，他必须找到夏芊芊，他要向她说明一切。他要告诉她是他的错，从头到尾全是他的错。他不相信她，不疼惜她，不理解她。他真的该死！

景华街上，龙祁轩像疯了一样穿梭在人流之中，嘴里不停地呼唤着夏芊芊的名字。每逢路人，他便死拽着不放，打听夏芊芊的下落！

"芊芊！你在哪里啊！我错了！芊芊……"刚毅如他，却也忍不住泪洒长街，任人对他指指点点！

"我错了！芊芊，你出来啊！再给我一次机会吧！"嘶哑的叫喊声震慑着整个景华街。龙祁轩从第一家铺子开始找，已经找到最后一间了，可是却丝毫没有夏芊芊的踪影。漆黑的眸子氤氲着雾气，龙祁轩重重地坐在了醉食斋的门前，看着来回的人流，只希望下一秒能看到夏芊芊的身影！

不管人们的指指点点，龙祁轩无力地看着前面，眼神涣散，口中不停地叫着夏芊芊的名字！

"芊芊，对不起"这几个字已经在龙祁轩的心里默念了一万次之多。只是就算再多又有何用？哀莫大于心死，冰冻三尺非一日之寒。龙祁轩很清楚，因为沈茹芯和柳青青，自己已经将夏芊芊伤得体无完肤！他笨！笨啊。最爱的女人却被他伤得最深。如今，他只有等。无尽的黑暗笼罩着龙祁轩的心灵。他知道，这里的每寸地方都不再有阳光了。他的人生，从此以后再无幸福可言！

"王爷！"秦政终于找到了龙祁轩，可看着自己的主子如此潦倒地坐在石阶上，心里极不是滋味！

"怎么样？有没有芊芊的消息？"听到老秦的声音，龙祁轩猛地站了起来，抓住秦政的衣袖，期待的目光中竟有一丝乞求！

秦政看得出龙祁轩的哀伤，话到嘴边却不忍吐出来。他派全府家丁出去寻找六王妃，可是回来的都没看到王妃的踪影！

看到秦政欲言又止的表情，龙祁轩倒在地上。没找到！整个京城都翻了个底儿朝天，却偏偏没有芊芊的消息。芊芊，你在哪里啊！难道你连赎罪的机会都不给我吗？要我怎么样，你说啊！芊芊……

"王爷，咱们还是先回府吧。府上的家丁还在找呢。您累了一天了，回去吧！"秦政明白王爷的苦衷。喜宴的事情他也知道一些。若非大义，他家王爷断然不会伤害王妃至此的！

"我要找！你回去吧！"声音有些颤抖。龙祁轩踉跄起身，朝着大街走去！

"王爷！"老秦见龙祁轩身形摇摆不定，心中甚是担心，可又不敢违背他的意思，只好跟在后面以防万一！

"芊芊，你在哪里啊！我知道错了！你给我一次机会吧。"他的耳边突然响起熟悉的声音："我有给你机会，最后一次机会。只是你有珍惜吗？龙祁轩，我们缘分已尽！不要再找我了，我不会再见你的！"

龙祁轩陡然止步，怔怔地站在那里，突然嚎啕大叫："芊芊，我错了！我有苦衷啊！芊芊！原谅我！原谅我啊！"是夏芊芊的声音，刚刚明明就是夏芊芊的声音。她在，她就在自己的身边！龙祁轩拼命地拨开周围的人群，抹干眼中的泪水。他很想辨清声音的方向，却终一无所获！

龙祁轩无力地跪在大街中央，仰天呐喊着夏芊芊的名字，手狠狠地敲打着地面，不停地忏悔，任地上留下一个个拳头大的血印而不自知。泪无声地下落，心如万箭穿心般痛入骨髓。他的芊芊终是不肯见他！

"芊芊！要我怎么样你才肯回来？要怎么样啊！"眼前突然被黑暗笼罩，龙祁轩砰的一声倒在地上，只听到耳边传来秦政张皇失措的叫喊声："王爷……王爷……醒醒啊……"

呵！若无芊芊，他又何必要醒。芊芊，我错了。让我在无尽的黑暗受尽苦头吧。芊芊，我爱你，真的好爱你。

且说正厅内，郑谨天悠然走到了田岂南的身边，看着佯装昏迷的田岂南整个身子都因为听到自己的声音而颤抖，说道："来人！将所有醉酒的官员送回各自的府上！至于东方绝的部下，弃暗投明者既往不咎！"郑谨天一语毕，众士兵忙活开了，在整个前厅进进出出。一会儿的功夫，大半的官

员全都被抬了出去！

　　郑谨天就站在田岂南的身边儿，只要有士兵欲将其抬走，便是一摆手，没发出半点儿声响。

　　田岂南在地上佯装中了蒙汗药，可刚刚的一切他听的是一清二楚。沈茹芯失势，东方绝兵败，夜越国的大计未得逞。现在看来，最后的赢家还是龙祁峻。还好自己没什么动作。只等被抬回府上，他便想收拾细软离开京城，一走了之！因为他很清楚事情到了现在并没有结束。龙祁峻不可能不将夜越国的奸细一网打尽！

　　可等了半天，却没有人伸手抬他。田岂南终有些按捺不住，眼睛慢慢张开一条缝儿，却看到一双大眼睛正直直地盯着自己。

　　"哎呀！"田岂南猛地睁开眼睛，心怦怦直跳，着实吓了一大跳！

　　"田大人，你醒啦？看来你喝的不多嘛！"郑谨天抿唇撇了一下，而后缓缓直起身子，双手抱胸看着田岂南。

　　"呃……是啊！我……这里发生什么事儿啦？人呢？新郎官儿呢？大臣们呢？"田岂南一副诧异的表情环视着周围。

　　"怎么大人不知道发生什么事儿了吗？"郑谨天反问，唇边依旧挂着邪魅的笑容。

　　"我……我怎么会知道？我才醒嘛！好啦，既然郑大人不说，我也不便多问，告辞！"田岂南嘴上如此说，可心里早就捏了一把汗。他从端木尘那里知道郑谨天是夜越国的人。可现在看来，端木尘是被骗了。这不重要，重要的是端木尘有没有将自己的底细透露给他！

　　"慢！郑某还有话说！"郑谨天不慌不忙地走到田岂南的面前，犀利的眸光直盯得田岂南浑身不自在！

　　田岂南没有应声，一双眼狐疑地看着郑谨天。苍天保佑他什么也不知道！尽管田岂南诚心祈求，只可惜上天并未如了他的愿！

　　"田大人，这整个厅里的昏迷的官员都被郑某命人抬回府中，为什么偏偏留你下来。难道你就不奇怪？"

　　"这……这有什么奇怪！我自己醒了嘛！"田岂南支支吾吾地开口，双腿却因为害怕而有些颤抖。

"真的？你怎么会自己醒呢？除了你，可没有一位大臣是自己醒的！"他是知道田岂南是奸细，可苦无证据。郑谨天是想诱使他说出酒中有毒的事实。到时候他可就是百口莫辩了！

田岂南慌张至极，扭头看了看整个前厅。除了他，已经没有一位官员在场了。看来今天是凶多吉少了！田岂南越想越怕越心虚，双腿抖动得更加厉害！

"我……我体质比他们好，所以没醉而已。郑谨天，如果只问这些无聊的问题，请你让开。我有权不回答你的问题！论官职，我可比你大！"田岂南欲绕过郑谨天速速离开。只要迈出靖王府，他打算直接离开京城，连家也不回了！保命要紧！

"没错！田大人，你的官衔是比我大，那也不代表你的酒量有多好吧！"郑谨天步步紧逼。

"根本不是酒量的问题。你往这酒里下了蒙汗药！刚刚你是这么同太子讲的！现在反倒问我，真是不知所谓！"好在刚刚郑谨天自己开口承认，田岂南自认如此说也没有什么嫌疑！

"没错！我是下了蒙汗药！我想知道为什么所有的大臣除了你之外都晕了过去！你可别告诉我因为你喝的少！"郑谨天等的就是他这句话！明摆着是他早知道夜越国的计划，所以不敢喝杯中之酒！

"我……我身体不适，所以没喝！"田岂南的额头开始渗出虚汗，手不停地擦拭。可无论他怎么擦，汗却越流越多！

"刚刚还吹虚自己体质上乘的吗？田大人，你这话前后矛盾呐！莫不是怕酒中不是蒙汗药，所以不敢喝吧？"郑谨天一脸肃然，逼近田岂南！

"怎么会？我……我不知道里面有药，怎么会不敢喝！你……你别血口喷人！"田岂南被郑谨天逼到墙角儿，退无可退，索性理直气壮起来！

"不知道？没人告诉你么？哎呀，他们是想毒死你啊，田大人！"郑谨天故作惊讶状。

"不……不知道你说什么……"田岂南越来越心虚。眼看着他心里最后的防线就要攻破了，郑谨天乘胜追击，开口道："我是说，他们想卸磨杀驴。你对他们已经没有用处了！他们想借着这场喜宴除了你这个障碍！哈

哈哈，可怜你忠心为他们啊！"

"我……我没忠心为他们！我……我心系天朝！"田岂南忙为自己开脱，孰不知自己正一步步走进郑谨天的陷阱！

郑谨天心中暗笑。怪不得夜越国的人会舍了田岂南，他是真够笨的！

"不对啊！他们没告诉你，那你为什么没喝酒呢？是我猜错了？他们还是告诉你的，对不对！"郑谨天故意装出一副恍然大悟的样子。

"不！没有，他们没告诉我！是我自己猜的，所以没喝！他们绝对没告诉我！"田岂南一边狂抹着额头上的汗，一边严词辩解！

"你猜的？你以为你是谁？会猜的这么准！田大人，说谎也要有个限度吧！"郑谨天提高嗓门儿，看着田岂南的眼神儿中充满不屑！

"是我自己猜的！他们原本想在齐虎的喜宴上用这招儿！可惜没用上！所以这一次一定会故技重施。我只是凭此推断！的确是我自己猜的！"田岂南的声音扩大好几倍，生怕别人听不到一般！

郑谨天一改刚刚紧逼的态度，唇角扬起一抹微笑，定定地看着田岂南："田大人，你能不能把刚才的话再说一次，我听的不是很清楚。"

田岂南还在懵懂之中，根本没理解到郑谨天的意思，竟大着嗓门儿又重复了一次："说就说！他们只是说在齐虎的喜宴上用下毒的招术。这一次，他们根本没告诉我！所以我根本……"田岂南说到一半，突然脸色大变，苍白无比，眼中一丝恍然，手指直指郑谨天，双腿却因极度紧张支撑不住整个身子而无力地跪在了地上！

"呵！田大人！这屋子里的人可都听得一清二楚。相信公堂之上，你也无可否认了吧！来人！将夜越国的奸细田岂南给我押入大牢，择日待审！"一语毕，上来几个士兵架起呆傻中的田岂南往外就走！

"郑谨天！你也是夜越国的奸细！这不公平！"被士兵一拉，田岂南恢复些心智，怒视着郑谨天！

"如果我是夜越国的奸细，那今天大家喝下的会是蒙汗药？外面民宅里会有伏兵？你田岂南会暴露？现在会是这样的局面？自始至终，我才是心系天朝的！带下去！"郑谨天犀利的目光直视着田岂南，言之凿凿！

第二十九章 蛟龙戏凤一世情

洞房内，柳青青早已换好衣裳，悄然离开靖王府！按龙祁峻的猜测，他们定会杀人灭口！果不其然，在柳青青离开后不久，慕容雪便窜了进来，却发现洞房内已空无一人，心中暗叫不妙，陡然起身直奔西郊破庙！

缘分就是这样，来的时候猝不及防；走的时候，任你千般不舍，却也无可奈何。夏芊芊自出了靖王府，整个身心都像被掏空了一般。想想自穿越而来，识得龙祁轩的那一刻开始到现在，这段时间，她所经历的痛苦和挫折竟比她半生经历的还要多。她一时间悲苦不已，泪如泉涌。

她就这样漫无目的地走着，抽泣不止，脚已经失去了重心，每走一步都找不到依托，唯有心一遍遍地痛着、冷着……

一阵冷风吹过，夏芊芊微眯了红肿的眼睛，再一看，眼前突然出现一个人影！好刺眼！夏芊芊下意识抬起手臂挡住了射过来的阳光。也是在这个时候，那个人影闪到自己的面前："芊芊！回家吧！跟为父回家。"苍凉的声音蕴含着太多的不舍。看着自己的女儿受如此屈辱，夏辰许久未落的眼泪终是流了下来。

夏芊芊慢慢蹲下身子，终于扯开喉咙，放声大哭。这些日子的苦，终于全都发泄出来了。

"父亲……他为什么要纳妾……为什么啊……他答应过我的……只爱我一个……可是……"夏芊芊一边哭，一边哽咽着。这时，一双厚实的手掌扶在了夏芊芊的双肩，将夏芊芊揽入怀中！

"芊芊，跟父亲回家！回去！我们离开这里，再也不回来了！"夏辰寒眸如刀，眸光坚毅！

所有的阴谋都随着这场惊天的婚礼慢慢平息。齐虎并未如龙祁峻所愿抓获夜越国的奸细主谋。而慕容雪亦在破庙内引颈自刎！

整个天朝终于恢复平静！所有人都似经过一场大劫般脱胎换骨！

皇宫内

"父皇，这便是整件事情的经过！儿臣已经查到夜越国的主使便是他们的太子端木尘。不过据人禀报，端木尘见事情败露，已返回夜越国！而其余夜越国的奸细均已被擒！"龙祁峻恭敬开口！

龙奕峰轻吁了口气，转而走向自己的儿子，重重地在他肩膀上拍了两下："祁峻！你做的很好！将天朝交给你，朕放心！"

"父皇！这件事委屈六弟和六王妃了。如今六王妃下落不明，儿臣怕……"

未等龙祁峻说完，龙奕峰便打断道："呵！今晨夏辰找过朕，说要告老还乡！你应该明白我的意思了。"龙奕峰似有深意地看了眼龙祁峻！这个消息，还是让他这个做哥哥的去告诉祁轩吧！到底是自己的儿子！和自己一样痴情啊！龙奕峰不禁抿唇轻笑！

靖王府

"我爱你！龙祁轩，祁轩，我来，是想给我们最后一次机会。如果你取消今天的婚礼……与你做一对恩爱夫妻……在场所有的人都可以证明，今日我夏芊芊写下此休书。从此以后，我与龙祁轩形同陌路，生死不相干！芊芊……我有苦衷的……芊芊……你别走……别走！"龙祁轩身子突然一震，猛然睁开双目，脸霎时惨白一片，手死死地抓紧被子。

"芊芊！你在哪里啊！"龙祁轩抬腿，却因为全身无力而跌坐在地上，手使劲儿地拄着床，咬紧牙关才晃悠着站了起来，可眼前却是一片模糊！

"芊芊！我要找到你！芊芊……"龙祁轩晃荡着来到门口儿，手无力地拉开门。可他的脚却无法支撑孱弱的身子，在迈出去的时候绊在了门槛上。他整个人倾斜着滚了出去，双手因和地面磨擦而沁出血来。可龙祁轩似乎感觉不到疼，仍靠着双手支撑，慢慢爬了起来。

在他的眼里、心里就只有一个信念。他要找到夏芊芊，不论天涯海角，他都要去找！只是眼前再度漆黑一片，龙祁轩就这样无声地倒了下去，唇却不停地颤动着，似在叫一个人的名字。

坐在床榻边，龙祁峻静静地看着自己的弟弟，心中五味陈杂！想着当日夏芊芊走得绝然，许是心都碎了！

"芊芊，你别走！别走！"龙祁轩额头冷汗淋漓，猛地睁开双眼！

"祁轩！你没事吧！"龙祁峻忧心开口！

"皇兄，你怎么会在这里？"龙祁轩紧皱剑眉，只觉头疼欲裂！

"祁轩，芊芊找到了，就在宰相府！"清越的声音带着一丝不舍，龙祁峻淡淡开口！龙祁轩闻声猛地坐了起来，双手紧攥着龙祁峻的双手！

"皇兄，你说什么？芊芊找到了？可……可宰相府的人说芊芊不在！"漆黑的瞳孔瞬间绽放出璀璨的光芒，龙祁轩兴奋开口！

"不会错！是父皇说夏宰相要辞官告老还乡！如果芊芊不在他府上，他怎么可能会离开！"龙祁峻笃定开口！

"芊芊……我要去找芊芊！"龙祁轩猛地起身欲冲下床榻，却被龙祁峻拦了下来！

"祁轩！你现在这个样子怎么去见芊芊？听皇兄的！明天早上，皇兄陪你一起去！我会将整件事告诉芊芊，好吗？现在，你要好好休息！秦管家说你两夜没睡了！芊芊看到现在的你，她一定不会开心的！"龙祁峻将龙祁轩扶回榻上！

"可是……我怕芊芊会离开！"龙祁轩知道自己此时有多狼狈。这般模样去见芊芊，她会不会介意？

"放心，我已经派人隐蔽在宰相府周围了。莫说芊芊，就是跑出一个苍蝇都难！快睡吧！明天我们还要去接芊芊呢！"龙祁峻微抿出一个淡淡的微笑。龙祁轩终于将眼睛阖了起来！真的好久没好好睡了。

翌日清晨，龙祁轩早早起床，在秦管家的打理下好好整装了一番。

"王爷！老奴预祝你马到成功！"秦管家兴奋着开口。

"借你吉言！"龙祁轩大步离开靖王府，心还是有些忐忑！刚到府门，便看到龙祁峻等候在外！

"皇兄?"龙祁轩稍有意外。

"我说过,要陪你一起去的!"龙祁峻微微一笑!两兄弟一同走向宰相府。

宰相府前,龙祁轩正欲敲门,却见门前摆着一块木牌,写着"龙祁轩与狗禁止入内"。见此木牌,龙祁轩的心终于踏实下来!看来芊芊真的是回来了!这般字眼,除了她谁会写得出来!

"皇兄……"尽管如此,龙祁轩还有是些胆怯。明知道夏芊芊就在里面,可如果硬闯,结果可想而知!

"你还是先在外面等着!我进去看看情况。"龙祁峻见这木牌,想来夏芊芊的脾气也不能小了!

"皇兄,我的幸福可全靠你了!"龙祁轩满是期待地看向龙祁峻!龙祁峻则报以微微一笑。

大概一个时辰的时间过去了。龙祁轩在宰相府门前踱来踱去,不时探头望向里面。可宰相府里却一点儿动静也没有!

死就死!龙祁轩终于按捺不住了,猛地推门而入,却不想府门上居然放了一大桶冰水!好一个透心凉啊!龙祁轩狠抹了把脸上的水珠,继续向前!

"咳,有人吗?芊芊……"走到正厅推了下房门之后,龙祁轩正看到地上有只铁夹。罢罢罢!龙祁轩二话没说,猛地踩向铁夹!

"呃……"被这般硬生夹住,岂会不疼。只是龙祁轩知道,这定是夏芊芊为自己准备的!这般惩罚是他该受的!谁让自己伤了她的心啊!

拖着半残的左脚,龙祁轩走向夏芊芊的房间!

房门外,龙祁轩狠咽了下喉咙,皓齿暗咬。他不知道这道门等待他的会是什么!但有一点,就算是刀山火海,他都愿意承受!只要芊芊能原谅他!龙祁轩一步步走进房门,毫不犹豫地推开房门!足有一盆的白色粉末全数落到龙祁轩身上!本来身上就被水打湿,这下好了,堂堂靖王爷成了名副其实的小白脸!

龙祁轩哪还顾得这些,抹掉眼睛周围的白色粉末后,踉跄地冲进屋内。只见整个屋子空荡荡的,只有桌上留下一张字笺!

"若想求得原谅，速回靖王府！夏芊芊"龙祁轩兴奋地看着手中的字笺。这是芊芊的笔迹！他认得！回靖王府……速回靖王府？此时的龙祁轩完全不顾形象地冲出宰相府！一瘸一拐地朝靖王府奔去！

暗处，龙祁峻柔眸看向夏芊芊："祁轩对你是真心的！当日若非我逼他，他早已顾不得一切地去找你！芊芊，祁轩会让你幸福的！"

看着龙祁轩狼狈地跑出宰相府，泪滑过夏芊芊的那张倾城容颜。她就知道龙祁轩是爱自己的，一直都知道！无语，夏芊芊猛地冲出宰相府。她要在靖王府等着他！

心，闪过一丝落寞。龙祁峻转眸看向柳青青！

"多谢青青姑娘！"原来在龙祁峻进来的时候，柳青青早已将事情的始末告诉了夏芊芊和夏辰夫妇！直到龙祁峻证实，夏芊芊才相信这一切竟然只是一场戏啊！

"份内之事，太子不必言谢！"

当龙祁轩拖着一条残脚，满身白灰地跑回府的时候，赫然发现所有家丁竟齐齐站在府门两侧，不知所谓！

"王爷！您可回来了！王妃就在正厅等您呢！"秦管家颠颠跑到了龙祁轩的身侧，殷勤开口道！

"芊芊……芊芊真的回来了？"龙祁轩一把推开秦政，也顾不得脚痛，直冲进王府。只是他刚一进府，府门外这群家丁个个捧腹大笑！秦政终于知道，王妃为什么要他们迎接王爷了！感情就是为了看王爷这副惨状啊！

正厅中，当龙祁轩看到端坐在正中的夏芊芊时，激动万分！

"芊芊！对不起，是我错！是我伤害你了，对不起！"泪毫无预兆地流了下来！原本还准备了好多节目的夏芊芊在看到龙祁轩流泪的那一刻，猛地扑了上去，泪流满面！

"芊芊，让你受委屈了！对不起。"龙祁轩紧揽着怀中的佳人，生怕一松手她便会消失一般！

"嘘——你还欠我一个婚礼，一个盛大的婚礼！之前你应我的，还作数吗？"夏芊芊微抬起头，目光如月光般温柔。

"作数！我答应你的一切都作数！"龙祁轩狠狠点头，眸光坚毅。

"那好！这场婚礼要听我的！可以吗？"

"全依你。"

正厅内，两个经历风雨的人正紧紧相拥。这世上，再没有任何事可以让他们分开！

靖王府

"好美啊！"镜前，杏儿的面前是一身白色的纱制礼服。极简的线条勾勒出动人的曲线；精致繁复的镂空盛开着引人入胜的神秘花朵，在低调中张扬着华丽；缎面散发着象牙白光泽；高贵车骨蕾丝点缀着温润的珍珠，弥漫着优雅韵致，散发着让人无法抗拒的奢华！

"当然啦！这款婚纱我老早就看中了！可惜，还没来得及穿就……"夏芊芊凭着自己的记忆命人将在婚纱店里看中的那款婚纱直接复制到了自己身上！呃，虽然很山寨！

天上几处极薄的云，有的白得像新摘的棉花，有的微红似美妇人脸上醉酡的颜色，丝丝缕缕地飘浮着。白云下面的天朝京城洋溢着浓烈喜庆的氛围。

谁都知道，靖王府的六王爷龙祁轩与六王妃夏芊芊要在景华街上露天举行一场别开生面的盛大婚礼！而且还听说，他们的婚礼会很不一般！

时辰就要到了，景华街的露台上，龙祁峻身着一身洁白的中山装首先登上台去，转身间，英姿飒爽，绝代风华！风动，人欲仙！台下所有围观的人都大声惊呼！尤其是待字闺中的女子，谁不知道太子龙祁峻孑然一身，个个跃跃欲试。莫说他是高高在上的太子，就算是平民百姓，如此风流倜傥，也是众多女子的心中偶像、梦中佳人呦！

"大家静一静！"龙祁峻没想到只是换了一套衣服而已，竟能引起这么大的骚动！难怪芊芊在为自己量身的时候曾说，只要穿上这身礼服，定会好事近，还把它夸得天上有、地上无的！若不是夏芊芊软磨硬泡，他铁定不会穿这么古怪的衣服出来见人！

"咳咳！"第一次主持这样的婚礼，龙祁峻还真有些不适应。堂堂一个太子，竟然抢喜娘的生意！汗颜呐！

"下面，请两位新人入场！奏乐！"《婚礼进行曲》随即响起。这音乐还是夏芊芊在乐师面前哼了不下十次，他们才谱出来的呢！当然，前九次都不在调上！

伴着优美的旋律，龙祁轩与夏芊芊在众人的欢呼声中出场。在长长的甬道上，事先准备好的花童不停地向二人的上空抛撒着玫瑰花瓣！

站在露台之上，龙祁峻欣慰地看着眼前这对碧人，转身冲着台下众多百姓："阳光明媚，歌声飞扬，欢声笑语，天降吉祥。在这美好的日子里，在这金秋的大好时光，我们迎来了龙祁轩先生和夏芊芊小姐缘定三生的结合。在这里，首先请允许我代表二位新人以及他们的家人对各位来宾的光临表示衷心地感谢和热烈地欢迎！接下来，我宣布新婚庆典仪式现在开始！"转身，龙祁峻走到龙祁轩和夏芊芊的面前！

"怎么样？没少词吧？"到了夏芊芊的跟前，龙祁峻小声嘀咕着。

"非常好！继续！"夏芊芊向龙祁峻投去满意的目光。说实在的，原来龙祁峻穿上中山装还真不是一般的帅呢！当然，自己的新郎更帅一点！

"芊芊，你也真难为皇兄。那些话他居然念得出口！拜你所赐，他终于出了回丑！"龙祁轩看着自己的皇兄，嘴都快笑歪了！怎么看都觉得自己的皇兄更像是杂耍戏班里的报幕的！

"咳咳！你也好不到哪儿去！严肃点！她是我妹！我愿意！再说，她是我妹妹，可是你的媳妇呦！要是命不好……嘿嘿……"龙祁峻斜眼瞟了下龙祁轩！

"怎么是……"怎么会是妹妹嘛！龙祁轩不服气，又欲开口，却被夏芊芊狠狠踢了一脚！

"想娶就闭嘴！"这句话的确好使。龙祁轩憋了一肚子的气，终还是忍了下来！

"哥，别管他！继续！"下一秒，夏芊芊露出一个温暖的微笑。

"请问龙祁轩先生，您愿意娶您身边这位夏芊芊小姐为您的妻子吗？无论贫贱与富贵，直到永远吗？"龙祁峻看着龙祁轩，心中无限祝福！

"愿意！"

"请问夏芊芊小姐，您愿意嫁给您身边这位龙祁轩先生吗？无论贫贱与

富贵，直到永远吗?"他的眼神转向夏芊芊，心中有些释然。幸福就好! 何必在意是谁给的呢! 只是在他的心中一直记得别苑那几晚。他记住，却不希望她想起! 这是他一个人的幸福。芊芊，祝你幸福!

"愿意!"

"那么好，祝你们一生平安，幸福永远! 下面，请两位新人交换结婚信物!"

龙祁峻语毕后，夏芊芊取下自己的玉镯："祁轩，这个镯子是母亲送给我最珍贵的嫁妆，先借你拿会儿，一会儿可得还给我!"就在龙祁轩接过玉镯的那一刻，镯子竟突然飘了起来。下一秒光芒乍现! 所有人都闭上了眼睛。

等大家都睁开双眼的时候，龙祁轩和夏芊芊的中指赫然戴着一枚精致的玉戒!

"朋友们，让我们衷心地为他们祝福，为他们祈祷，为他们欢呼，为他们喝彩! 为了他们完美的结合，让我们再一次热情鼓掌，祝福他们拥有美好的未来!"伴随着热烈的掌声，两位新人慢慢离开了露台，回到了府中! 而剩下来的百姓便可以尝到由宫廷御厨制作的精美糕点和琼浆玉酿!

靖王府

"你还给我!"

"不还! 说好给我的嘛! 照理说，你那枚也是我的!"

"可我哪知道这是宝贝嘛! 再不还，我可不客气啦! 看招! 啊!"

窗底下，秦政原本喜气洋洋的脸一下子变了颜色。晕! 这绕了一大圈儿，这俩人儿的脾气咋还这样呀! 听不得，听不得哟! 还是走为上策!

"好啊! 龙祁轩! 不来狠的你当我好欺负! 快给我拿过来!"夏芊芊满脸黑线，将龙祁轩按在床上，狠狠地掰着龙祁轩的手指头，正使劲儿地往下拽!

"你! 你不讲理! 这是我的! 你当着那么多人的面说给我的，怎么可以要回去嘛! 不给! 就是不给!"怪不得刚刚那么温柔地靠近自己呢! 原来是搞偷袭啊! 唉! 色字头上一把刀! 救命啊!

　　"好！既然你这么不开窍，那我就好好教教你！婚前呢，你的是你的，我的是我的！这婚后嘛，你的是我的！"

　　"那你的不也就是我的了嘛。"

　　"不对！我的还是我的！降龙十八掌！嗨——"

　　"老秦！快传御医！"洞房内，一声凄厉的叫声惊动了整个靖王府！躲在厨房的老秦，目光怜悯地看着太医院的方向！张御医，对不住啦！